百々とお狐の
本格巫女修行

千冬

SKYHIGH文庫

目次

Contents

卒業と最初の試練 …… 8

鉦《かな》舟《ふね》神社 …… 44

罔《みつ》象《はの》女《めの》神《かみ》 …… 74

四つの辻 …… 144

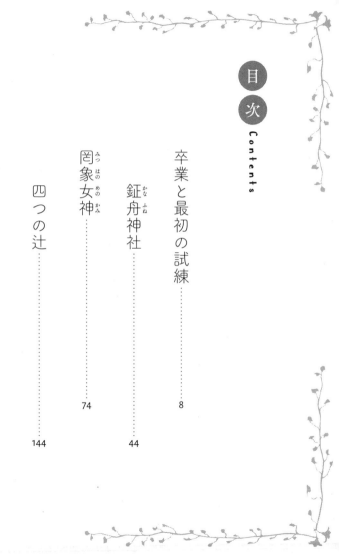

東雲からの依頼 …… 176
違和感 …… 214
境戸神社 …… 260
未来に遺すもの …… 302
辻に潜む …… 326
禁忌の領域 …… 356

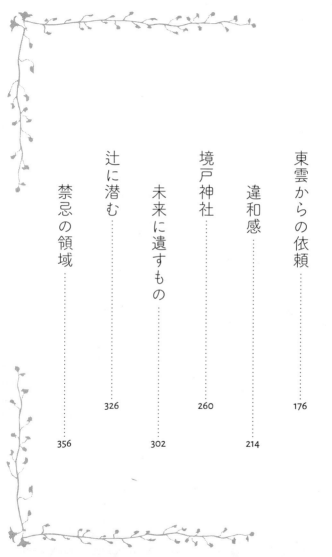

人物紹介

Characters

◆香佑焔《こうえん》

百々の御守りに憑いて、いつも見守っている稲荷の神使《しんし》。生真面目でやや口うるさい。

◆加賀百々《かがもも》

18歳。普段はゆるい性格だが、実は神と人をつなぐ「在巫女《ざいみこ》」となる役目を負っている。四屋敷の次代当主。

◆四屋敷一子《よつやしきいちこ》

百々の曾祖母で、現四屋敷当主。87歳。歴代の「在巫女」の中で最も優れた力を持っている。

加《か》賀《が》丈《たけ》晴《はる》
百々の義理の父。高校教師で非常に真面目な性格。
加《か》賀《が》七《なな》恵《え》
百々の母。性格は優しくおおらか。四屋敷を継いでいない。
東雲《しののめ》天空《そら》
生活安全課の警部補。35歳。無骨で口下手だが心優しい。
佐《さ》多《た》史《し》生《お》
百々と同い年で、地元の大学に進学。百々が修業していた佐々多良神社の権宮司の長女。

【イラスト】紅木 春

百々《もも》とお狐の本格巫女修行

Momo-to Okitsune-no

Honkaku Miko Shugyo

卒業と最初の試練

三月最後の日曜日の早朝。

もう四月になろうかという時期だというのに、前日の夕方から夜中にかけて雪が降った。うっすらと積もる程度で、しかもその後雨に変わったらしく足元が溶けかけた雪でぐしゃぐしゃだった。

新潟《にいがた》はいつも小学校や中学校の卒業式の頃にぐっと冷えるんだけど、今年はそれが少しずれこんだ感じかなあと、百々《もも》はコートのボタンを首元までしっかり留めた。

「百々さん。やはり私が運転します」

「いいのっ！　お父さんは心配しなくて大丈夫だってば！」

外に出てもまだ食い下がる丈晴《たけはる》を百々はさすがにうんざりしながら遮《さえぎ》った。

「もうお願いしてあるから！　ここでお父さんにお願いし直したら、お願いした人に失礼でしょ！」

玄関の前に古い型の黒いセダンが停まっていた。

運転席から降りてきたのは、東雲天空《しののめそら》だった。

「おはようございます」

「おはようございます、東雲さん。今日は、えっと、大おばあちゃんが本当にもうとんでもないご無理を」

義父の丈晴の申し出を断ったのは、曾祖母の一子《いちこ》が東雲に同行を依頼してしまったからだった。

今日、百々は『加賀百々《かがもも》』から『四屋敷百々《よつやしきもも》』になり、『在巫女《ざいみこ》』となるために、県北部にある神社に向かうのだ。

「このたびは、何と申し上げていいやら。年寄りの我儘に付き合わせることになりまして、お詫びの申し上げようもありません」

百々以上に、丈晴が東雲に頭を下げる。

一子は東雲に『百々ちゃんが少し遠出をしなくてはいけなくなって。せっかくですから、感覚を忘れないうちに運転もさせておきたいのですけれど、しっかりした方にご一緒していただかないと心配で心配で。その点、東雲さんは警察官でいらっしゃるから、運転はベテランですわねえ。しかも、若い娘が一人で遠出ともなると心配で心配で』などと突然電話をしたのだ。

そのときの百々の声にならないk恐慌度合いは、今の頭を下げ続ける丈晴以上だった。

そうして、あれよあれよという間に、一子は東雲と日時まで打ち合わせてしまった。

あとから自分の部屋で百々は東雲に詫びの電話を入れたが、東雲の方は相変わらず「いえ、担当ですから。ご連絡ありがとうございます」といつもの台詞で答えた。

担当と言われてしまうと、百々はいつも少しだけもやっとした気持ちになる。

何がどう担当なのか、そもそも担当とは何なのか、東雲にも百々にもちっとも説明がないまま今日に至る。

おそらく、四屋敷が関わる事態が警察の介入を余儀なくされるようなことになったときに、担当するということなのだろう。そういう意味なら、そうちょくちょくと東雲と会うこともなかろうと百々は思っていたが、出会った後立て続けに東雲を頼らなければならないような出来事に巻き込まれ、東雲と頻繁《ひんぱん》に連絡をとることになった。

その度に東雲は「担当ですから」と言うのだ。

そりゃあそうだよね……担当とかって言われなかったら、警察官の東雲さんが私に関わるわけないもん――

生活安全課に配属されている東雲に、他の形で関わるとしたら、未成年の非行か犯罪か虐待か。

そのいずれも、百々は当てはまらない。

「百々ちゃん」

自分も行くと言い出しかねない丈晴を振りきっていると、玄関から一子が百々を呼んだ。

「いいですね？　特別なことをするのではありませんよ」

ひたりと百々を見据える眼は、笑みを浮かべる口元とは裏腹に真剣な光を帯びている。

「これから赴く神社で、あなたの気持ちを素直にお伝えなさい。心の底から、お願い申し上げなさい。ただ、ひたすら自分の内をさらけ出して、了承を得るのです」

どうやって、という方法は何一つ教えてもらえない。何をもって了承を得たことになるのかも、百々は知らない。

ただ、これだけはわかる。

一人の女神に生涯の護りを助力を乞い、それを約束される。それをしなければ、おそらく本当の修行には入れないし、四屋敷の、ひいては在巫女の地位は継げない。

だから、百々は行かなければならないのだ。

助手席に百々が座ろうとしたら、東雲が「違います」と言った。

「加賀さんが運転してください」

「え、嘘！　ほほほ本気ですか、東雲さん！」

一子が電話で頼んだのは、東雲を呼び出して百々を送らせる口実だと思っていた。

しかし真面目な東雲は、それを担当としての仕事の一つととらえたのかもしれない。

一子の言い方も、本当にそれらしかったのだ。

「しっかりした方にご一緒していただかないと」「東雲さんは警察官でいらっしゃるから」「運転はベテランですわねえ」などなど。

「免許証は持ってきていますか」

「はい」

身分証にもなると、百々は免許を取ってからずっと持ち歩くようにしている。写真写りにかなり不満はあるのだが、しばらくその顔のままだ。

知った道の方がいいからと言われながら、百々はおずおずと運転席に乗った。

サイドミラーを確認すると、心配で顔色まで変えている丈晴が映る。

「座席の位置を調整してください。ルームミラーも同様に」

「は、はい！」

まるで自動車学校の教官だと思いながら、百々は座席の下のレバーを引いて前に出た。大柄な東雲に合わせた座席では、足をピンと伸ばしてもアクセルやブレーキを上手く踏めない。

言われるがまま調整して、ようやくエンジンをかける。

発進する前に、東雲から一通り説明を受ける。車種によって、レバーもボタンも違うからだ。シフトレバーからウインカー、果ては窓の開閉まですべて教わり、一度動かしてみてから車幅灯《しゃふくとう》を点灯させると、百々はそろそろとアクセルを踏んだ。

ミラーに、今にも走り寄ってきそうな丈晴と、にこにこと手を振る母の七恵《ななえ》が映る。

玄関の中の一子は見えない。

大おばあちゃん、どんな顔で私を送り出したんだろう──

今日、私がやり遂げられるって本当に思っているのかな──

私が大おばあちゃんの後継に相応《ふさわ》しいって──

そんな風に考えるのも、四屋敷の塀を越えるまでだった。


百々が高校を卒業したのは、今から約四週間前、三月最初の金曜日。

十八歳、三年間通い続けた新潟県立江央《こうおう》高校の卒業証書授与式だった。

卒業式前の教室で、久々に会った友達と会話が弾む。

百々は卒業後、実家の四屋敷を継ぐための本格的な修行が始まる。

そして百々の友人たちも、それぞれの道を歩むことになっている。

高校生活で大したことも起きず、それなりに仲のいい学級でいられたのは、百々をはじめこの学級の生徒たちにとって、幸せなことだった。

友人らの中には式の途中で泣き出してしまう子もいたが、これが終わったら卒業しちゃうんだなあと、ぼーっと考えていた百々に涙はなかった。

退場後、百々は級友らと担任を待ち構えて記念撮影をし、プレゼントを渡した。

その後親友たちと別れた百々は、いつもと変わらず自転車に乗って学校を後にした。

式には母が来ていた。朝、他の家庭のように校門前の卒業証書授与式の立て看板の前で写真を撮ったが、帰りの約束はしていない。

こんな日も、百々には神社が待っているのだ。

『宮司も言っていたではないか。今日くらいは、家族で卒業を祝ってくるといいと』

コートに下の制服のポケットに入っている御守りから、香佑焔《こうえん》の声が百々の頭の中に響いてくる。

香佑焔は稲荷神社の祭神である宇迦之御魂神《うかのみたまのかみ》に仕える神使である。狐の耳と二股の尾をもつ青年の姿をしている。

元々いた神社が廃れて、紆余曲折の末人間を憎み堕ちたのだが、四屋敷の当主である一子によって、元の状態に戻ることができた。

今は、四屋敷の敷地内に建てられた小さな社に住まい、分身を御守りに憑けて百々を常に守っている。

耳と尾を除けば、真っ白い髪をもつ端正な顔の青年なのだが、それを見ることができるのは、今のところ百々と曾祖母の一子だけである。

「けど、佐々多良《ささたら》神社で働くのも、あと数日なんだもん。ちょっとは頑張らなくちゃって思わない？」

ペダルを踏みこみながら三月の冷たい空気を深く吸い込むと、つきりと肺が痛い。

『そういう生真面目な面は評価しよう』

「それにさ、お父さんの勧めている学校だって今日卒業式でしょ。そんなに早く帰ってこられるわけじゃないし、いいのいいの。それより、大変なのは引っ越し後かなあ」

三月半ばに、百々は三年間近くお世話になった佐多《さた》家から自宅へ戻ることになっていた。

実家の四屋敷を継ぐため、後継は代々三年間佐々多良神社で修行するのだと言われ、高校の入学とともに実家を出されたが、それがもうすぐ終わるのだ。

『まだ二週間ほどあるではないか』

「二週間しかないんだってば。それに、家に戻ったら、大おばあちゃんからどんな厳しい修行を申し付けられるやら……考えただけでとほほなんだけど、そこはまあ、ね」

代々四屋敷の女当主が通ってきた道だ。

百々だけが例外になることはない。

新潟の三月にしては穏やかな天気の日だったが、自転車で風を切って走るにはまだまだ寒く、手袋をしていても指先が冷える。空気は冷たく、イヤーマフで耳を保護していなければ切られるように痛いくらいだ。マフラー越しに吐き出される呼気が白い。雨の日は歩きやバスで通ってきた高校も、今日のような寒いくらいで済むような日は自転車だ。

神社の駐輪所に着いて自転車を降りるころには、百々の鼻の頭も耳も寒さで真っ赤になっていた。

社務所の受付で挨拶をし、更衣室に鞄を置くと、着替える前に朝持たせてもらった弁当を取り出す。

そこへ、ちょうど巫女の中でも百々の姉的存在の桐生華《きりゅうはな》が入ってきた。おっとりした女性で、実家はこの神社からさほど遠くない場所で洋菓子店を経営している。

「あら、もう来たの、百々ちゃん。卒業おめでとう」

「ありがとう、華さん」

「はい、これ、卒業のお祝い。と言っても、うちの店の焼き菓子の詰め合わせなんだけどね。代わり映えしなくてごめんなさい」

「そんなこと、ちっとも！　ありがとう、華さん！　わあ、こんなに可愛くラッピングしてくれるなんて嬉しい！」

百々は、華と一緒に弁当を食べたあと、さっそくマドレーヌを袋から取り出し、二人で半分ずつ食べた。

バターの香りと風味が、幸福感を否応なしに高める。

百々はご機嫌なまま午後の自分の仕事を始めた。

いつものように夕方暗くなるまで仕事をしようと思っていたら、この佐々多良神社の宮司である佐多忠雄《さたただお》老宮司に声をかけられた。

厳格な老人だが、百々に接するときはずいぶんと物腰が柔らかくなる。

「百々ちゃんや。今日はこれでお帰り」

「え、でもまだ手水舎《ちょうずや》から参道の方の掃除が」

「今日は史生《しお》も卒業式の日だからの。二人そろってとはめでたいめでたい」

家ではご馳走を用意しているよと言われ、一瞬百々はぱあっと顔を輝かせたが、すぐに真面目な表情に戻った。

佐多家の長女、佐多史生《さたしお》は、百々と同い年である。

佐多家に下宿することになった百々は、最初は友達になれるかもとわくわくしていたのだ。なのに、史生に最初から嫌われ、仲良くどころか同じ屋根の下にいても、ほとんど口をきくこともなかった。

仲良くなりたいと思っていた百々には、史生がここまで自分を嫌悪する理由がわからず、しかしなるべく波風立てぬよう下宿生活して一年と少し。

とうとう史生が百々に対して感情を爆発させ、百々は喧嘩になるよりはと自ら身を引き、一時下宿先を変えた。

それが、高校二年の二学期のことである。

その後、紆余曲折があり、百々は佐多家に戻ることができた。

史生との仲が好転したかと言われると、微妙なところだ。確かに以前より百々に対するきつい態度は緩《ゆる》んだ。だからと言って、通う高校も違い、受験を控えて神社の方にもあまり顔を見せない史生と、じっくり話をしたことはほとんどなかった。

それでも百々が話しかければそれなりに返事を返すようになったのだから、それでよしとしてきたのだ。

その史生は、一月の大学一次試験ののち、先月末に二次試験を受けた。地元の国立大学の一般入試である。

合格発表は、卒業式の日からさらに六日後だ。ということは、まだ史生は大学の合否を知らない状態で、ある意味一番ぴりぴりしているはずである。

史生は、滑り止めを受けなかった。落ちたら、浪人してもう一度受けると両親に言ったのだ。

二年の途中までは、三つ上の兄と同じ東京の私立大学に行くのだと家族に言っていたらしいので、見事な方向転換である。

そんな史生の合否がまだわからないのに、卒業を祝っての夕食会というのはいいのだろうかと、百々はおそるおそる老宮司に尋ねてみた。

「そりゃあ、よかろう。卒業というのは、人生のいくつかある節目の一つで、三年間学業を無事に修めたというめでたい日じゃ。百々ちゃんも史生も、よく頑張った」

自分の家族には滅多に温和な笑顔を見せない忠雄が、にこにこしながら何度も頷いた。別に家族に対して情がないわけではない。むしろ、本来は愛情深い人物なのだ。

ただ、代々続いてきたこの佐々多良神社に奉職する家系だからこそ、家族びいきにならないよう、そのように外部から見られぬよう、常に厳しく接してきた結果、身内に対してよりきつく当たっている印象を与えていただけなのである。

「さあさ、お帰り。連絡を入れたい相手もおるじゃろうし」

昼食を終えて、さあ！ 働くぞ！ とはりきってからまだ一時間も経っていないのに、結局百々は帰ることになった。

華にそのことを告げると、その方がいいわと忠雄の配慮に賛同されてしまった。

せわしなく着替えながら、連絡を入れたい相手って誰だろうと、百々は考えてみた。

母は卒業式に列席してくれたので、それでいい。

父は勤務校の卒業式なので、忙しい日中に直接声を聴くのは難しいだろう。メールを入れておくくらいが関の山だ。

曾祖母の一子には、さすがに電話するつもりでいた。

今後の生活について、話し合っておかなければならないからだ。

家族以外の知り合いで、連絡を取っておかなければならないとすれば……。

「……東雲さんかなあ」

高校二年の秋、佐多家から曾祖母の知り合いの家に下宿することになった百々に紹介された警察官、東雲天空。百々の「担当」として連れてこられた東雲は、百々の実家がある区の警察署の生活安全課の警部補だ。

これまで、何度か世話になり、百々の人とは違う力も受け入れてくれた、身内以外ではもっとも信頼できる人物の一人である。

百々が佐多家に戻ることになったとき、月に一度のメールでの安否確認と、月に一度以上の佐々多良神社訪問による確認をするということになり、それ以降一年以上一度も反故にされることなく続けられてきた。

百々や四屋敷の「担当」が、いったいどういう役目をもつのか、東雲だけでなく百々自身も正しく理解していない。

一子がまったく説明しないまま、ここまできたからだ。

自分と十七歳も離れた東雲に、卒業しましたという報告をわざわざ入れるべきなのだろうかと、百々は迷った。

しかし、佐多家から実家に戻れば、もうさしたる用事がない限り、会うことはなくなるかもしれない。

一子担当だと自分で言っている刑事の堀井《ほりい》とて、実際に四屋敷に顔を出したのは百々が空き家に入って保護されたからであって、その前に頻繁に一子と連絡を取り合っていた様子もない。

夜、東雲にメールをしようと決め、百々は佐多家に戻った。

「ただいま帰りました」

声をかけながら玄関を開けると、百々の声を聞きつけて私服姿の史生が出迎えた。

「あ、しぃちゃん」

「あんた、こんな日まで神社に行ってたの？」

「あー、うん。でも、佐多のおじいちゃんに帰れって言われちゃった」

百々は靴を脱ぎながら史生と話した。

会話が弾むところまでは仲が深まっているようには思えないながら、百々とそれなりに口はきいてくれるようになった。

元々、史生は陽気な質ではないのかもしれない。つんけんした態度と誤解されるような言動も彼女にしてみれば普通通りに話しているだけのようで、百々も遠慮せずにしゃべるようにしている。

高校二年の冬、史生は自身をも傷つけかねない行動に出て、伊邪那美命《いざなみのみこと》の荒魂《あらみたま》の力の一部にさらされた。激しい消耗以外は精神の変調もなく済んだことに、百々は胸を撫で下ろしていた。

そんな史生は、退院してしばらくすると、髪を切った。日本人形のようにまっすぐで黒々とした長い髪をばっさり切り、ベリーショートにしたのだ。

カットして帰ってきた史生を見て、史生の家族が絶句した。

百々は、『うわー、しぃちゃんて髪の毛短くしても似合うんだなー、モデルみたいに小顔だから、ショートにしても美人だー』などとふわふわ笑っていたら、史生に睨まれた。なので、素直に似合うねなどと言ったら、変な顔をされた。

百々が本気でそう言っているのか嫌味なのか、史生としては迷うところだったらしい。自分に睨まれた百々がにこにこしているので、一応誉めているのだと判断し、史生はぶっきらぼうに「ありがと」と返してきた。

今、玄関で百々と話している史生は、スキニージーンズに白いニット姿で、相変わらずショートヘアである。

「待っててね、着替えてくるから」

「なんで待ってなきゃいけないのよ」

「いいじゃん。しぃちゃんとこの卒業式の話でも聞かせて。私立と公立って違うよね？」

「あんた、何気に上から目線に聞こえるわ。卒業式なんて、どこも一緒でしょ」

返ってくる言葉は柔らかくないが、刺々しさもない。

百々は、キッチンにいた史生の母親に帰宅の挨拶をし、手を洗いうがいをすると、部屋に行き私服に着替えた。

着替えてダイニングへ降りていくと、史生の母親が用意しておいてくれたのか、テーブルの上にコーヒーとシュークリームが置いてあった。

「わあ、シュークリームだ！」

「あんたはいいわね。シュークリームだけでそんな喜べて」

「なに、しぃちゃん、嫌いなの。じゃあ、もらうよ、遠慮しなくていいから」

「嫌いじゃないわよ！　あんたに遠慮なんかするわけないでしょ！」

百々が手を伸ばすと、史生は慌ててシュークリームの乗っていた皿を自分の方に引き寄せた。

コーヒー用のポーションミルクを持ってきた史生の母親が、二人のそんな様子を見て笑っていった。

百々は、シュークリームを手にとって、かぶりついた。

「これさあ、失敗するとクリームが思いっきり出ちゃうよね」

「お店によって、下からクリーム入れてるとこと、シュー生地を切って挟むところがあるじゃない」。

あと、クリームがカスタードだったり、生クリームとのハーフだったりなどと、そこからはそれぞれの好みの話になる。

最後の一口を先に口に放り込んだのは、史生だった。

「それで、いつ実家に帰るの？」

突然、引っ越しの話に切り替わる。

百々は、口の中のクリームを、ごっくんと飲み込んだ。

「二週間くらいしてから？　三月半ばって言われたから」

「すぐにって言われなかったのね」

「むしろ、三月末までだと思ってた」

今百々が通っている佐々多良神社は、当然のことながら佐多家から通った方が近い。百々の実家の四屋敷邸からだと、区を跨がなければならない。

今は三月でここ数年は小雪と言われていても、雪がまったく降らないわけではない。高校を卒業して、平日も一日中働けるようになったのに、神社から離れた実家に戻ったのでは通うのが大変になる。

「だからね、どうしてって聞いたら、まだ高校の友達がこっちにいる間に遊んでおけばって言われた。確かにこっちの方が交通の便がよくて集まりやすいもんね」

県外に進学する友人たちとの時間を、曾祖母の一子は百々のために許してくれた。

何故なら、その後は大学生活を送ることになる友人たちと全く異なる生活を送ることになるからだ。

「じゃあ、遊べばいいじゃない。神社はこれまで通り朝と夜だけで」

「いやいや、そういうわけにはいかないよー。修行のためにここに下宿させてもらってるんだし」

「修行なんて、これからいやってほどできるんでしょう」

「その予定」

ただし、どんなことをさせられるのか、まったく聞いていない。

百々が曾祖母の一子から出されている宿題は、たった一つ。

『お力をお貸しくださりお護りくださる女神様《おんなかみ》をお一人決めておきなさい』

四屋敷の女主人が代々就く「在巫女」。

巫女でありながら、神社に仕えず。

在野にあって、神域を作り出すもの。

どこであろうと、神の力をお借りできるもの。

神職にあらず、唱《とな》える祓詞《はらえことば》も祝詞《のりと》も神社で聞かれるものとは異なり、素人の女性が読み上げるような独自のもので。

にもかかわらず。

ただいるだけで。

息をするだけで。

望むだけで、願うだけで。

在巫女はそこにあることができる――そんな存在なのだ。

その日の夕食は、百々と史生の卒業祝いということで、史生の母親が腕を揮《ふる》ったご馳走が食卓に所狭しと並べられた。雛《ひな》祭りも兼ねているからと、ちらし寿司が用意されており、そう言えば和室に雛人形が飾られていたなあと百々は思い出す。

出したときのことは覚えているのだが、平日は学校と神社に行き、休日は神社、そんな日々を送っていたので、じっくりと雛壇飾りを見ることがなかった。

はまぐりのお吸い物を啜り、胃がじんわりと温かくなると気持ちも暖かくなる。

食卓の席でも、史生はわいわいと騒ぐたちではなく、百々は百々で料理を堪能するタイプなので、口数が多いわけではない。

それでも、佐多家の面々から卒業式の様子や今後のことを聞かれれば、口に入れた料理をごくんと飲み込んでからきちんと答えた。

そんな中、史生がアパート生活になることが話題にのぼった。

「大学の近くのアパート借りるのよ。ここからだと大学まで遠いし」

遠いとはいえ、バスもある。通えない距離ではない。

「まだ合格発表前だもの。落ちたら引っ越しの話はお流れ」

必ず受かるわよと、史生の母親が横から励ました。

実際、史生の模試の成績は合格ラインを大きく上回っていたので、百々も受かるだろうと思っていた。

「それより、大学、あんたの実家のある区だから。たまには遊びに来てもいいわよ」

「え、ほんと⁉ やったー！ だったら、修行辛くなったら、しぃちゃんとこに逃げ込もう！」

「遊びに来てもいいけど、逃げ場にされるのは嫌」

じろりと史生に睨まれて、百々はえへへと笑って誤魔化した。


自室に入った百々は、携帯を取り出した。

ぺたんと畳に座り込み、両手で携帯を握りしめたまま、画面をじーっと見つめる。

そのまま数分間固まっていた。

その様子に呆れたのか、ポケットの中の御守りから声がした。

『いい加減、電話したらどうだ』

「そ、そそそそれって、いかにも卒業おめでとうって言って、みたいな取られ方しないかな⁉」

声の主は香佑焔で、百々にしか聞こえない。端《はた》から見れば、百々が大きな声で独り言を言っているように見える。

『祝われたくて連絡を入れるのではなかろうが。報告だ、報告。おまえがあまりにお転婆であったがために、あの男はおまえが実家を離れここに下宿している間、定期的に様子をうかがわねばならなくなったのだ。世話になったと、礼の一つも入れるのが礼儀ではないのか』

「そうなんだけどもさ！」

それに。

「……もう気軽に連絡取れなくなるしね」

実家に戻れば、保護者のもとでの生活だ。定期的に警察官である東雲が安否を確認しに来る必要もない。

あとは、警察の介入が必要となるような事態が起きたときのみ、連絡をとるような関係になる。

曾祖母がそうしているように。

『警察の世話になること自体、間違っているのだろうが』

「そうなんだけど……そうなんだけど……」

どうにも踏ん切りがつかず百々がもだもだとしていると、突然携帯が鳴った。

画面に映し出されるのは、たった今話題にしていた東雲の名。勤務時間中なのだろう、職業柄、そして彼の生真面目な性格から私用の携帯ではなく公用の携帯から掛けているようで、表示は【東雲・公用】となっていた。勤務時間外や休日にやりとりするときは私用の携帯なので、その場合は普通に名前だけが表示される。

百々は、動転しながら通話の表示をタップした。

『もしもし。東雲です』

「は、はい！　こんばんは！　加賀です！」

東雲は、百々のことをずっと「加賀さん」と呼んできた。

家族も友人も世話になっている佐多家の人々も、みんな「百々」の名を呼ぶ。

時にはたまたま佐々多良神社に来た他の神社の宮司から「四屋敷さん」と呼ばれることも。

「百々」と呼ばれるのは、いいのだ。百々個人としての名であるから。

しかし、まだ跡を継いでいないのに「四屋敷さん」と呼ばれると、ああ、この人にとって自分は「加賀百々」一個人ではなく在巫女としての次代の四屋敷の当主なんだなあと思ってしまう。

そんな中、東雲は真面目に当然のように「加賀さん」と呼び続けていた。

『今日、ご卒業とうかがっていたので。おめでとうございます』

「お、覚えていてくれたんですか！　ありがとうございます！」

『仕事で外に出ていまして、ご連絡が遅れました。すいませんでした』

「い、いえいえいえ！　逆にわざわざ連絡をもらって、申し訳ないですよ！」

十七も年上の警察官である東雲に謝られ、百々は真っ赤になって否定した。

『それで、ご実家に戻るのは明日ですか』

「そこまですぐじゃありません。二週間くらいしてからになります」

『自分、引っ越しの手伝いならできます』

以前、一時期下宿していた先から佐多家に戻るときに、引っ越しを手伝ってくれたのが東雲である。

荷物と言っても、宅配で送るものもほとんどなく、大きな手荷物だけで済んだ。

本来なら義父の丈晴がすべきところを、一子の手配で東雲が手伝うことになったのだ。

しかし、まさか今回はそういうわけにはいくまい。

「あの、引っ越しは父が」

『そうですか』

佐多家への挨拶もある。真面目で常識を重んじる丈晴としては、娘が世話になった佐多家にお礼を言うのが当然の礼儀だと思っているし、さすがにそこは百々も同意している。

ただ、そうなると。

「あの、これで東雲さん、わざわざ私の安否確認に神社まで来たり連絡を入れてくれたりしなくてもよくなりましたね」

きっと東雲さん、ほっとしているだろうなあと、百々は寂しく思った。

しかし、東雲からしばらく言葉が返ってこず、百々は不安になった。

そうか、答えにくいよね、やった解放されたとか、面倒なことがなくなったとか言えないもんね——……と百々は口にしたことを後悔し、取り消そうとした。

「あの……っ」

『それでも、近況確認に時々連絡をします』

「は……？」

東雲の言葉に、百々はきょとんとした。

実家に戻れば、曾祖母との修行しかしないので、近況確認ってどういうことだろう、と。

『事前に加賀さんの動向をうかがっておいた方が、迅速に力になれるかと』

あくまでも担当として、ということなのだろう。

その言葉の意味に、百々はなんだかがっかりしてしまった。

「そんなに警察にお世話になるようなことはないと思います」

『もちろん、その方が賢明です』

正論なのだが言われた百々は何となく面白くない気持ちになり、「それじゃあ、東雲さんもお元気で！」と言ってしまい、言いながらすでに後悔する。

百々の言葉を受け、東雲も『加賀さんも。では、失礼します』とあっさりと通話を切る。

百々は、通話の切れた携帯を両手で握りしめて、突っ伏した。

「ああ～っ、もう！　そんなに警察沙汰ばっかり起こしてられないっていうのに～！」

つまり、それだけ東雲にも会わなくなるというのに、東雲があまりに冷静に「担当」としての立場で話すので、百々も最後は雑な対応をしてしまったのだ。

わざわざ卒業のお祝いの連絡をくれたというのにだ。

「そりゃあ、私はただの担当されてる子だけどさ……っ。年頃の女の子の魅力とか、若い子と話す機会が減るから残念とか、そういうの全然感じないのぉぉぉ？」

『いまだ花より団子のおまえに、何を感じろというのだ』

それより修行に専念せんかと香佑焔にたしなめられ、百々はぷうっと膨れた。


そして、翌日。百々はこれまでと変わらず朝から神社に通った。

卒業して時間ができたからといって、そんなに一日中働かなくていいと、史生の父で権宮司《ごんぐうじ》の秀雄《ひでお》や祖父の忠雄から言われたが、百々としてはお世話になった三年分最後にきちんとお返ししたいという気持ちだった。

あと二週間もすれば、しばらくはここに来ることがなくなる。だから、今のうちにきっちりしておきたかった。

土日は特に忙しかろうと、高校の友人らは百々に気を遣って平日の午後から遊ぼうと声をかけてくれた。

県外に引っ越す前にと言われ、さすがにその日は百々もそちらに行ってもいいだろうかと宮司に申し出、許可を得た。

三年間、百々の特殊な事情の一端に気づきながらも変わらず接してくれた友人らと、映画にショッピングにと楽しいひとときを過ごした。

引っ越しの前日には、他の神主たちや巫女仲間にもお世話になった挨拶をする。

特に親しくしてくれた巫女の華は、寂しくなるわと目に涙を浮かべてくれて、あやうく百々まで泣き出すところだった。

高校時代の三年間、確かにここでの生活が、神社で働くことが、百々にとって自然なもので忘れがたい時間になっていたのだ。

それも、もう終わる。

そして、引っ越し当日。大きな菓子箱を持参して、父の丈晴が引っ越しの手伝いに来た。

丈晴は百々の荷物をあらかた車に乗せると、お茶でもと通された座敷で佐多家の人々に三年間の礼を口にした。

「娘が大変お世話になりました」

それに対し、秀雄も忠雄も居住まいを正す。

特に忠雄は、思うところがあるらしい。

「いえいえ。こちらこそ、四屋敷さんのお嬢さんをお迎えできて、これほどの栄誉はありません」

忠雄が、額を畳に擦り付けんばかりに頭を下げた。

自分がまだ目の黒いうちに修行を終える日を迎えることができたと、忠雄は今にも涙を流さんばかりの感慨にふけっている。

息子の秀雄も、父親ほどではないにしても、無事三年間を終えることができて満足そうだった。

「史生さん、大学に合格したそうで。おめでとうございます」

卒業式から数日後、史生は無事に合格した。四月から地元の新潟大学の学生である。

丈晴の言葉に、秀雄は嬉しそうに頭をかいた。

「いやぁ、どうにか受かりましてほっとしております」

それからひとしきり、父親同士娘の話になり、史生も引っ越すことになるのだという話題になった。

大学近くのアパートは、この佐多家よりも四屋敷家の方が近い。

「でしたら、何かありましたら、ぜひいつでもうちにご連絡ください。なんでしたら、ちょくちょく寄ってもらえると娘も喜ぶでしょう」

いや、お父さん、私これから修行なんですけど——

丈晴の横で黙って話を聞いていた百々は、心の中でつっこみを入れていた。

同じく、一緒に座っていた史生も何も言わない。軽く丈晴に頭を下げながら、百々をちらりと見た。

にこりともしないその顔から、『あんたん家《ち》に寄るわけないでしょ』という史生の言葉が聞こえるようだった。

出された茶を飲み終え、丈晴と共に百々は佐多家を出た。佐多家全員が見送りに出る。

「お世話になりました。時々佐々多良神社にお詣りにうかがいます」

百々の言葉に、忠雄も秀雄もうんうんと頷いた。

「いつでも遊びにおいで」

さらに秀雄は、好きなときに巫女になりに来てもいいとまで言ってくれた。

史生は、小声で「あとで連絡寄越しなさいよ」と言った。

「うん。またね、しぃちゃん」

「またね」

にこにこと手を振る百々と、真顔の史生。

一見、史生の対応が冷たいように見えるが、ここに下宿し始めたころに比べたら、ずっと百々を認めてくれているので、百々はそれで十分だった。

百々が助手席に乗ると、丈晴は車を発進させた。

車が実家に到着すると、玄関から母親の七恵が出てきた。

いくつになってもふんわりと柔らかい雰囲気がある女性だと、百々は思う。いつもにこにこと微笑んでいて、一緒にいるとこちらの口元も緩んでしまうような、そんな母親だった。

曾祖母曰く、百々の母親には「周囲を幸せにする力がある」とのことだった。

わかる、うん、わかると、百々は母を見てつくづくそう思う。

「おかえり、百々ちゃん」

「ただいま」

あのねあのね、しぃちゃんが遊びに来てもいいって言ってくれて、それから高校の友達がね、と話したいことが口をついて次から次へ出てくる。

丈晴と共に自分の荷物を下ろしていると、そのいくつかを家の中に運ぶ手伝いをしてくれる。

その母が置いた荷物を、さらに百々の部屋に運んでいく人影が一つ。

和服姿の、ウエーブがかった髪型の女性の二十代後半に見える女性――それは、百々も知っている、曾祖母の式神の舞移《まい》だった。小さい頃からずっとこの家にいる。

百々としては、お手伝いさんのような感覚で接してきた、半ば家族のような存在だった。

「百々ちゃん。話はちゃんと聞くから、まずは大おばあちゃんに挨拶してらっしゃい」

荷物を運び終わっても話が止まらない百々に、母親はおかしそうに笑いながらも促す。

実家に戻ってきた嬉しさについ気が緩んでいた百々は、そうだったと慌てて靴を脱いで家に上がる。

たまに帰宅するのではない。もう下宿先に戻らなくてもいいのだ。自分の家に帰ってきた安心感は、三年間下宿生活をしてきた百々にとって非常に大きいものだった。

廊下をぱたぱたと急ぎ、曾祖母の自室である和室の前で膝をつく。

「ただいま帰りました、大おばあちゃん」

「ほほほ。相変わらずお転婆さんな足音だこと。お入りなさいな」

許されて、百々は障子戸を開けた。

いつもの場所に、いつもと同じように、曾祖母の一子が座っていた。

和服姿で、真っ白な髪を結い、背筋をしゃんと伸ばしている。顔に刻まれた皺は深い。

それでも、いまだ衰えることのない気力を維持している、現在唯一の「在巫女」――四屋《よつや》敷一子《しきいちこ》が、そこにいた。

百々が一子の前に正座すると、一子自らお茶を淹れてくれた。そのタイミングで、舞移が茶菓子を運んでくる。

「あ、温泉饅頭だ！」

「町内のね、田中《たなか》さんがご家族で温泉に行かれたのですって。おすそわけですって、わざわざ持ってきてくださったのよ」

昔から甘いものが好きな曾祖母は、いくつになってもおやつを欠かさない。百々も一緒に食べることが多く、おかげで甘いものは大好きだ。

二人で一個ずつ小振りな饅頭を食べ、茶で口をさっぱりさせると、ようやく一子が本題に入った。

「戻ってきて早々で気の毒ですが、百々ちゃん、あなた、私の跡を継ぐための修行に入ってもらっていいかしら」

「へ、あ、はい！　いいです！」

まさか饅頭を食べた直後に言われるとは思わず、慌てて答えた声が裏返った。

この曾祖母は、独特の間合いで話題を切り出す人で、なかなかに油断がならないのだ。

「それじゃあ、まずは宿題の答えを聞かせてもらわなくてはね」

曾祖母の一子が、百々に出した宿題。

あなたをお守りくださる神様を
力をお貸しくださるようお願いする女神様を
お一人心にお決めなさい
高校を卒業して、私からすべてを受け継ぐ修行の前までに——

一年以上前に、一子から言われていた宿題というのは、このことだった。

ちなみに、一子は神大市比売神《かむおおいちひめのかみ》を、自分に力を貸してくれる神様として定めている。

自分で考え、自分で定める。人の身でありながら、その選択権をもつ——それが、在巫女なのだ。

「どんな女神様にお願いしてもいいんですよ。ただし、よぉく考えて答えなさい」

己の力量にそぐわない力を借りようとしてはならない。

己の理解を大きく外れた力を求めてはならない。

「私たちが代々佐々多良神社で修行をしていながら、誰も伊邪那美命様のお力を借りないのは、あの方がほとんどの神々の母であるからです」

伊邪那岐命《いざなぎのみこと》と伊邪那美命以前の神々のほとんどは、隠れてしまっている。

神話として残っている神々のほとんどは、この二人に関係するものだ。たとえば神々の国である高天原《たかまがはら》を治めるのは、伊邪那岐命の目から生まれた天照大神《あまてらすおおみかみ》であるように。

そんな伊邪那美命の力を借りていくのは、非常に多くの神々の力に通じることであり、あまりに過分だ。

さらに、それが与える影響たるや——死して黄泉の主宰神《しゅさいじん》である黄泉津大神《よもつおおかみ》になった伊邪那美命に祈り助力を願ったとするならば、寄せられる力は果たして在巫女であっても制御できるものなのか。

「そんな不遜なことはできませんもの。私は、神大市比売様にお願いするので精一杯」

一子に謙遜は似合わない。

精一杯などと言っているが、一子がいかに効率よく神の力を借りているか、百々は知っている。

神大市比売神は、女性を庇護する神として有名だ。

その子は、宇迦之御魂神、稲荷の神社の主祭神である。さらに、神大市比売神の父神は大山祇神《おおやまつみのかみ》。

大山祇神はこの国の山々すべての神と言われ、親神は伊邪那岐命と伊邪那美命だ。

「大おばあちゃん、ほんと、選択間違わないよね」

繋がる力は、いずれも強力なものばかり。それらの力を借りるために選択したのだとしたら、一子は非常に賢く、それでいて容赦がなかった。

「前代と同じ女神様にお願いすることはできませんよ。だって、すべて百々が引き継ぐまで私、生きていますから」

私がそのお力をお借りしているのだから、あなたには貸しません――そう言われているようで、百々はつい小声で「けち」と言ってしまった。

もちろん、その言葉は一子の耳に届き、扇子でぴしゃりと叩かれてしまった。

「それで？　百々ちゃんは、どの神様のお力をお借りすることにしたのかしら」

「うーん。香佑焔がいるからいいかと思ったけど、そういうわけにはいかないのよね」

当然だ、香佑焔は神使であって神そのものではない。

「だったら、宇迦之御魂神様がいいかなとも思ったんだけど」

庭の小さな社で、香佑焔が苦笑している気配がした。

いや、もしかしたら呆れているのかもしれない。おまえには過ぎた願いだと。

「あらあら。宇迦之御魂神様は女神様という説もありますよ」

一子がころころと笑った。

「あー、うん、でも、何か違うかなって」

人々の信仰が集まると、神の力はそれだけで増す。人の強い思念はそれほどに力があるのだ。

そう考えると、伊邪那美命を選ぶ以上に、現代の世においてこれほど多くの参拝者を集める稲荷の神に助力を願うのは、百々も怖い気がしたのだ。

それに、宇迦之御魂神を選ぶと香佑焔がうるさいだろうなと思ったのも確かである。

「私は罔象女神《みつはのめのかみ》様にお願いしようかなって」

罔象女神――それは、水を司る女神。

伊邪那美命より生まれた神で、一子に力を借してくれる神大市比売神の父、大山祇神と母を同じくしている兄妹神となる。

「ちゃっかり天照大神様なんて言いたくなっちゃったけど、堅実に行こうかなって」

「あらあら。ほほほ」

どこが堅実なものか、それを知っている一子は、おかしそうに笑った。

伊邪那岐命、伊邪那美命に近ければ近いほど、その後生み出された神々とも多くの血の繋がりが出来る。

力を振るうには、その方がいいのだ。

しかも、この国で水はどこにでもある。家庭にも神社にも。内にも外にも。

「本当にあなたはよい選択をしましたね」

曾孫の選択に、一子は満足したらしかった。

「それじゃあ、お願いします、大おばあちゃん」

「あら、何をかしら」

「え」

お力をお借りする女神様を決めるという宿題を、百々はこなしたのだ。だから、今度は一子がその神様と自分を繋げてくれるのだとばかり、百々は思っていた。

「あらあら、百々ちゃんたら。こちらが勝手に決めただけで、お力をお借りできるなんて、そんなこと、おほほほほ」

おかしそうに口元を隠して笑う一子に、百々は嫌な予感しかしない。

「えーと……まだ何かしないといけないの？」

「当たり前ですよ」

一子の目が、楽しそうに百々を見る。

あ、これ、よく無茶を言い出すときの目だ——

何度も見た一子のいたずらっ子のような目に、百々は心の中で冷や汗を垂らした。

「あなた自身がお許しをいただいていらっしゃい。罔象女神様のところに行って」

「え？　え？　ええっ！」

百々は目を白黒させ、一子はまた笑った。

鉦舟《かなふね》神社

そして、冒頭の百々の運転まで遡る。

百々に最初に課せられた修行は在巫女となるために女神から力を借り、時に護ってもらうために、正しく挨拶をして許しを得てくることだった。

百々が守護を願ったのは罔象女神。

罔象女神、または弥都波能売神《みつはのめのかみ》。

その名を聞き、一子は「ちょっと待っていらっしゃいな」と立ち上がり、自分の文机の横の棚の引き出しを開けた。

そこから何やら書きつけのようなものを出してしばらく見ていたが、やがて顔をあげると百々にある神社の名を告げたのである。

それが今回百々が行く、罔象女神が主祭神の鉦舟《かなふね》神社だった。

自宅の敷地を出た百々は、すぐに緊張でガチガチになった。ハンドルを握る手のひらに、じっとりと汗が滲むのを感じる。

まだ早朝なので、行き交う車はほとんどない。練習するにはもってこいの時間帯だが、初心者もいいところの百々には何の慰めにもならなかった。

「し、東雲さ～ん……替わりませんか～……」

情けない声で助けを求めるも、東雲は冷静に断った。

「ここら辺はまだ大丈夫です。このまま国道に出て、史生さんと合流しましょう。そのあとはバイパスに乗ってスピードを出しますので、自分が運転します」

百々は今回の神社行きを、史生に告げていた。

大おばあちゃんに行ってこいって言われちゃってと百々が電話越しに打ち明けると、しばし沈黙した後、自分も行きたいと史生が言い出したのだ。

これは、さすがにダメだろうと百々は何度も断った。

何をしてくればいいのかわからないが、ただお詣りするだけにはならないということだけはわかる。そこに安易に史生を連れていくことを、百々は許可できなかった。

何度も押し問答した後、史生が一子に聞いてくれと言った。

一子がダメと言うなら、行かないと言うのだ。

史生に言うんじゃなかったと思いながら、百々はしぶしぶ一子に史生が行きたいと言っていると切り出したら「あらあら、ずいぶんと好奇心の強いお嬢さんねえ。でも、その方が百々ちゃんもリラックスできるかしら。一緒に行っても大丈夫ですよ」と、あっさり許可されてしまった。百々が、本当にいいのかと再度尋ねたくらい、あっけなく。

なので、これから百々は史生と待ち合わせているところまで、運転していく。

既に大学近くのアパートに移っている史生は、狭い道だと拾いにくいだろうからと、国道沿いのパン屋の前を指定した。

そこまで二十分もかからない道のりだったが、百々には一時間くらいに感じられた。

史生の姿を見かけて、ウインカーを出し、ゆっくり左に寄せると、史生が後部座席のドアを開けた。

「えっ！　あんた、運転してきたの⁉　怖ぁ！」

「私が一番怖いよう！　しぃちゃんもすればいいのに！」

「まだ免許取ってないもの、無理。おはようございます、東雲さん。よろしくお願いします」

「おはようございます」

史生が後部座席に乗り込むと、東雲と百々も座席を移動した。

運転席には東雲が座り、百々は史生と一緒に後部座席に収まった。

「わあああん！　怖かったよう、しぃちゃん！」

「よかった、ここからは東雲さんの運転ね。あんたの運転だったら、降りてるところだわ」

「ひどい！　もっといたわって！」

優しさの欠片もない言葉に、百々が猛然と抗議する。

その間に、東雲は車を発進させていた。

百々の頼りないノロノロとした運転ではなく、なめらかにスピードが上がる。

「さすが東雲さん……。佐多のおじさんも運転するよね？」

「するけど、ほとんど仕事でよ？　家族旅行で乗せてもらったこともないわ」

神社は三百六十五日年中無休。もちろん、神主たちにも休日はあるが、真面目な秀雄はほとんど休みらしい休みをとらず、少しでも神社に顔を出すようにしていた。

「あー、でも、うちも車での家族旅行ってしてないかなー。必要なときに乗せてもらうくらい。あとね、うちはお母さんも運転するよ」

短大を出て就職した母は、車の運転もできた。

亡き父がどうだったのか、百々は覚えていない。

今の父である丈晴が七恵と入籍したのは、七恵と百々が四屋敷の家に入って何年も経ってからで、丈晴はそれまで律儀にも七恵と百々を連れ出すようなことはしなかった。

その後、一度は家族で旅行したものの、中学生になり思春期になった百々に気遣ってか、家族旅行はなくなった。

東雲の運転する車は順調に進み、新潟バイパスと呼ばれる国道七号線に乗った。

ここからは、信号がほとんどなく、しかも早朝ということもあって、すいすい進む。

百々は、自分だったらこんなスピードを出すのは怖いなと思った。

「加賀さん。史生さん」

運転席から、東雲が声をかける。

「朝食はどうしますか」

そう言われて、百々と史生は顔を見合わせた。

朝早かったので、二人とも何も食べていない。

百々の場合、母の七恵がおにぎりを作ろうかと言ってくれたが、史生や東雲がどうするのか聞いていなかったし、ピクニックや遠足みたいだからと、断っていた。

すでに実家を出てアパート生活になっている史生も、朝食はさぼったらしい。

「途中、道の駅があります。サービスエリアほどではありませんが、多少食べられます。寄っていいですか」

「もしかして、東雲さんも食べてないんですか」

「はい」

こんな早くからでは仕方がないかと思いながらも、そんな時間に運転させている申し訳なさに、百々の方から提案した。

「それじゃあ、寄って朝御飯食べましょう。私、東雲さんの分も出します。運転していただいてるので、そのお礼ってことで」

見るたびに大量に食べる東雲のことだ、さぞお腹をすかしているに違いないと、百々は心配になった。

「いえ、自分の分は自分で出します」

「だって、私のせいでこんな時間に、しかもお休みの日の朝に……」

「自分、担当ですから」

まったく譲らない東雲に、百々は口を閉ざした。

また言われてしまった。東雲は、これもまた担当の仕事だと思ってやっているのだと。

百々はぷうっと頬を膨らませ、その頬を史生につつかれた。

東雲の車は、道の駅の駐車場に滑り込んだ。

史生と合流した辺りからちらちらと降りだした雪は、みぞれ混じりの天気になっていた。

案内所の付近はまだ朝のせいか人影がまばらだ。その横の土産物コーナーと麺類が中心の軽食コーナーは明かりがつき、客の姿が見えた。

三人は軽食コーナーに入り、百々はきつねうどん、史生は山菜蕎麦の食券を購入した。

「神社に行く前に、食べていいの？」

受け取った丼をテーブルに自分で運びながら、史生が尋ねてきた。

「いいと思う。だって、夕べお母さんがおにぎりを作ろうかって言ったとき、大おばあちゃん、止めなかったもん」

「潔斎《けっさい》とかっていいわけ？　あと、禊《みそぎ》とか」

「いらないみたいだけど……しぃちゃん、やたら詳しいね。何でそんなこと知ってるの」

史生は、七味唐辛子を蕎麦に振りかけて、瓶を戻した。

「大学で民俗学を勉強すんの。受験勉強の傍ら、いろいろ読んだのよ。神道の本も含めてね」

民俗学と聞いて、百々は驚いた。

かつては兄を慕って巫女になり、神社の仕事をしたいと言っていた。だから、史生が地元の国立大を受けると聞いたときから、大学で何を学びたいのかずっと疑問に思っていた。

「巫女をするかどうかは、決めてない。ただ、別のアプローチもあるかなって思っただけ。離れる気はないわよ。神社からは。ただ、違う角度から入ってみようかと」

淡々と話す史生は、本当はもう自分の中で将来に進む道を決めているのかもしれない。

そんな史生の姿に、百々の口許に徐々に笑みがのぼった。

「ちょっと。あんた、何よ、その気持ち悪い笑い方」

「えへへー。しぃちゃん、しっかりしてるもんねえ」

百々に誉められて、史生は一瞬箸を止めた。

百々には嫌みも悪意もない。素直に、史生の変化と逞しさを喜んでいる。

その姿に、史生が決まり悪そうに丼を見下ろしながら、中身をつついた。

「……しっかりしてるのはあんたよ」

「はい？」

思ってもみなかった言葉に、百々がきょとんとした。

しっかりなどという言葉を、これまで言われたことがない。天然だとか、鈍いとか、ふわふわしているとか、そういう言葉ならよく言われるが。

これは史生の嫌みだろうかと、百々は判断できないまま、史生の言葉を待った。

「何だかんだ言って、自分がやりたいことを実行していってるし、進学しないっていうのもあっさり受け入れてるし」

「やりたいことかぁ……まあ、そうかもね」

高校時代の三年間の修行も、無理矢理やらされているという感覚はなかった。

今回の神社行きも、元々は曾祖母から出された宿題の結果だ。

だから、罔象女神から力を借りたいと決めたのは、百々だ。

だが、一子は百々に神社に行けと言った。

だから、行く。

だから、乞い願いに行く。

百々の意志で。

「確かに、うん、やりたいことはやってるかな」

「あんた、苦労してるはずなのに全然そんな感じじゃない……し……」

言いかけた史生は、百々の背後に視線を走らせたかと思うと、言葉を飲み込んだ。

大きく見開いた目から、驚きが伝わってくる。同時に箸から蕎麦が滑り落ちた。

何だろうと振り向くと、そこにはトレーを持った東雲が立っていた。

「いいですか」

隣、という意味なのだろう。

「どうぞ。今日も食欲健在ですね、東雲さん」

「はい」

トレーには、大盛りのラーメンの他に、同じように売っていた二個入りのおにぎりのパックが二つ、つまりおにぎりが四個乗っていた。

東雲が健啖家だということを百々は知っていたが、史生は見るのは初めてだ。

朝からこの量を食べようという東雲に驚いても無理はない。

「話を続けていただいて構いません。自分、黙って食べてますんで」

そう言って、東雲は割り箸を手に、ラーメンをすすり始めた。

二口ラーメンをすすると、パックの輪ゴムを取り、おにぎりを食べ始める。どうやらラーメンは、スープや味噌汁の代わりにもなっているようである。

黙々と口に運んでいく様子を、史生は食い入るように見つめていた。

「しぃちゃん、お蕎麦のびちゃうよ」

東雲と何度か食事を共にしたことのある百々は、ああ、今日も東雲さんたくさん食べるんだなあ程度にしか思っていない。

逆に、東雲が普通のラーメン一杯だけの食事をしたら、具合が悪いのかと心配になったかもしれない。

「い、いつもこんなに食べるの、東雲さん」

「うん。だから、うちに東雲さんが来ると、お母さんがはりきっちゃって、すんごい量作るんだよ。帰りは、これまた大量の容器に詰めて持たせて。私、そのうち東雲さんが遠慮できなくてお腹を壊すんじゃないかと心配で心配で」

「自分、丈夫なんで。それと、加賀さんのお母さんの料理は、すべて美味しくいただいています」

「わあ、それはお母さん、喜んではりきっちゃうわー。今日のお昼ご飯はうちで食べていってって言われる…あ、そうだ、しぃちゃんもうちにおいでよ！」

いい考えだとばかりに百々は史生を誘い、史生は東雲の口元を凝視しながら、う、うんと頷いた。

二個目のおにぎりと添えてあった漬物も残さず食べ終え、空になったパックに輪ゴムをかけると、東雲は残りのラーメンの麺を立て続けに口に運び、もう一つのおにぎりのパックを開けた。

再度百々に促され、史生はようやく東雲から自分の丼に視線を移し、残りの蕎麦を食べた。

二人が食べ終わるのと、東雲が食べ終わるのが、ほぼ同時だった。

口元を紙ナプキンで拭いながら、史生はやはり微妙な表情を浮かべたままだった。それでも、史生は気を取り直したらしい。

「それで、あんたはこれから行く、ええと、鉦舟《かなふね》神社で何をするの」

「そこに、罔象女神様が祀られてるの。だから、たぶんお祈りしてお願いして、これから助けてくださいって頼んでくることになると思う」

「思うって」

「大おばあちゃん、重要なことは何にも教えてくれないんだよ。スパルタもいいところ」

百々は、はあーっと長いため息をついた。そのわりに、悲壮感も困惑も感じられない。

「行けばわかるってことなんだろうけど。あと、しぃちゃんも一緒に行ってもいいっていうことは、少なくともしぃちゃんや東雲さんに危険はないってことなんだよ」

同行する彼らに危険があるようなことであれば、百々一人で行かせるだろう。

もしくは、自分の式神をつけるか、それとも一子も共に車に乗るか。

「私なりに調べたんだけどね」

史生が自分のデイパックから、ごそごそと手帳を出す。

「鉦舟神社って、あんたの言う罔象女神以外にも神様が祀られているわよね」

ページをぱらぱらとめくりながら、史生が言う。

「あった。ええと、饒速日命《にぎはやひのみこと》と高龗神《たかおかみのかみ》と闇龗神《くらおかみのかみ》ね。他にも大山祇神とか少名彦命《すくなひこのみこと》とか、いろいろあるみたいだけど」

「すごいなあ、しぃちゃん。しっかり調べたんだね！」

史生が書き記したページを見て、百々は感心したような声をあげる。

「いや、逆にこっちが聞きたいわよ。何であんた事前に調べないの。不安とかないの」

素直に誉めたら、反対に史生に睨まれてしまった。

えへへ、と百々は照れたように頭をかく。

「だって、行ってみればわかるかなあって」

「それはそうだけど。あんた、下調べとか……しなそうだもんねえ」

今度はがっくりと肩を落とされてしまう。

行けと言われたから行く。

必要だから行く。

行けば、四屋敷の女として必要なことがわかる。

そう思っている百々に、向かう先への不安はなかった。どんなところだろうというドキドキする気持ちや、罔象女神にちゃんとお願いが通るだろうかという不安ならばもっているが。

「海の近くのはずです」

運転手を務める東雲も、それなりに調べてきたのだろう。

「川も近い」

「あー……それはいいかも」

罔象女神は、水に関わる女神だ。そこに神社がある意味、そこで祀られる意味、それにも関係するのかもしれない。

史生さんが調べてきたことは、車の中で聞かせてくださいと言って、東雲はトレーを持って返却しに席を外す。

あれだけの量を、自分たちより遅れて食べ始めたのに、終わるのはほぼ同時ということに、史生はまた驚いているらしかった。

「……あんなスピードで食べて、なんで太らないのかしら」

「え、しぃちゃん、つっこむとこ、そこ⁉」

百々は、東雲さんてたくさん食べるなあとか、胃袋もやっぱ大きいんだろうなあとか、その程度だ。もう見慣れてしまっているからかもしれない。

それよりも、東雲の健啖ぶりは見ていて気持ちがよかった。

顔のパーツ一つ一つが大きく、やはり大きな口の中に、食べ物が次々に運ばれては消えていく。

食べる量もスピードも自分とは桁違いの東雲の食事だが、所作は綺麗なのだ。こぼしたり汚したりすることがない。

「てかさ、東雲さん、食べ方綺麗だよねえ。きっと、ああいうのを、流れるような所作って言うんだよ。箸の持ち方も正しいし」

「私には、流れ作業にしか見えない。太らないのは羨ましいけれど、味をきちんとわかっているのか不安」

どうやら史生は東雲の食べ方があまり好きではないらしい。

見てて飽きないし、むしろこっちまで楽しくなるのになあと、百々は残念に思った。

手洗いを済ませ、後部座席に二人を乗せて、東雲の車は発車した。

座席で、史生は再び手帳を開く。

「饒速日命は、天磐船《あまのいわふね》に乗って高天原から降りてきた天津神《あまつかみ》だという記述もあれば、地方の一豪族が祀っていた神として出てくることもあるわ」

つまり、はっきりとどの神と繋がっている、どの神から生まれた血筋かということは、明確ではないらしい。

「古事記と日本書紀を比べただけでも違いがあるんだから、もっと調べれば他の説も出てくるかも」

民俗学は、そういうことも勉強するのかなあと、百々はふーんと感心して聞いていた。

「それから、高靇神と闇靇神なんだけど」

手帳を覗き込んだ百々の目には、難しい漢字が飛び込んできた。

雨かんむりに、口という字が三つ横に並び、下に龍。それで、「おかみ」と読むらしい。画数が多すぎて、その字だけ大きくなってしまっている。

「古事記ではクラオカミっていう神様が出てきて、字は淤加美《おかみ》って書くのよ」

その闇淤加美《くらおかみ》は、伊邪那岐命が息子の迦具土《かぐつち》を斬り殺したときに、その剣に付いた血から生まれたのだという。

迦具土は、火の性質をもった神で、生まれ落ちるときに母の伊邪那美命を焼いて出てきた。それで苦しんだ伊邪那美命の体から出たもろもろの体液や分泌物からも神が生まれる。

百々が力を借りようとしている罔象女神も、その一人だ。

「あー、それは知ってる。罔象女神様にお願いしようと思ったのは、そこんとこ調べたからだし。でも、男の神様には目がいかなかったなー」

「調べなさいよ、一緒に」

産道のある下腹部を焼かれ、苦しみぬいて亡くなった伊邪那美命。

罔象女神は、苦しんだときに伊邪那美命が体外に出した尿からできたと言われている。

「どうしてあんたが罔象女神を選んだのか謎だわ」

「そう?」

「だって……言ってしまえば、オシッコからできた神様じゃない」

「いやいや、それは人間が考えた神話なわけで。ようは、伊邪那美命っていう大きな力から生み出された力の一つだと思えば」

「それにしたって……」

神話を調べているらしい史生は、百々の選択がいまだに納得できないようだった。

ようするに、もう少し綺麗な女神がいるのではないかと、そう言いたいのかもしれない。

しかし、百々は百々なりに、罔象女神を選んだ理由があった。

伊邪那美命から直接生まれでた力なので、同様に誕生した複数の神々の力や伊邪那美命の力へも通じやすい。

また、罔象女神は水を司ると言われている女神。

この国にいる以上、水に関係している神の力を借りることができるのは、利点が大きい。

さらに、百々が力を借りるのは、女神でなければならない。これまでの四屋敷の代々の当主もそうであったので、そういう契約や呪《のろ》いなのかもしれない。

ともかくも、対象から男神は除外される。

そして、どの女神に乞い願うかは、跡継ぎに一任される。

祈雨《きう》、止雨《しう》、灌漑《かんがい》の女神、罔象女神。人々の暮らしに深く関わる力をもつ神。

それだけではない。

高龗神も闇龗神も、水と関わりがある。高龗神が山の上から流れる水を、闇龗神が峡谷を流れる水を意味している対とも呼ばれる存在であるのに対し、罔象女神は「水早《みずはや》」とも「水《みず》走《はや》」とも言われる。

それは、「水つ早《みはは》」、水が生まれるところ、水の源、ということだ。

だから、井戸の水を指すとも言われるが、百々の感じることは違った。

水の源、力の源、母である伊邪那美命にもっとも近い力——百々にはそう感じられてならないのだ。

母の苦しみから生まれ、母の苦しみに寄り添う、母の力に近い女神——それが罔象女神なのだと。

それに加え、決して史生に言えない理由もあった。

罔象女神は、伊邪那美命一人から生まれた女神であり、伊邪那岐命はその生まれに関わっていない。

つまり、伊邪那岐命の力は受け継いでいないのだ。

本来ならば、男神と女神との間に生まれた女神の方が、四屋敷の在巫女としての力を使うとき、多くの神に通じていて力を借りやすいので、有利に働くことも多い。

だが、百々は知ってしまった。

高校二年生の冬、史生によって引き出された伊邪那美命の荒魂の嘆きを。

夫たる伊邪那岐命の子を産み落とし、その一人によって命を失っている。黄泉に落ちてその身は腐り、迎えにきた夫に裏切られ、逃げられ、遂には黄泉津大神と呼ばれる黄泉の主宰神にまでなった伊邪那美命。

伊邪那岐命、伊邪那美命に近ければ近いほど、多くの神々との繋がりが増えることはわかっていても、百々はどうしても伊邪那岐命の血も受け継ぐ女神を選べなかったのだ。

伊邪那岐命の存在次第で、伊邪那美命としての和魂《にぎみたま》にも黄泉津大神としての荒魂にもなるんだもん──

まるで、愛する男性のために変わってしまう女性そのものの原型だ。愛されれば尽くし、捨てられれば恨み呪う。

少なくとも、今の自分にそれを理解し、上手く宥められる自信は百々にはなかった。

史生が伊邪那美命の荒魂に飲まれかけたのを救えたのは、そこが佐々多良神社だったからだと理解している。

伊邪那岐命と伊邪那美命、その二人のいさかいをおさめた菊理媛神《きくりひめのかみ》が共に祀られていたから、できたのだ。

もし、佐々多良神社から離れた地で黄泉津大神に変わってしまった力を振るわれたら──

そのとき、伊邪那岐命の血も引く女神から加護を受けていたら──

自分さえ滅ぼしかねないのではないかと、百々は女神を決めるときに悩んだ。

多くの神々の根源に関わるような二人の神なのだ、伊邪那岐命と伊邪那美命は。

手に余る力は人の身を滅ぼす。

それは、四屋敷の女とて同様である。

しかし、伊邪那岐命や伊邪那美命に近い神々であればあるほど、他の神との繋がりが多く深くなり、在巫女としては助かる。

だから、百々は伊邪那美命に直結し、なおかつ伊邪那岐命に影響されない女神を選んだ。

百々としては、賢明な選択をしたと思っている。

「まあ、あんたがそれでいいならいいんだけどさ。マイナーな神様を選んだなって。地味」

「しぃちゃん、失礼すぎる。それ、神社で絶対に言わないでよね」

後ろで賑やかな百々たちに対し、運転席の東雲は無言だった。耳だけは会話を拾っているらしかったが、敢えて会話に加わろうとはしない。

やがて、車は橋を渡った。

左手には日本海が見える。

三月とはいえ、まだ春の穏やかさを感じさせる色ではなかった。荒々しさを感じる、冬の色を濃く湛える海だった。風も強く、みぞれも降っている。

こんな天気の中、運転しないで済んでよかったと、百々は心の中で安堵した。

この地域ではメインストリートに当たるのかもしれない、民家と公共施設が両脇に並ぶ道路を進むと、その先に目的の神社はあった。

急に現れた、そんな感じだった。

小さな橋を渡ると、神社の駐車場になっていた。十台停められるかどうかくらいの、アスファルトで舗装されていない駐車場に、東雲が車を入れた。

切り返して、バックする。そのスムーズな運転に、百々はただただ感心していた。

むしろ、周囲をきょろきょろ見回して、緊張しているのは、史生の方だった。

「ねえ、川」

「うん」

橋を渡ったのだ、川はあって当然。そこには、小型の船が何艘も停泊していた。

海にとても近い。つまり、河口付近だ。大きな川ではないが、ここからならすぐに海に出ることができる。

漁業を生業にしている船というより、個人で釣りを楽しむための船が多いように見えたが、百々はそれが合っているかどうかはわからなかった。

東雲がエンジンを切ったので、百々と史生は両側の後部座席のドアを開けて外に出た。

ぐしゃ、とぬかるんだ足元が歩きにくい。

三月だというのに、ここはまだ冬だった。

しかも、到着と同時にみぞれも止んでいたが、下は溶けかけの雪と混じり、見た目も寒さを増長させた。

　駐車場から出て、三人は左右を見た。

　右手に鳥居、左手に階段。

　階段の途中にも、鳥居は建っている。

　そして、階段の向こう側。

　思いの外近くに、海が見えた。

　川と海。水の気に満ちた場所。

　百々は、ゆっくりと外気を吸い込んだ。

　ああ——いる
　ああ——ある
　ここには力が——静かで深くて、それでいて循環する力が——

　境内に満ちて、溢れている——

　百々は、右側の鳥居ではなく、左側の階段の方に歩66き出した。それを、史生が追いかける。

「ちょ……っ、待ってよ！　向こうにも参道があるみたいなの。あっちが正しいルートじゃない？」

　右手の鳥居をさらにぐるりと回り込むと、駐車場からは見えない道路を少し行ったところに、そこにも確かに大きな鳥居があった。本来ならば、人々はそちらから参拝しているのかもしれない。

ちょっと待っててと様子を見に行った史生が、やっぱりこっちみたい、上の方に門も建物もあるから、社務所じゃないかなと言う。

「んー……しぃちゃんと東雲さんは、そっちでもいいかも。でも、私はたぶんこっちだから」

案内板は一つもない。

二人が上っていった先の古い鳥居に、「鉦舟神社」と書いた額が掛かっている。

後ろには川。左手には、木々の間から常に見える海。

水の気に満ちるその階段の遥か上の方から、百々を探るような感覚がひしひしと伝わってくる。

悪意ではない。

善意でもない。

ただ、ただ。

汝は誰ぞ——

汝は何ぞ——

そう問われている気がした。

これは、自分を開け放ち明け渡し、進まなければならないと、百々は感じた。

誰から教えられたのでもない。感じる――それが百々のもつすべてだった。

「しぃちゃん。東雲さん」

その鳥居を前に、百々は足を止めた。

「もしかすると、私、しばらく返事ができないかもしれない。ごめんね？」

その余裕があるのなら、それはすべてこの上で百々を待つ力に。

鳥居より三段前で立ち止まった百々は、深く息を吸った。

水の気と山の気が、百々の肺に流れ込む。その気が体内に巡る。

息を吐き、息を吸い、もう一度息を吐き。

丁寧に頭を下げ、両手を持ち上げる。

ぱぁん　ぱぁん

その瞬間、海風を受けて揺らいでいた木々のたてる音が止んだ。

足元から這い上がってくる冷気が散った。

鳥居の内から、舗装もされていない幅の広い階段の遥か上から。

ざざざ　ざざざ　ざざざ

音にならない感覚とともに、力が降りてきた。

鳥居の手前の百々のいる場所まで溢れそうなその気配に、百々はうっすらと微笑んだ。

「呼んでくださっているんですね。ありがとうございます」

自分が微笑んでいるという自覚も、それどころか言葉を発したという自覚も、百々にはなかった。

百々の服のポケットの御守りから、しゅるりと香佑焔が姿を現した。

もちろん、史生にも東雲にも見えない。

香佑焔は百々の右側、隣ではなくやや後ろに立つ。

「これよりおまえは常に見られ試されていると思え」

「うん」

「日々参拝に訪れる人間とは違うものが出現したと、罔象女神様はお気づきであられる」

四屋敷がもつ血が、神々の力と呼応するのだろうか。

それとも、異質なものとして反応しているのだろうか。

少なくとも、百々もこれまでの四屋敷の当主も、お力をお貸しいただく女神から敵意をもって迎えられたことはないはずだ。

そういう契約が、遥か昔に為《な》されていたのかもしれない。

百々は、階段を一段上がった。雪が溶けきらないうちに降った雨のせいで、歩きにくい。

しかも、上りは急な勾配ではなく段差もさほど高くなかったが、一段一段の奥行きがあるため、一段上がるのに二歩必要だった。

鳥居を潜る。

その瞬間、薄い幕の中に取り込まれるような感覚が百々にはあった。背後からついてくる史生も東雲も、きっとこの感覚はわからない。

ただ、百々だけが感じ取った。

ここはもう、神の域、神の庭なのだと。

ただの階段ではない、これが百々の歩む参道なのだと。

途中、開けた場所に出た。倉のような建物が並んでいる。史生が、手帳をぱらぱらとめくり、この神社の年に一度の祭りで使われる、町内ごとの山車《だし》がここに納められていると説明していた。

その言葉は、非常にぼんやりと百々の耳に入ってくる。

この地域の人たちは、きっと昔からこの神社を崇め敬い親しんできていたのだろう。

百々を包む気は、深く穏やかだった。

朝まだ早く、雪の残る階段をすれ違う人はいなかったが、おそらく昼間や土日、祭りのときなどは大変賑わうのだ。

人から絶えず祈られ、頼られ、愛される神社。そこに満ち、濃い冬の気配をいまだ含んできりりとしている朝の空気は、冷たいながらも一切の拒絶を感じさせなかった。

やがて。

「はあー！　意外と石段が長く続いたわね！」

途中の手水舎に寄って手と口を清めた三人は、目的の場所に辿り着いた。

上りきった史生が、大きく息を吐いた。東雲は、まったく息を乱していない。

そして、百々はそんな二人に目を向けることも声をかけることもなく、立ち尽くしていた。

目の前に本殿があった。

障子戸が固く閉められていて、中は直接は見えない。

古く、佐々多良神社に比べたら格段に小さな社。

屋根の瓦の一部に、鳥の飾り瓦が見えた。もしかすると、昔はその鳥が神使と言われていたのかもしれないし、単に本殿の屋根を飾るために取り付けられたのかもしれない。

本殿の前には、この神社の由来が書かれた木の看板とともに、絵馬や御守りが無人の状態で置かれていた。

手書きで金額が書かれた紙が置かれ、それを入れる箱も設置してあった。不用心と言えば不用心である。

誰にも見られずに、こっそり絵馬や御守りを持ち帰ることも不可能ではないのだ。

にもかかわらず、こうして置かれているということは、これまでそのようなことがなかったからか、あったとしてもそれも神のお許しになられたこととして、ここを守る神主がおおらかに受け止めてきたからか。

境内と呼ぶには、本殿の前は意外と狭かった。

本殿の背後にはまだ山が続き、横にはさらに幅の狭い急勾配の階段が続いていた。

「これ……何明神かしらね。額には明神としか書かれていないけど」

その階段の途中にも小さな鳥居があり、わざわざ史生が下から覗き込みに行く。

それよりも、百々は別のことが気になった。

山を背にした本殿。

その正面、狭い境内を挟んでぽつんと建つ鳥居。

だが、その鳥居に参道はなかった。

鳥居の向こう側には草が生え、ちょっとした崖のようになっていた。その下には民家が密集しており、重なるような屋根が見える。鳥居と民家を繋ぐ参道は確認できず、この鳥居を目指して地元の人たちが上ってくるとは思えない。

では、何故そんなところに鳥居が建っているのか。

「そっか……海か……」

鳥居の向こう側、境内の外。民家の向こうに見える海。

この鳥居は、人のためにあらず。

海より出づる、人ではないもののためにあり。

そう、百々には感じられた。

悪いものではない。

海からやってくる、人や神に何かしら危害を加えようとする邪なものを弾くためのものでも、封じるためのものでもなかった。

海から鳥居へ、鳥居から本殿へ。

そこには、目に見えない一本の道が続いているかのように、百々には思えた。

下には川、正面には海。

なんという、水の気に満ちた場所なのだろう。

背後に立つ山。決して標高は高くないが、丘とも呼べない場所でもある。

だが、山は水の生まれる場所。

水が生まれ、わき出て、走り、川となり、海へ注ぐ。

水生や——水早や
ああ——ここは紛れもなく、罔象女神様のお力が在る場所だ——

百々は、全身にその気を感じていた。

「百々」

そっと。

いつものように煩《うるさ》く嗜《たしな》めるのではなく、導くように香佑焔が百々の耳元で名を呼ぶ。

「うん。わかってる。ちゃんとお詣りしないとね」

百々は、本殿の前に進み出た。

障子戸を開ける必要はない。目で直接見る必要のあるものではないのだ。

鈴をからんからんと鳴らす。

まいりました――罔象女神様

そう告げるための鈴の音が響く。

境内に満ちる気に神経があり、視力があり、思考があるのならば、一斉にそれは百々の方を向いただろう。

史生と東雲は、百々から離れた場所に立っている。二人とも百々のしようとしていることに興味があって見守っているという様子ではない。

近づけない――動けない――今、動いてはならない。

まるで、本能に警告する何かが二人の足を縫い止めているかのようだった。

百々の後ろで、香佑焔が膝をつき、平伏する。

百々が、罔象女神と呼ばれる力と対峙する瞬間が、訪れようとしていた。

罔象女神《みつはのめのかみ》

罔象女神。

母たる伊邪那美命より生まれいでた、父をもたない女神。

迦具土を生むときに身を焼かれ、苦しみもがいた伊邪那美命の尿から生まれた神。

祈雨、止雨の力をもつ神。

灌漑の神、井戸の神。

水早や。

水生や。

水の源。

海に囲まれた島国で、長短合わせて多くの川をもつこの国において、水の力をもつ神の存在は非常に有利だ。

どの地に赴いても、水の気はある。

それが神社となれば、さらに。

手を清め、口を清めることすら、水の力を使うのだ。

人々の生活に密着し、人々の生死すらわける水にかかわる神。

さらに、百々が生まれ住んでいる土地は、雪国でもある。

これまでどんな猛暑を迎えても、水不足になった記憶は一度もない。豊富な雪解け水に恵まれ、米どころとして全国的に有名だ。

そんな地において、罔象女神が祀られ人々の祈りの対象になっていることは、何ら不思議ではなかった。

この地は、その罔象女神の気配が強い。よほど、この土地で人々に親しまれ、祈られ、感謝されてきたのだろう。

人の信仰の数は、元々の神の力をさらに強くも弱くもする。

多くの感謝を捧げられる神の力は増大し、人々から忘れられた神の力は徐々に薄まり、社自体が消えていく。

そう考えると、百々はほんの少しだけ胸の中、心の中が温かくなった。

ああ、ここでたくさんの人から愛されている罔象女神様は、とても穏やかで深くて豊かなんだわ――

だから、曾祖母の一子はこの神社を選んだのかもしれない。

県内の他の神社でも、罔象女神を祀っているところはいくつもある。その中からここを選んだ理由。

　これほどまで罔象女神の力に満ちている神社は、県内にはないのだろう。

「罔象女神様」

百々は、障子戸の閉まっている本殿に語りかけた。

当然返事はない。百々を取り巻く力が、百々の言葉を理解しているかどうかもあやしい。

それでも、百々は語りかけ続けた。

答えが返ってくるわけではない。

言葉では。

ただ、周囲に満ちるものは、すべて百々の方を向いていた。

百々の一挙手一投足に。

百々の発する言葉に。

百々の言葉が帯びる響きに。

百々の開け放たれる心に。

「罔象女神様。加賀百々です。もうすぐ、四屋敷百々となります。大おばあちゃんの跡を継いで、在巫女になります」

普段使わないような特別かしこまった言葉ではなく、普段の百々の飾らない言葉。

一度ならず香佑焔からは、もっと神々に尊敬と畏怖の念をもって接せよと言われているが、百々は自分なりにそうしているつもりなのだ。

ただ、使いなれない言葉を使うことで、かえって伝わらないのは嫌だったし、間違った言葉の使い方をして失礼に当たるのも嫌だった。

それよりも、本当の自分を見てもらうため、本当の自分の心を知ってもらうために、百々は自分の話し方を変えなかったし、一子もそれでいいと言っていた。

それが百々の「スタイル」であるならば、なんら問題はないと言うのだ。

唱える祝詞も祓詞も、神職に在る者が正式に口にするものとは異なる。一つ一つの言葉は同じでも、どちらかというと、一般の人が書かれたものを暗記して自分なりに口ずさむ方に近い。

それでいいのだと一子は言う。

それが、神々のお力に届くのであれば。

在巫女の祈りとして伝わると言うのだ。

「罔象女神様。私はこれから大おばあちゃんと修行を始めます。そして、四屋敷を継いで、在巫女のお務めを果たしていきます。そのために、罔象女神様のお力をお借りしたいんです」

本殿の障子戸の中に、百々の言葉を聞いているものはいない。

それでも百々は話す。

香佑焔は平伏したまま動かない。百々が話し始めたとき、もっと畏《かしこ》まった言葉をと、実はたしなめかけたのだ。

だが、できなかった。

この場に満ちる力は、神使である香佑焔の発言を許さなかった。

ついてきた史生や東雲も同様である。

罔象女神と人に名付けられた力は、今、全霊をもって百々に集中し、百々もまた同様。

まさに正面切っての対峙だった。

「お約束します。罔象女神様。私は、在巫女になって、神様のお役に立ちます。正しく祈れるよう、これからきちんと学びます。そのために、罔象女神様のお力をどうか貸してくださ い」

私だけでは無理です――

私は、弱い人間の一人に過ぎないんです――

いかに在巫女であっても、百々は人間だ。

神々の大いなる力の前では、ほんの一枚の葉、一粒の砂のような存在なのだ。

それを、百々は知っている。

四屋敷の代々の当主もまた、それを知っていた。

だからこそ、神様のお力をお借りするのだ。それを、乞い願い、約束してもらうのだ。

契約——そう言ってもいいのだろう。

紙に書いて残すようなものではなく魂に刻む、力尽きて次代に繋げて務めを降りるまでの、終生の約束だった。

一度お護りいただくと決めてお願いした女神を替えることはできないし、した者は一人もいない。

ただお一人、この女神様におすがりする——その一心に尽きる。

「私が罔象女神様のお力をお借りできるかどうか、これから存分にご覧ください。そして、私を善しとしてくださるのでしたら、どうか私に罔象女神様のお力の欠片をお貸しくださ
い」

力のすべてをとは言わない。扱えるはずもない。

ただ、ほんの少しだけ、必要なときにお借りする。

ひたすらな感謝の心と詞《ことば》を捧げて。

百々が、ゆっくりと深く礼をした。

二度の礼ののち、両の手を胸の前に挙げる。

ぱぁん　ぱぁん

境内に響く、手を打つ音。

誰が叩いても一見変わらないような音なのに。

百々の手から放たれた音が、境内に響くやいなや、ざわりと大気が震えた。

ふわり――ぶわり――

百々の足元から、清浄な気が巻き起こる。

そうしようとする百々の意志で現れるものではない。

幾度体験しても寒気がすると、香佑焔は平伏したまま大気と同じように震えた。

誰からも教わったわけではない、にもかかわらず彼女の言葉に神の力は呼応し、何事かと待ち受ける。

恐るべし――それは在巫女なり――

一子の底知れぬ恐ろしさと同じものを、この少女もまたもっているのだ。

「加賀百々」という少女を、香佑焔は畏れはしていない。どちらかというと、護るべき存在で、自分が教え導きときには嗜めてやらなければという相手だ。

だが、神々の力を前に、自然と百々の中から湧き出るもの。「四屋敷百々」として、生まれながらに魂の根源に刻まれ引き継がれた力を顕現させるとき、香佑焔はその力を畏れる。

神使である自分が堕ちたとき、千日間封印し本来の姿を取り戻させた現・在巫女の四屋敷一子。

祝われているとも呪われているとも言えるその力を、目の前の少女は何ということもなく使うのだ。

まったくもって、普通の言葉で普通の衣装で。

「かけまくも　かしこき　みつはのめのかみの　やしろの　おほまへに」

百々の口から、するすると詞《ことば》が紡がれる。

例祭で唱えられる祝詞。神々への賛辞から始まるそれは、本来ならばその後、神饌《しんせん》や幣帛《へいはく》を供えたこと、これから舞や歌で楽しんでいただくことなどが、盛り込まれている。

もちろん、ここでは何も供えられていない。

百々が舞うことも歌うこともない。

詞は、言わば言い換えでもあり、伝えるべき意味は他にあった。

年に一度の例祭の祝詞は、百々にとっては生涯一度の全霊を込めた願いの詞。

供えられたのは、百々自身。

己の内をすべて明け渡し、さらし、知ってもらい、助力を乞う。舞の代わりに、歌の代わりに、今紡がれる詞がもつ響きが、音律が、韻が、捧げられ神の力を震わせる。

「おほかみの　たかく　たふとく　おほみめぐみを　あふぎまつりて」


この祝詞を選んだのは、百々の本能である。決して一子から教わったのではない。

自ずとわかる、常々そう一子から言われてきた。

だから、百々は己が知っている、四屋敷に移り住んでから曾祖母の側で覚えた詞の中から、自然と湧き出たそれを口にする。

罔象女神様──罔象女神様
詞を捧げます──私の心を捧げます
こんな小さな私ですが──
いいえ、小さな私だからこそ──
罔象女神様のお力をどうかお貸しください──

開放。

心を、精神を、魂を、とことん芯まで開け放ち、嘘偽りのないことを誓う。

どうぞ、それを見てください、確認してくださいと言わんばかりに。

今の百々は、供物。捧げられるのは、百々自身。その捧げ物に降りてくる力。

「たひらけく　やすらけく　きこしめし」

この詞も、声も、お受け取りくださいと百々は差し出す。

力と百々が、徐々に交じり合う。決して攻撃的ではない、だが、小さい力でもない。純粋な力が百々を取り巻き、百々が発するものを感じ、吸う息とともに百々の中に入り、「四屋敷百々」を堪能する。

それは、人の身でどのような感覚なのだろうと、香佑焔はひたすらに伏した。

ついてきた史生や東雲のような人間には、終生わかるまいと香佑焔は思う。今、百々の身に起きていることなど、理解も体感もできまいと。

ただ、尋常ではない雰囲気くらいは感じているかもしれない。

特に史生は、一度己の邪念で伊邪那美命の荒魂に触れた身だ。

己の歪んだ願望のために、伊邪那美命の力を借り受けようとした史生は、伊邪那岐命を恨み憎む伊邪那美命の荒魂の力を呼び寄せてしまった。

だが今、百々が触れている力は、決して荒ぶる力ではない。

あるがままの力、人の勝手な願いで変貌する力ではなく、ただそこにある力、大いなる力を、自然に受け入れようとしている。

「あめのした　よものくにたみに　いたるまで」


すべての国民に至るまで、どうか神様のお力の恩恵をと、本来は乞う詞。

しかし、百々はそういう意味で放ってはいない。

人々のために祈るのは、神職でいい。個々でいい。

在巫女たる自分の責務は、人のためにあらず。

神のためにあれ。

罔象女神様――罔象女神様
どうか、私が神様のために尽くせる人生を送れますように――
神様のお力に正しく接することができますように――
この身がふさわしいと思われるのであれば、どうか――どうか

ひたすらに、ただひたすらに。詞を紡ぐ百々の中に、自分ではない力が流れ込んでくる。

ありのままの自分を、見ようとしてくれているのだろうか。

自分を受け入れてくれようとしているのだろうか。

そんな百々の心に。
《善》
突然、そんなイメージが浮かんだ。
いや、浮かんだというより、突きつけられたという方が正しいかもしれない。
百々の中から湧き出たものではない。これは、己の中に入ってきた力からの答え。
内にも外にも満ちる神の力が伝えようとしていることが、百々にも理解できるように形を変えて認識されているのだ。
善——善ってなんだろう
善い行いをしなさいってことですか、罔象女神様
善い人間になるよう、努力しなさいってことですか——
力は、あくまでも伝えようとしてくるのみ。判断するのは百々だ。
それから、また次の言葉が浮かんでくる。
《応》
《承》
《了》
「あかき　きよき　まごころ　もちて」

どういう意味だろうと、百々は考える。

考えながら、次第に浮遊感を感じるようになる。

詞を唱えている自分の肉体は、確かに地面の上に立っているというのに、もう一人の自分はふわりと浮かび上がっているような感覚だ。

軽く——軽く
軛《くびき》を外されて、自由になったかのように、浮かぼうとするのは精神か魂か。

不安はない。

何故なら、そんな自分を取り巻いて、柔らかく包んでくる力があったからだ。絡み付くのではなく、包み、浸透してくる。

「いやますますに　よのひとびとの　さちを」

——まるで罔象女神の中に浸《ひた》り、一体となろうとしているみたいだ——

そう百々が思った途端、すとんと百々は落ちた。落ちたというより、自分の肉体の存在を不意に思い出して、重力に囚われたような感覚だろうか。

急速に自分から離れていく力は、しかし、欠片ほどの何かを百々の内に残していった。

「たちさかへ　つかへまつらしめたまへと　かしこみかしこみも　まをさく」


詞が終わる。

舞の代わりに、歌の代わりに、百々の詞はすべて捧げられ供された。

すうっと息を吸い、胸の高さまで挙げていた手を下げる。

最後まで私の詞を聞いてくださり、ありがとうございました――

締《し》め括《くく》りまで感謝の気持ちを絶やすことなく、百々は一礼をした。

それを見届けたかのように、境内に満ちていた尋常ではない力が薄くなっていく。神社を含む一帯を覆っていた力が、百々の存在のために集まり凝縮し、それがまた元に戻っていくようなものかもしれない。

頭を上げた百々の顔が、徐々に紅潮していく。

振り返り、思わず後ろに控えている香佑焔にまくしたてた。

「ねえ、どうだった？　うまくいったと思う？　ドキドキだったよ！　あのねあのね、罔象女神様のお力が…ね……」

やらかしおってとこめかみを押さえる香佑焔の後ろに、史生と東雲がいた。

二人には香佑焔が見えない。突然興奮して喋りだした百々は、本当は香佑焔に対してだったが、おそらく二人は自分たちに話しかけてきたのだと思ったことだろう。

それに気づいた百々は、口元をひきつらせながら固まった。

やっちゃった――！

てか、教えてよね、香佑焔――話しかけるなって！

理不尽な言いがかりである。百々が祝詞を唱えている間は、話しかけることなどできるはずもなく、終わった途端一方的に喋りだしたのは百々自身だ。

呆れたと言わんばかりにしゅるりとポケットの御守りに戻る香佑焔。

つまりは、この状況を百々だけでどうにかしなくてはいけないということだ。

いや、香佑焔がいても、どうにもなるわけではなかったが。

「……あんた、私たちに感想求めてるわけ？」

顔をしかめた史生に問われ、百々は「ええとぉ……」「あー……うん？」などと、もごもご答えるはめになった。

不審そうな史生に対し、東雲はまったく表情に変化がなかった。

「終わりましたか」

「は、はいっ」

「お疲れ様でした」

あまりに変わらないので、隣にいた史生は東雲の態度に若干引いている様子で、百々も何となく拍子抜けした気分になった。

しかし、これまでも東雲は百々とともに幾度かこういう状況にさらされてきたのだ。荒ぶる神の力の前に、立っていることができず、うずくまっていたこともある。

そんな非日常的な体験をしてきているのだということに、百々も思い当たり、今度は申し訳ないような気分になった。

自分の担当なんかになったばっかりに、東雲さん、きっといい気分じゃないよね――

「ねえ……さっきの何なの、百々」

東雲のことを考えていた百々に、史生が尋ねた。

「さっきの？」

さっきのとはどのことだろうと、百々は首を傾げ、はたと手を打った。

「ああ！　あれね、祝詞だよ。うちは、神主さんやってないから、正式な唱え方じゃないみたいなんだけど、大おばあちゃんがあんな感じで言ってるからいいのかなって」

てっきり、いきなり唱え出した祝詞についてだと思って説明しだした百々だったが、史生は「違うわよ」ときっぱり否定した。

「祝詞くらい、聞いたことがあるわよ。こっちは神社の家の子なんだから」

「だよねえ」

「どこまで天然なの、あんた」

史生に睨まれて、百々は焦った。やっと仲良くなれたかと思ったのに、また史生を不快にさせてしまったのかと、困惑する。

何を尋ねられているかわからない様子の百々に、史生はますますむっとした顔になった。

「さっきのって言ってるでしょう！　動けなかったの！　なんか……なんか、押さえつけられてるっていうか、体より心が先に金縛りみたいになって固まったっていうか……」

史生にも東雲にも、罔象女神の力は見えない。もちろん、百々とて見えているわけではない。

神の力は見えるものではない、在るのを感じるのだ。

史生がそのことを指しているのだと知って、百々はほっとした。

「最初からそう言ってよ。しぃちゃん、言葉が足らなすぎ」

「どこが！　あんた、ホント、どこまで天然なのよ！」

高校時代の友人たちからもよく言われた言葉に、百々はえへへと笑った。

半分は照れ隠しのような笑いだが、もう半分は困惑。

史生が説明を求めているものを、説明する術を百々は持ち合わせなかった。

体感するものなのだ、神の力は。色も形も、何かにたとえられるようなものではない。

しかも、おそらく。

「なんて言ったらいいかなあ……たぶん、私と大おばあちゃんでも、感じ方が違う気がするんだよね」

決まった形がないものならば、それを受け止める器によってそれは形を変える。

曾祖母の一子は、一子としての器。

百々は、百々としての器。

力が「在る」ことは互いに感じても、感覚が共有できるものとは限らない。

「えっとね。今、本殿に手を合わせてお願いしてたんだよ。罔象女神様、これからお力をお貸しくださいって。そしたら、罔象女神様のお力が寄ってきてね、こう、ばーっとね！　でもって、どーん！　とね」

「日本語でわかるようにしゃべって」

百々の感覚的な擬音は、当然史生に伝わらない。

境内に満ちていた力が、百々を見定めるように取り巻いていた。

それが、百々の詞に打ち震え、気配を強めた。

その一部が百々の中に入り込み、百々の内を奥の奥まで覗き込んだ。

あくまでも百々の感覚でしかないそれを、どう言い表すのが正しいのだろう。

「でもって、体がふわーってなって、すとんて落ちた。以上」

「……あんたのうちは、もうちょっとあんたに勉強させればいいと思うわ」

「しぃちゃんが修行した方が早いんじゃないかなあ」

「何の修行よ！」

どこまでも噛み合わない会話を、東雲は黙って聞いている。止めもしないものだから、百々と史生の要領を得ない会話は続く。

「あとね！　漢字！」

「感じ？　どんな感じ？」

「ええとね、応とか善とか」

「漢字か！　字の方！　あんたの言い方、紛らわしい！」

百々としてはようやく伝えられそうな感覚を伝えたというのに、逆に史生に怒られた。

なおも説明を求める史生と、自分なりにわかりやすく説明しているつもりの百々。

話はかなり平行線だ。

「まずは下に降りませんか」

東雲がようやく発した一言に、百々も史生もぴたっと止まって赤くなる。

「で、ですよね、うん、境内で騒いじゃだめ」

「すみません、東雲さん」

「長くいては冷えます。戻る前に、自分もお詣りしてよろしいでしょうか」

少女二人の恥じらいにも眉一つ動かさない東雲に、百々と史生はますます恐縮する。

東雲が本殿の鈴を鳴らしたので、史生も慌ててそれに続いた。

二人が手を合わせている間、百々は目を閉じて大きく深く息を吸っていた。百々を取り巻いていた力は、霧散して境内全体を包んでいる。

豊かな水の気。今はまだ早春、雪の残る足元にも、十分な水がある。

下に川。民家の向こうには海。

小山のような小高い場所に建てられた神社は、驚くほど水に近い。

三人は、上ってきた階段とは違う道を下りた。

途中、末社や摂社にもお詣りする。社務所はまだ開いていなかった。

朱印を集めるのを趣味にしている東雲に、残念でしたねと百々が声をかけた。

「いえ、今日は加賀さんのお仕事でご一緒したので、持ってきていません」

真面目だなあと百々は感心した。

「それに、御朱印をいただけなくても、神社を巡るのは好きです。お気遣いありがとうございます」

「いえいえっ！　こっちこそ、朝早くからありがとうございます！」

思ってもみなかった礼を言われ、百々はぶんぶんと手を振りながらお礼を言った。

三人は、社務所の前を通りすぎ、大きな鳥居を潜り、境内から完全に出る。振り返って、最後に一礼した。

「ほら、やっぱりこっちが正式な道だったのよ。社務所もあったでしょ」

そこは、駐車場を挟んで、右側に直角に曲がった道に面していた。目の前には民家や商店がある。

「違うよ。そうなんだけど、今日はあっちからでよかったんだよ」

それもまた感覚の問題だ。

百々は呼ばれたのだ。こちらへと導かれたのだ。それで、海側の参道、川を背にした階段を上った。

町側の道ではない、どうしてそう思ったのかと聞かれると、ただそうなのだとしか言えなかった。

帰途につく前に、駐車場右手の鳥居の方にも行く。

こちらは過去の戦などで命を失った英霊たちを祀っていた。そこにも手を合わせていく。

東雲の車に乗ると、史生が腕時計を見た。

「いいの？　そろそろ社務所が開いたんじゃないの？　神主さんに挨拶する？」

到着してから、百々たちは誰にも会わなかった。朝早くとはいえ、地元の人間が散歩していても不思議はないのだ。

史生の家が神職を務める神社も、近くに住む人たちが社務所の開く前から散歩がてら訪れている。

「いいんだと思う。誰にも会わなかったってことも、そういう意味があったのかもしれないし」

百々のために、四屋敷の女のために、人払いが行われた、そういうことだろうか。

東雲がエンジンをかけた。ゆっくりと車が駐車場を出て、川にかかる橋を渡る。

百々は、最後にもう一度振り返って、神社を見た。

ありがとうございます、罔象女神様――

次第に遠ざかっていく神社に、感謝の気持ちを無言で送った。

あとは、帰宅してこれでよかったのかどうか、一子に確認しなければならない。

いいと言われるかもしれないし、他にもまだすることがあるのかもしれない。

ただ行くように言われ、行ってからのことは何一つ指示を受けていない。

つまりは、続けて他のこともやる必要があるかもしれないのだ。

「あそこの神社、調べがいがありそうよね。フィールドワークの対象にしようかしら」

百々とはまた別の意味で、史生も鉦舟神社に興味をもったらしかった。

千年以上の歴史のある神社だということは、その由来からわかっていたらしい。民俗学的見地から神道にアプローチしようとしている史生ならではの感想だった。

「しぃちゃんはあんまりあそこに行かないで」

「何でよ」

思ってもみなかった百々の言葉に、史生がむっとする。

「だって、しぃちゃんもあの場で何か感じたよね？　そうなんだよね？」

百々が祝詞を紡ぎ、罔象女神と向かい合っている間、史生と東雲は動けずにいた。

その感覚すら、史生と東雲では違うかもしれない。特に、史生。

以前、兄に対し、愛情を抱きすぎた結果、佐多家が代々神職を務めている佐々多良神社で祀ってきた伊邪那美命の荒魂を、呼び覚ましてその身に引き寄せてしまった。

それを鎮めたのは百々であり、遅れて到着した一子なのだ。

その一子いわく、史生には巫女としての資質があるのだという。

自分や百々の「在巫女」としての資質とはまた違う力。どちらかというと、神降ろしに近いものであるらしい。

ようするに、影響を受けやすいのだ。

だから、百々と目に見えない契約を結んだ罔象女神の力に満ちたこの境内からも、影響を受けるのではないかと百々は心配だったのだ。

今回は、一子の許可があった。史生がついていっても大丈夫だと判断したのは、短時間だったからかもしれない。

その判断は、まだ百々にはできなかった。

「しぃちゃんが、神社のことに興味をもってくれるのは嬉しい。私もこれからきっと、いろいろな神社と関わっていくことになると思うから」

これまで親しくしていた学校の友人たちは、百々のことをそのまま受け入れてくれたが、神社の子はいなかった。

百々の立場や力をある程度理解して、時には相談もできそうな相手はとても少ない。

そういう意味でも、史生が自分と友人になってくれたことを、百々はとてもありがたいと思っていた。

だからこそ百々は史生に頼んだ。

「しぃちゃん、きっとこれから大学で勉強していくうちに、他の神社にも行くようになるよね?」

「まあね。そっちの方を研究対象にしていきたいって思ってるから」

「もし、ここって神社が決まったら、そこに長くいることになりそうだったら、しぃちゃん、大おばあちゃんに相談して」

「…………わかった」

百々の言葉に、史生も何かしら感じ取ったらしかった。

実際、伊邪那美命の荒魂の力の欠片を引き寄せて纏った史生は、入院するほど衰弱してしまった。そのような体験をした史生なので、百々の言葉に素直に返事をした。

帰りはどこにも寄らず、百々たちは東雲の運転でまっすぐ帰ってきた。

途中、史生はアパートの近くで下ろしてもらった。

「大おばあちゃんに会わなくていいの？」

史生自身が神社に行くこと、それを自分の研究とすることを、一子に相談しなくていいのか、百々はそれを指して聞いた。

「まだ入学もしてないんだし、一年なんてそこまで専門的なことはしないわよ、きっと。そのうち、日を改めてご挨拶にうかがうわ」

入院中に、史生は一子と何度か話をしている。

回復の過程で、一子は何らかの影響を史生にもたらしたのだろう。

どうやら、史生は史生なりに、一子を尊敬しているようだった。

史生と別れ、百々は東雲の車で自宅に向かった。

行きは、この道を百々が運転したのだ。

正直、できるだけ運転したくなかった。自分に運転が向いているとは思えなかった。身分証明書代わりに免許を取ったが、本当によく取れたと思う。

両親はどちらも運転するので、そのうち慣れると笑ってくれたが。

「……加賀さんは」

不意に、東雲が百々に話しかけてきた。

「はい？」

何事かと、後部座席から百々が身を乗り出す。

「加賀さんは、これからもああいう……」

「？」

「いえ、すいません。何でもありません。気にしないでください」

東雲は、口を閉ざしてしまった。

彼が何を言おうとしていたのか、百々なりに考える。

これからも
ああいう
「……鉦舟神社でのことですか」

東雲は、否定も肯定もしない。

百々が罔象女神に助力を乞い願い、祝詞を唱えている間に、史生も東雲も動かなかった。言葉も発しなかった。

しなかったというより、できなかったのだ。

かつて、怒りに満ちた稲荷神社で親の犠牲になりかけていた少年を抱き締め、百々が神の力を鎮めるまでひたすら体にのしかかるような重圧に耐えていた時のような、そんな圧倒的で理不尽で本能に否応なく揺さぶりをかけてくるような、人智を越えた力。

崇め畏れる対象でしかない力を一度体感した東雲は、今回も似た体験をしたのかもしれなかった。

「車、停めてもらっていいですか?」

百々の言葉に、東雲は車を路肩に寄せた。

四屋敷邸まであと少しというところである。

東雲が停車させるのを、百々は待ってから話を続けた。

「東雲さん。これまでたくさん気持ち悪い思いをさせてきてごめんなさい」

自分の担当になったばかりに、本来なら百々や一子だけが体感すればいいような場面に立ち会わせる羽目になってしまった。それは、どれほど東雲にとって理解しがたく不快なものだっただろう。

今回も、きっと東雲は困惑するような感覚を鉦舟神社で受けたに違いないと、百々は想像した。

史生とはまた違うのだろう。

当然、百々とはさらに違うはず。

「あのですね。私や大おばあちゃんのこと、気持ち悪いって思ったら、ちゃんと言ってください。我慢していてもらうのは……私も切ないです」

切ないですと言った百々の語尾が、震えていた。

一年半前に紹介されて以来、東雲の存在に百々は助けられてきた。だが、東雲が一方的に我慢しているのだとしたら、それはよくない。

百々の言葉を、東雲は前を向いたまま聞いていた。

こちらを向いてくれないのは、やはり見たくないからなのかな――。

やっぱり、私のこと、四屋敷のこと、在巫女のこと、嫌になっちゃったんだろうか――。

「……すいません」

不意に、東雲が頭を下げた。

「自分、言葉が足らないもんで。加賀さんに誤解を与えてしまいました」

「え……」

「気持ち悪くないです。嫌ではないです。本当です」

そうではなくて、と東雲が続ける。

「どう言えばいいのか……加賀さんが非常に一人に感じました」

「一人」

「はい」

それは、鉦舟神社で罔象女神と対峙しているときのことだろうか。

東雲なりに説明しようとしているらしく、百々もなんとか理解しようと耳を傾けた。

「自分も史生さんもあの場にいました。しかし、加賀さんは目の前にいるのに、遥かに遠い場所にいるような気がしました」

しかも、百々が祝詞を紡いでいる間、東雲たちはその場に縫い付けられたかのように動くことができなかった。

「なので、加賀さんが非常に辛い思いをしているのではないかと」

「私が？　辛い？」

百々が頭を傾けた。

辛いと思ったことはなかった。少なくとも、神の力を前にしているときは。まるで、これが当たり前のような感覚しかなかった。

しかし、言われてみればかつてただ一度だけ『辛い』と似たような気持ちを感じたことがあったと、百々は思い出した。

「そっか……一度だけ……遠いなって思ったことがあります」

伊邪那美命の荒魂の影響を受け、史生が衰弱して倒れたことがあった。そのとき、伊邪那美命を鎮めたのは百々であり、遅れて合流した一子だった。

百々と一子が、菊理媛神の力も借りて、どうにか荒れた力を穏やかなあるべき状態に戻そうとしているとき、東雲はその場にとどまることができなかった。

史生をそこから連れ出し、呼んだ救急車に共に乗り込まなければならなかったのだ。

そのとき、百々は何て遠いんだろうと思った。

神の力を相手にする自分と、人を相手にする東雲。そこに、きっぱりとした隔たりを感じたのだ。

東雲が遠くに去るのではない。一子がとても遠い場所にいて、自分もそちらに足を踏み出そうとしている、そんな感じだった。

表向きに語られ認められることのない「在巫女」とは、そういう存在なのだと思い知らされた。

史生を東雲に託しておきながら、神社に残り曾祖母と共に大祓詞を唱える自分と、救急車に同乗して去っていく東雲。

『辛いというより、これは寂寥《せきりょう》だ——』

自分で選んだ道は、他の人が当たり前にいる場所から何て遠く離れていくのだろうと。

そう思ってしまった。

「ごめんなさい、東雲さん。自分からしぃちゃんをお願いしておきながら、遠いなんてこと、思っちゃいけないですよね、えへへ」

力なく笑う百々に、ずっと前を向いたままの東雲が頭を振った。

「自分は平凡な警察官に過ぎません。たまたま担当を命じられ、ご一緒させていただく機会を得ただけの人間です。ですが、加賀さんより大人だと思っています」

それはそうだろう、百々が十七歳のときに出会った東雲は当時三十四歳、さらに、それから一年以上経ってる。どこをどう見ても、東雲は立派な大人だった。

改めて大人だと宣言する東雲はいったい何を言いたいのだろうと、百々はきょとんとした。

「自分は加賀さんや四屋敷さんがどのようなものを見、どのようなものを感じているのかわかりません」

いや、私も特に何も見えてません、とりあえず香佑焔くらいです、普段からはっきり見えてるの――

そう思ったが、東雲が言いたいのは何が見えているかではないらしいので、さすがに百々も黙って聞いていた。

「しかし、自分大人なので」

「はい」

「見えていませんが、頼ってくれて大丈夫です」

「はい？」

「同じ体験をすることはできませんが、加賀さんが言うことを信じることはできます。多少無理を言われても、簡単に倒れることはないと自負しています」

体でかいんで、という東雲の主張に、百々は心の中で盛大につっこみを入れたかった。

体の大きさで頼れるかどうかって決まらない気がするよう――

あと、鍛えてるんで、と付け足され、いやいや、筋力に頼るわけでもないですと、そこも心の中でつっこんだ。

なので、と東雲がようやく結論に辿り着く。

「遠くにはいません」

「はい？」

「呼んでいただければ、なるべく近くにいます。いるようにします。いることができると思います」

「し、東雲さん？」

「同じものが見えなくても、遠いと思わなくていいです。教えてくれたら信じます」

「しの……」

「自分、加賀さんの担当ですんで、遠慮なく頼ってください」

胸に迫る言葉に身を乗り出しかけた百々は、一瞬でむうっと頬を膨らませた。

頼もしい、頼もしいけど、それじゃあ担当じゃなかったら頼れないってことじゃん――

あれ？　……それって当然だよね？　東雲さん、私の担当って言われたから呼び出しにも応じてくれてるし、こんなことまで休日に引き受けてくれてるだけだよね？

それで合ってるはずなのに、担当って言われるたびになんか胸の辺りがむかむかするって、どうして？

何だかもやもやした気持ちになって黙り込んでしまった百々に、「出します」と告げて、東雲は車を発進させた。

東雲の車が、四屋敷の門を潜り、玄関前に停まる。

その音を聞き付けたか門から入ってくる車を見つけたか、両親が玄関から出てきた。

「ただいま、お父さん、お母さん」

「おかえりなさい、百々ちゃん。寒かったでしょう？　早く入りなさいな」

母の七恵が、百々を優しく促す。

その七恵の横で、丈晴が東雲に何度も頭を下げる。

「本当にお手数をおかけしました。せっかくの休日を娘のために」

「いえ。お役に立てたんでしたら、幸いです」

「さ、上がっていってください。熱い茶でも、さあ」

それではと、丈晴に言われるまま、東雲は素直に招かれた。それに百々と七恵が続く。

玄関では、一子が百々の帰宅を待っていた。

「おかえりなさい、百々ちゃん」

「ただいま、大おばあちゃん」

「あらあら、とっても上手くいったのねえ。素敵ですこと」

一子の目に、百々はどのように映っているのだろう。外見は早朝にここを発ったときと何ら変化はないというのに。

「百々ちゃん。帰ってきて早々で気の毒だけど、私の部屋に来てちょうだい。最後まできちんとしないとね」

最後まで――きちんと

鉦舟神社に赴き、罔象女神に祈りの詞を捧げただけでは終わっていないということか。

一子の言葉に、丈晴が眉を顰めた。

「帰ってきたばかりだというのに。せめて、茶でも飲んで一息ついてから」

「いってらっしゃいな、百々ちゃん。東雲さんは、こちらでおもてなしをしておきますから」

「七恵さん！」

丈晴の苦情は、七恵に遮られた。

四屋敷を継がなかった七恵だが、事情を弁えているかのように振る舞う。

もしや、母にも才能があって、継ごうと思えば継げたのではないかと、百々は思うことがある。

だが、そうではないと曾祖母の一子はそのたびに否定した。

「あなたのお母さんの七恵は、あなたに渡すために母親から受け継いだ力をずっと大事に守ってきただけですよ。あなたのお母さんに、ここを継ぐ力はありません」

代わりに、普通の生活の中で十二分に幸せになる力と誰かを幸せにする力をもって生まれてきたのだと一子は言った。

「自分が」幸せになる力と、「誰かを」幸せにする力。

似ているようでその実《じつ》まったく違う力だ。

そのどちらも、七恵はもっているのだと一子は誇らしげに百々に話した。

百々の実父である最初の夫を早くに亡くしたことは悲しい出来事だったけれど、そうなるまで結婚生活は幸せなことばかりだったし、再婚してからもそうだ。義父の丈晴は、誰よりも七恵と百々を大切にしてくれる。

「もしかして、あの子の力は私たちがもつことのできなかった力なのかもしれませんねえ。羨ましいこと」

七恵について語った一子が、そのときたった一度だけ七恵を「羨ましい」と言った。

在巫女の地位を継ぐことは、人と付き合うことではなく、神の力と向き合うことだ。人相手のお役目ではない。関わる案件によっては、四屋敷の対応は非常に冷たいと取られることもある。

それでも、第一に考えなければならないのは、神の力が正しく穏やかに和魂でいること、人の思惑で歪んだ力の在り様を全身全霊でなだめ謝り祈り乞い願い鎮まっていただくことなのだ。

そんな四屋敷の代々の当主の中でも、もっとも在位が長く力も強いと言われる一子は、どれほど人ではなく神寄りの決断を下し、役目を果たしてきたのだろう。

だからこそ、四屋敷の血筋でありながら人の中にあって人を幸せにできる、そんな七恵の存在は眩しかったのかもしれない。

百々は、一子の後について、彼女の自室に入った。

すぐに一子の式神の舞移が、二人に白湯《さゆ》を持ってくる。

いつもはお茶と茶菓子なのに、今日は白湯だ。

「混じりけのない白湯の方がいいんですよ。百々ちゃん。あなたの中の力はまだ定着していないのですもの」

「えっ！　まだ駄目⁉」

鉦舟神社で祈り、罔象女神の力の欠片を与えられた感覚のまま帰宅したのに、それでは不十分だと言われたような感じに、百々が思わず叫んだ。

「あなたは立派にやり遂げましたよ。罔象女神様のお力はあなたに優しかったかしら」

そう言われ、百々はあのとき自分が受けた感覚を思い出した。

唐突に突き付けられ、文字として認識されたあれである。

「あのね、大おばあちゃん。急に漢字がね、頭の中に出てきたの」

「あらまあ、漢字？」

百々の言葉に、一子は面白そうに目を輝かせた。

「ええとね」

最初に『善』。

それから、『応』『承』『了』。

「だったかな。起承転結みたいな。四字熟語みたいな」

「まあ！　何て素敵なお応えかしら！」

起承転結ではありませんけど、と一子はほほほと笑った。

どうやら、一子はその意味を判じたらしい。

「まず、罔象女神様はあなたに『善』とおっしゃったのね」

「うん。」

善と言えば、善悪という言葉がすぐに思い浮かぶ。

善人とか、善行とか、そんなものを百々はイメージした。

果たして、自分は善人なのだろうかと、百々はそこからして首を傾げている。

罔象女神様は一体私の何を覗いて、そんな文字を送ってきたんだろう――。

「私のうろ覚えが間違っているかもしれませんから、後で自分でも調べてみるんですよ」

一子はそう百々に念を押した。

「まず、『善』とおっしゃった。よい、という字には、善と良があります。より優れている
ということなら、良の字を使うことでしょう」

『善』は、正しい、という意味の方が強いのだと一子は言う。

「あなたがすべてを開示して、罔象女神様に願った。罔象女神様は、あなたの内を覗き、あなたの願いに間違いはないとお認めになられた。そういう意味の『善』ではないかしら」

「えっと、私が特に善人とかってわけじゃないってことだよね」

そりゃそうかと、百々はちょっとだけ残念に思った。

自分のことをずば抜けて秀でているとはまったく思っていない百々は、悪人ではないけれどわざわざ誉められるほど善人でもない凡人だもんなあと、苦笑した。

周囲の人間すべてが、彼女を凡人だと思っているかどうかは別として。

「次に『応』。こちらは、返事をなさっているのね。あなたの求めに応じますよと」

百々が願っていることは正しい、だからあなたの求めに応じましょうと。

そう告げられたのではないかと、一子は漢字の意味から想像できることを話した。

三つ目の漢字は『承』。

「こちらは、『応』と同じように、それを受けますという意味もありますけれど、『応』よりも助けるという意味が強くなります。あなたを助けますと伝えてきてくださったのねえ」

ただ返事をしてくれているだけではなかった。罔象女神の力の方からも、確実なアプローチがあったのだ。

そして、最後の『了』。

「『了』とはまさに完了。あなたとの約束が結ばれた、あなたの願いは聞き届けた、そういうことなのではないかしら」

「そうだったら嬉しい！」

「百々ちゃん、あなた、罔象女神様のお眼鏡にかなったのねえ」

我がことのように一子は、目の前の曾孫の百々が成し遂げたことを喜んだ。

「でもね、大おばあちゃん。特別なことはしてないの。よく使う祝詞を捧げただけなんだけど、あれでよかったのかなあ」

どうすることが正しいのか、百々は教わっていたわけではない。

すべては、感覚。本能とも言ってよかった。

自然と出てきた祝詞を選んだのだ。

「それでよかったんですよ。むしろ、特別なものはないの」

祝詞の種類が大事なのではなく、これでなければならないという特別な詞があるわけではないのだと、一子は言う。

大事なのは、心を尽くすこと。

その心を詞で伝えること。

「私たちの使う詞は、神職の方々が日々唱えられているものとは違います。言葉は同じかもしれませんけれど、そうですね、言い方と言えばいいのかしら」

調子も速さも違う。イントネーションも同じではない。

「私たちの詞そのもの、声そのもの、大いなるお力を前に差し出す私たち自身が、供物のようなものなの」

それを受けとることで対価として貸してもらえる力は、神と呼ばれるそれからすると、ほんのわずか、欠片にも満たないほど少量だ。

それで十分なのだという。

「過不足なく。それが大事。今の自分の手に収まらないほどのものを望んではいけません。今日のところは、これからをお約束いただいたこと、それを感謝しましょうね」

それから百々は、一子に手招きされた。もっと近くに来るように呼ばれた。

向かい合って座っていた百々が、膝を前に進めると、さらに近くへと呼ばれる。

言われるままに百々は、一子と膝がつかんばかりの距離に来た。

膝の上に重ねられた百々の両手を、一子の手が包む。

「私があなたに渡してあげられる、ほんの一つめ。受け取りなさい、百々ちゃん。そして、覚えておきなさい」

あなたが我が子に、次代に渡せるように——

私が母からいただいたように——

自分のあとについて詞をと、百々は一子に促された。

「かけまくも　かしこき　みつはのめのかみさまの」

「かけまくも　かしこき　みつはのめのかみさまの」

一子が唱えたのは、日供祭《にっくさい》の祝詞だった。

神道では、特別な行事のときだけでなく、日々供物が捧げられる。それが、神饌である。生の米であったり、塩であったり、水であったり。

今、ここでも供えられ捧げられているのは、百々自身だ。

「たひらけく　やすらけく　うづなひ　きこしめして」

「たひらけく　やすらけく　うづなひ　きこしめして」

四屋敷だけの特別な詞などなかった。

ただ、唱えられる詞に乗せる息が、思いが、心が、魂が、こうあれと込められ、意志が宿る。それが、神々の力に届くのだ。

どのような祝詞にどんな意味を込めて祈るのかは、在巫女たる彼女らの本能が教えてくれる。

魂の芯に刻まれ、綿々と粛々と受け継がれていくその感覚を、百々も今、体感していた。

罔象女神の力の欠片を受け取ったが、百々はまだ正式な在巫女ではない。

修行の足りない、未熟な身だ。

そこへ、現在巫女たる一子の詞で、貸し与えられた力が祝われ定着していく。


「こころただしく　みすこやかに」

「こころただしく　みすこやかに」


覚えておかなければと、百々は思った。

いつか自分もまた同じことができるように——次に繋げていけるように。

今、確かに現在巫女から次代の在巫女へ、最初の継承が行われた。

「たちさかへしめたまへと　かしこみ　かしこみも　まをさく」

「たちさかへしめたまへと　かしこみ　かしこみも　まをさく」

ご加護をいただけますよう——
恵みを、幸を、いただけますよう——
慎んでお願い申し上げます——

一子の詞をなぞるように百々が最後の音を発し終わると、じぃんと百々の体の中心が痺れた。

正中《せいちゅう》から末端に暖かく流れる力を、百々は感じる。それはまるで、穏やかに緩やかにたゆたいながら流れる大河のように、ゆったりと百々の体すべてに満ちた。

いつのまにか、罔象女神の力の欠片がそこに溶け込んでいる。

肉体と魂の間に入り込み、魂を守るように広がったのは、まさしく罔象女神の残してくれた力だ。

「これで、あなたの息は神の息」

百々の手を放さず、一子が微笑む。

「あなたの詞は神の詞。神に通じる詞。これまでよりさらに、あなたは神様と共にあることになります。でも、決してそれに驕らないように」

その力は、己のためにあらず。

人のためにあらず。

「人の生き死に、幸不幸は、人が選び決めること。そこに、己の我を通して神様のお力を介入させることがないように」

私たちはそんなに偉い人間でも何でもないのですからと、一子は教える。

これは、紛れもなく現在巫女による授業だ。百々も、真剣に聞く。

一子の言葉は、耳からだけでなく繋がれた手からも直接流れ込んでくるかのようだった。

「私たち人間の行いが神様のお力を歪めているときは、迷わずそれを正し、頭を垂れなさい。人の欲望が荒魂を呼ぼうとしているときは、あなたがお鎮めなさい。私たちが感じる神様のお力なんて、本当に一粒の砂、一滴の水のようなもの。そんなこともわからずに、神様に失礼にあたるような人のためではなく、そのために不当に使われようとする神様のために、あなたは在りなさい」

「はい、大おばあちゃん」

素直な百々の返事に、一子はにっこり笑い、ようやく手を離した。

遂に一子から百々へ、現在巫女から次代の在巫女へ、最初の継承とともに最初の修行が始まったのだった。

「明日から私と一緒に朝のお散歩を始めましょうねえ」

「やった！」

引っ越してきて、ようやく始まる修行に、百々は思わずガッツポーズを作った。

実家に戻ってすぐ始められると思っていたのに、今日まで一子は開始しなかった。

まずはゆっくり休んで、親に甘えて、それからお護りくださる神様にお願いにいく――すべてはそれからだと言わんばかりに、百々の自由にさせてくれた。

そのため、百々は内心焦っていたのである。

確かに、罔象女神様からのお許しをいただいてからとは言われた。だが、まさか本当に何もしないとは、である。

一子が毎朝散歩に行っているのを、百々は知っている。それが健康のためではないことも、聞いている。

ただ、連れていってもらったことはない。それどころか、禁じられていた。

それも教えてもらえるのだ。

「ただし、一度始めたら生涯続けなければならないんですよ？　いいかしら？　やり残したことは？　行きたい場所は？　恐らく二度と——」

一泊を越える遠出はできない。次代にすべてを託すまで。

「大丈夫！　友達は県内か、遠くても東京とかその周りだし、会いたくなったら新幹線ですぐに行けるし、泊まらなくて大丈夫！　海外旅行とか興味ないし！　英語、そこまで得意じゃないし！　それより、大おばあちゃんのお務めの方が興味ある！」

海外旅行と同じノリで在巫女の務めを熱弁されてしまい、一子はおかしそうにほほほと笑った。

「ならば、始めましょうねえ。まずは、明日の朝。起きて身支度を整えたら、一緒に白湯をとりましょう。それまでは、何も口にしてはいけませんよ」

「はい！」

「まあまあ、楽しみな跡継ぎさんですこと。ほほほ」

いよいよなのだと、百々は興奮しきりだった。

いつもはポケットの中で反応する香佑焔は、本体のある四屋敷に戻ってきているので、庭の自分の小さな社でため息をついた。

修行ができると喜ぶ百々は、香佑焔からしたらまだまだ子供だ。

罔象女神の力を引き寄せ、その身に受けているときの百々は、別人のように尊く清浄な存在だったというのに、この落差はどういうことか。

これからも自分が護り導かなければならんなと香佑焔が固く誓っていることを、百々は当然ながら知らない。

今日はこれくらいでと一子に言われ、百々は鉦舟神社のことをもっと詳しく話さなくてもいいのだろうかと、きょとんとした。

「私もお邪魔したことがありますからね」

それは明日からの散歩のときに、少しずつ聞かせてちょうだいと、一子はやんわりと百々を止めた。

「それより、東雲さんをお待たせしているのでしょう？　お昼御飯を召し上がっていっていただけばよろしいわ」

「うん、そのつもり」

「それで？　史生さんは誘わなかったのかしら？」

百々はちゃんと誘った。そして、史生も招かれるつもりだったはずだ。そう返事をした。

少なくとも、鉦舟神社に行く前は。

「やっぱりやめとくってしぃちゃんに言われたの。大おばあちゃん、本当にしぃちゃんを連れていってよかったのかなあ」

百々が罔象女神の力と対峙している間、史生も東雲も何らかの力の作用を感じていたはずだ。二人とも、百々が振り返るまで動けなかったのだ。

「いいんですよ。今回は、あなたのための神社行き。神様へのお祈り。あなたがいて、史生さんに余計な力を回すなんてことは、神様はいたしませんもの。それに、史生さんもその資質ゆえに知っておいた方がいいのです」

神の力を正気のうちに感じるとは、いったいどういうことなのかと。

「一度、きちんと神様のお力を史生さんなりに感じ取っていただきたかったのです。今回、史生さんの同行を許したのは、罔象女神様のお力がすべてあなたに向いて史生さんは安全だと思ったから。罔象女神様は安らいでいらして、あなたたちに何ら害はないと思ったからです」

それでも、きっと史生さんなりに思うところがあったのでしょうと、一子は付け足した。

「一人になって、いろいろと考えたいのだと思いますよ。いずれ、史生さんも向き合わないといけないときが来るかもしれませんねえ」

彼女なりの巫女の資質と——

それは、在巫女たる百々の資質とは異なる。

祈り乞い願い、まったく影響を受けないまま、時に力を借り、時に力を鎮めるのが在巫女だとしたら、史生はその身に力を降ろす巫女だ。神降ろしの資質をもっている。

それが、彼女の人生において、どう作用してくるのかは、一子も知ることはできなかった。

史生の人生なのだ。今後とも何らかの形で神道に関わっていくか否かを決めるのも、自分の資質を認識しそれを磨くか鈍らせるかを決めるのも、それは史生自身の選択でなければならない。

「もし、将来史生さんが困ったら、百々ちゃん、友人であるあなたが支えてあげるんですよ」

「はい、大おばあちゃん」

助けてあげろとは言わなかった。

支えてあげなさいと言った。

百々はそれに気づき、一子の一本筋の通った厳しさを知った思いがした。

あくまでも友人として支える。しかし、在巫女としてはどうなのだろう。

それを、百々自身も考えていかなければならないのかもしれなかった。

「さて。東雲さんをすっかりお待たせしてしまいましたね。待ちくたびれていらっしゃらないといいのだけれど」

一子が話題を東雲の方に変えると、今度は百々の表情が曇った。

「大おばあちゃん……」

「なあに、百々ちゃん」

「東雲さんも、きっと何か感じたんだよ。辛いのではって言われたの。今はね、いつでも頼っていいみたいに言われてるけど……その、担当だからって」

その担当も、百々が実家に戻り、一子の側にいることで、役目はぐっと減ることだろう。

「けど、本当は気持ち悪いんじゃないかなあ。担当じゃなかったら、私に関わりたくないいんじゃないかなあ」

だとしたら、辛い。

神の力と対峙するよりずっと辛い。

でも、気持ち悪いと思われながら近くにいられるのも切ない。

百々の眉が、へにょんと下がった。

そんな情けない表情の百々に、一子は優しく微笑んだ。

「もし、そうだとしたら、ご縁がなかったということ。そうでなければ、あなたを理解しようとしてくださるありがたい存在ですよ」

「大おばあちゃん……」

「まあ、見ていらっしゃいな」

さあと一子に促され、百々は一子の後ろについて東雲と義父の元に行った。

東雲は、丈晴と将棋をしていた。おそらく、丈晴の趣味に付き合わされてのことだろう。真面目な丈晴の趣味が、将棋や囲碁だった。

時々一人将棋を指しているのを、百々も見かけたことがある。丈晴は、将棋仲間をこの家に呼ぶことはなかった。

なので、こうやって将棋盤を挟んで誰かを相手にしているのは、もしかすると百々には初めて見る光景かもしれなかった。

「あらあら、お二人ともずいぶんとお楽しみですこと」

一子が声をかけるも、丈晴は盤上から視線を外さない。

ううむと唸るような声が聞こえた。

「東雲さんはお強い。いや、なかなか」

「いえ、どうにかルールをかじっている程度で」

真顔で謙遜する東雲だが、それなりに将棋の腕前はあるらしい。どうやら丈晴の方が、苦戦しているようだった。

将棋のルールをまったく知らない百々は、二人の対戦に目を丸くした。

「うふふ。お父さん、普段あまり誰かと将棋を指すことがないから、東雲さんにお相手いていただいているのよ。一人で指すのと勝手が違って、大変みたい」

お茶を新たに淹れて運んできた七恵が、笑いながら湯飲みを交換した。

「百々ちゃん。お料理、手伝ってくれる？　今日もはりきってたくさん作ってるから」

「いつか東雲さん、お腹こわすと思う」

東雲が来ると、その健啖ぶりに刺激されはりきって作りすぎる母に、百々は小さくため息をついた。

母から手渡されたエプロンをつけ、台所に立つ。

百々は、ボウルに入っている茹でた菜の花を、からし和えにする。

「こうして百々ちゃんと台所に立ってお料理できるのは嬉しいわ」

天ぷらを揚げながら、七恵がふふっと笑った。

「おばあちゃんね、公務員しているときはすごく忙しかったはずなのに、ちゃんとお料理してくれたの。私は高校生のときも神社に預けられることがなかったから、こうやって一緒にお料理して、教わっていったのよ」

今は百々ちゃんとお料理できて、教えてあげられるようになって嬉しいと言われ、百々はつきんと胸が痛んだ。

何でもないって顔をして、三年間百々を送り出してくれていたお母さんだけど、本当は寂しかったんだ——。

そりゃそうだよね、他の子だったら下宿なんかしないで、自分の家から学校に通っていたんだもん。

いつも笑顔だった母に本当はとても心配をかけてきたということに思い当たり、百々の菜箸を握る手に力が入った。

「これからは、百々ちゃんにお料理を教えてあげられるかしら。でも、百々ちゃん、忙しくなっちゃうわね、きっと。大おばあちゃんから教わること、たくさんあるもの」

「ううん。ちゃんと時間作る。だから、お料理教えて」

修行と料理は別だ。

ようやく実家に帰ってきたのだ。神社や高校へ通う時間を考えれば、修行と母から様々なことを教わる時間くらい両立させてみせる。

百々は、どちらも頑張らなくちゃ！　と心の中で改めて誓いながら、小鉢にからし和えを盛り付けた。

煮物は大皿に、焼いた魚は長皿に。

百々は、普段家族が食事に使っているダイニングテーブルではなく、和室の大きな座卓の上に、料理を並べた。

箸置きを一つずつ置き、そこに箸を揃えていく。

昼食にしては少々早めの時間だが、朝が早かったたし、何より東雲を一日中付き合わせるわけにはいかない。

食後は十分お礼を言って、帰ってもらわなければ。東雲とて、休日を自分の時間として使いたいはずだ。

母と共に百々が料理を並べ終えるのと、東雲と丈晴の勝負がつくのは、ほぼ同時だった。

「いやぁ、東雲さんは強いですねぇ」

「恐れ入ります」

やはり東雲が勝ったのかと百々は思ったが、意外にも勝ったのは丈晴だという。

「知識が違います。非常に多くの手をご存じで、自分は敵いませんでした」

「そんなことは。途中までは、東雲さんが優勢でしたから、僕はてっきり負けるものだと覚悟していました」

将棋のことは、百々はからきしだった。だから、あれほど落ち着き払って優勢に見えた東雲がひっくり返されたなんて、お父さんすごいなと感心した。

東雲がわざと負けたのではと思わなかったわけではないが、実直な東雲のことだから、きっと真剣に勝負してくれたのだろうと、考え直した。

「ふふ。東雲さんに手加減していただいたんじゃありませんか」

百々に代わって、七恵が面白そうに丈晴に尋ねる。

む、と眉間に皺を寄せかかった丈晴だが、東雲が「いえ、本当に負けました。自分こそ、未熟な腕でお相手していただき恐縮です」とこれまた真面目に返してきたので、すぐに機嫌を直した。

一子は床の間を背にするようにして、東雲と丈晴が並び、百々と七恵が並ぶ。

「……七恵さん、はりきりましたね」

少々呆れたように言う丈晴に、百々もそうだよねと内心同意した。

座卓に並びきれずに、場所が空いたら乗せようと、お盆の上に乗せられたまま畳の上で待機している料理もある。

「だって、東雲さんがたくさん召し上がるのが気持ちいいんですもの。今日もおかずを持ち帰っていただけると助かります」

「ありがたく頂戴いたします」

東雲が頭を下げたところで、「さあ、いただきましょうねえ」と一子が声を掛け、昼食が始まった。

米麹味噌を使った厚揚げとネギの味噌汁を、百々はふうふう吹きながら味わった。

将棋の勝負で気を良くした丈晴は、今度は夕食を食べに来てください、酒を一緒に飲んでみたいと東雲に言い、百々をどきりとさせた。

百々の担当だからという理由で今日も付き合ってくれた東雲だが、今後会う回数は確実に減る。そして、今日のことで東雲が百々をどう見ているか、それが百々には気がかりだった。

そんな百々の心中を知ってか知らでか、焼き魚の身を上品にほぐしていた一子がちらりと東雲に視線を走らせて口を開いた。

「時に、東雲さん。今日の百々ちゃんは、どうでした？」

いきなり核心を⁉　と百々は危うく箸を落としかけた。

丈晴も七恵も、それまでしゃべっていたのを止め、聞き耳をたてているのがわかった。

お父さんもお母さんも、わかりやすすぎる――

何もこんな場で聞くことないのに、どうしてなの、大おばあちゃん！　と、百々は心の中で文句を言った。

問われた東雲は箸を置き、しばらく考えてから口を開いた。

「朝食は、途中できつねうどんを召し上がってました」

「ええっ⁉　そこ⁉　いやいや、だって寒かったし、温かいもの食べたかったし！　東雲さん、朝御飯まだだって言ってたし！　しぃちゃんだって、山菜蕎麦食べたもん！」

一子が尋ねたことはそういうことではないだろうと、思わず百々は大きな声でつっこみを入れてしまった。

つっこみを入れた百々の発言も、だいぶピントがずれていたのだが。

ちなみに、あなたは何をお召し上がりに？　などと一子が面白そうに尋ね、東雲は恥ずかしながらラーメンと握り飯を四個などと、律儀に答える。

やっぱりたくさん召し上がるのねえと感心する七恵に、今はそういうことをお聞きしたいのではないと思いますよと丈晴が冷静につっこむ。

お父さん、もっと言ってやってと、百々はこの家で一番常識的な父を応援した。

「まあまあ、たまにはよろしいわねえ。そんなお食事も。それで？　神社ではどうでした？」

そこだよね？　そこを聞きたかったんだよね？　と百々は再び緊張して東雲の言葉を待った。

「……よくわかりませんでした」

おそらく、どう表現したらいいのか、東雲なりに悩んだのだろう。言葉を探し、選び、ようやく口にしたのが「よくわからない」という感想だった。

「よくわからないというのは？　百々ちゃんは、何かおかしなことをしたのかしら」

「してないよ！　ちゃんとお詣りしたもん！」

あれを「おかしなこと」と言われてはたまったものではないと、百々は思わず反論した。

「はい。加賀さんは、おかしなことはしていません」

「ほほほ。そりゃあそうでしょう。罔象女神様のお庭でおかしなことをするはずがありませんよ。そんな罰当たりな」

いつになったら会話が噛み合うんだろうと、焦りながら百々は苛立ってきた。

もう、ずばり聞いてやって！　大おばあちゃん！　東雲さんに、ぼんやりした聞き方は通じないから！

当然、百々は自分のことを棚に上げている。

「百々ちゃん、お詣りしてましたでしょう?」

「はい」

「そのとき、あなた、どう思いました?」

百々は、東雲の言葉を、緊張して待った。

生真面目で朴訥な東雲だが、社会人で警察官だ。常識で考えて、どんなに気持ち悪かろうと、どんなに百々と自分の違いを感じようと、両親の前で本当のことを言うとは限らない。

それでも態度には出るはずだ。

東雲は、わずかに首を傾げた。言葉を探しているような、そんな様子だった。

やがて、ゆっくり口を開いた。

「加賀さんの祝詞は、綺麗だと思いました」

「！」

「尊いと思い」「ひゃあああ！　やめてえええええ！」

からかうでもなく真剣に言っているであろう東雲に、百々はぼふんと音が出そうなほど赤くなって、その言葉を遮った。

綺麗とか尊いとか、何それーっ！

そんなの、一言も聞いてないよ‼

焦りまくる百々にかまわず、東雲は一子の問いに続けて答えた。

「ただ、きっと加賀さんと同じ立場で物を見、感じることは、自分にはできないのだろうと思いました。だから、孤独ではないだろうかと思いました。遠く感じました」

辛い思いをしているのではと、東雲は百々に確かに言った。

百々と同じ立場に、東雲はいない。そんなことは、百々にだってはじめからわかっていた。

わかっていたが、それを言葉として突きつけられるのはやはり嬉しいものではない。

「それで、自分も四屋敷さんにおうかがいしたいと思っていました」

「あら、何かしら」

東雲から質問が出るのは珍しい。一子は、楽しそうに目を輝かせた。

「担当というのは、呼ばれたときだけ駆けつければいいんでしょうか」

これまで、はっきりとさせてこなかったことを、東雲がずばりと口にした。

担当とは何か。

何をするのが正解なのか。

説明を受けていないのだ、東雲は。いきなり先輩の刑事である堀井に、今日からおまえが百々の担当だと言われ連れてこられただけなのだ。

だから、おそらく堀井を見て判断したのだろう。

つまり、四屋敷の者が警察の介入が必然と思われるような事態に遭遇したら、便宜を図る。だが、今日のように神社までの送迎は、果たして担当の仕事と言ってもいいのだろうか。

一子は、うふふ、と笑った。

「東雲さんは、どう思います？」

質問に質問で返すのは反則だよと、百々ははらはらした。

この曾祖母から、担当のことを聞くのは、百々も初めてだった。

一子に問われ、東雲が傾げた首の角度が深くなった。わからないときだけでなく、言葉を探し考えるときも東雲は首を傾げることが多い。

「おほほ。私だって答えようがありません。だって、そもそも担当なんてお役目、なかったんですもの」

「え！」

一子の発言は、まさに爆弾発言にも等しかった。

首を傾げていた東雲は目を大きく見開き、百々は口をぽかーんと開けたまま固まる。

丈晴も七恵も、この答えは予想もしていなかったらしく、びっくりした顔のまま一子を凝視した。

「な、なかったって……大おばあちゃん！　だって、堀井さん！　いるし！」

その堀井さんに命じて、東雲さん連れてこさせたんじゃないの!?　と百々が叫ぶように尋ねると、何です百々ちゃん大声ではしたない、と何故かたしなめられた。

「だって、あなた、お転婆さんなんですもの。佐多さんのところに預けられている身で警察沙汰なんて、聞こえの悪い」

「ぐっ！」

痛いところを突かれ、百々は言葉を詰まらせた。

百々は高校時代、級友の一人に相談され空き家に忍び込み、警察に保護されるという失態をさらしている。

そのときは、以前から一子に、「もし警察の方のお世話になるようなことがあったら、県警の堀井さんという方に連絡していただくんですよ」と教えられていた通りにして、どうにか事なきを得たのだが。

「担当なんて呼び方を定着させたのは、あなたのおばあ様と幼馴染みで県警の副本部長さんをしていた方です」

亡き祖母が地方公務員として働いていたとき、役所と警察署とのパイプを作るのに格好の人物として選ばれたのが、幼馴染みの副本部長だった。

つまり、四屋敷とは関係のないところで担当は生まれていた。

そう、本来ならば四屋敷は関係なかった。

その事実に、百々はこれ以上下がりようのないほど顎をがくーんと下げた。

「何それ……うち、関係ないじゃん！」

「ほほほほほ。そうなのよ、百々ちゃん。関係なかったのよ、元々は」

何やってたの、おばあちゃん！　と百々は心の中で絶叫した。

いくら幼馴染みとはいえ、在巫女でもない一公務員が県警の当時の副本部長を担当にするなんて……！

「ああ、それ、何度も聞いたわぁ。お母さんが子供の頃喧嘩した相手だって」

当時を思い出してふふっと笑う七恵に、丈晴は笑い事ではないですと力なく反論した。

「まあ、娘のせいだけではないわね。だって利永《としなが》くん、ああごめんなさいね東雲さん、あなたにとっては元副本部長かもしれませんけれど私にとっては娘の同級生なものだから、あの子、利永くんも自分のことを『担当』だって言って、娘のことは自分が担当するから私のことは頼むって堀井さんに押し付けたんですもの」

つまり私の母の代までは、担当なんていなかったんですよと一子はおかしそうに笑った。

「え……え……じゃあ、本当はいらないんじゃないの、担当って！」

そう言ってから、百々は慌てて口を押さえた。

こんな言い方では、まるで東雲がいらないみたいに聞こえかねない。

そうではない、そうではないのだ。

百々も、おそらくは東雲も、これからの関係をどうしたらいいのか知りたかっただけなのだ。

なのに、担当という仕事があるとかないとか、そこまで発展するとは思わなかった。

もし——もし、東雲さんが今の大おばあちゃんの言葉を聞いて……

じゃあ、担当の仕事はおしまいですねって言ったら、どうしよう——

百々は、何だか目がじわりと潤んだように感じた。

「なので、あなたが決めていいんですよ、東雲さん。堀井さんには最初からとんでもないものを見せてしまって、それ以来必要なとき以外はお付き合いしてくださらなくなりましたけれど。すべてはあなたと——百々ちゃん次第です」

ここまで言って、一子は口を閉じた。目だけは、面白がるように輝いている。

百々は、東雲の顔がまともに見れなくてずっと膝の上の自分の手を見ていた。

もし、堀井さんみたいでいいってなったら——やっぱり何か起きない限り、会わないってことだよね？

連絡も取らないってことだよね——？

東雲はしばらくの間黙っていた。

頭の中で、一子の言った言葉を反芻しているのだろう。そして、東雲なりの答えを出そうとしているのだ。

やがて、東雲が頭を下げた。

「わかりました」

ただそれだけ言うと、東雲は箸を取って食事を再開した。

東雲の言葉を待っていた百々も、丈晴や七恵も、ぽかんとした。

一子だけが、おかしそうに笑っていた。

「ちょ……っ、東雲さんっ！　えっと、東雲さん、担当ってどう……」

東雲の考えが知りたい百々は、身を乗り出しかけたが。

「ほほほ。東雲さんはわかったたっておっしゃったんですもの。あとは、あなたと東雲さん次第と言ったでしょう？　二人で決めなさいな。さあ、お食事を続けましょうねえ。七恵、この茶碗蒸し、上手にできましたねえ」

「でしょう？　おばあちゃんが教えてくれた通りにできたのよ！」

「な、七恵さん！」

一子に話を向けられて、七恵まで関係のない話をし始めた。

それに対し、丈晴が困惑したように声をかける。

丈晴も、百々と同様に東雲の答えを知りたいのだろう。それを一子がたしなめた。

「まあまあ、加賀先生。いいじゃあありませんか。今はお食事を楽しみましょうよ。そのあと、百々ちゃんが東雲さんとお話すればよろしいわ。決まった形のないものはね、自分たちで形を作ればいいんですよ」

結局、一子の言葉と東雲の食欲で、昼食会が進められたようなものである。

食べている間中、百々は東雲がどう決めたのか、心配でならなかった。

いつになったら「わかりました」の意味を聞けるんだろう――

そう思いながら、どうにか自分の分のご飯と味噌汁だけは食べきった。

相変わらず大量に胃袋に送り込み、ようやく箸を置いて食後のお茶を飲む東雲に、七恵は上機嫌でまたも残りのおかずを保存容器に詰めた。

「加賀さん」

東雲に名前を呼ばれて、どきりとなった百々だが。

「庭の社に手を合わせてもいいでしょうか」

「へ?」

庭の社と言えば、香佑焔の住まいとして用意されたあの社である。

一度堕ちた香佑焔を一子が救い、しかし帰る神社のなくなった香佑焔の居場所として四屋敷の敷地内に小さな社を建てた。

香佑焔の本体は、いつもそこにいる。御守りに憑いているのは、あくまでも一部なのだ。

「まあまあ、お気遣いいただいて。百々ちゃん、ご案内して」

「う、うん」

以前、東雲に在巫女のことや四屋敷のことを話したことはあったが、香佑焔がその社にいるということまで話しただろうか。

そういう存在が自分にはいるのだということは、かつて伝えたことはあったが、当然のことながら東雲の目に香佑焔は映らない。

今のところ、香佑焔が見え、それゆえに互いに触れられるのは百々と一子の二人だ。

百々は、東雲を庭に案内した。

社まで来ると、中から香佑焔がしゅるりと出てきた。

見えない東雲は、その前で二礼二拍手一礼する。それを、香佑焔はじっと見つめていた。

やがて、頭を上げた東雲は、百々の方を向いた。

「一応、お許しを願ったのですが」

「え、ゆ、許しって？」

「こちらの神様に、いつも加賀さんを見守っていただいたお礼と自分が判断したことの許しをです」

東雲の言葉に、百々にしか見えない香佑焔は、いつも百々へ小言を言うときとは違った厳かな口調で一言告げた。

「赦す」と。

東雲は、百々と向かい合った。

香佑焔がまだそこにいるのに、東雲と二人で見つめ合う形になって、自然と百々の頬が赤くなる。

「加賀さん」

「ひゃいっ！」

緊張して、変な声が漏れた。

視界の端で、香佑焔が小さなため息をついたように見えた。

「自分なりに担当とは何か考えました。お話をうかがったところ、堀井さんも利永元副本部長も、ご自身でこうあろうと判断して動いていたようですんで」

担当という決まった職はないとわかった。そうであれば、四屋敷との関わり方をその一人一人が決めればいい。

「加賀さんの亡くなられたおばあ様も四屋敷さんも、成人です。しかし、加賀さんは未成年です」

なので――

「警察官としてだけでなく、大人である一個人としても加賀さんを今後も助けていきたいと思います」

「い……ち……個人……？」

「自分、独り身ですんで身軽です。呼ばれればいつでも来れます。それから、加賀さんに呼ばれなくてもこれまでと変わらず月に一度は安否確認もしたいです。自分、そのように解釈しましたが、構わないですか」

「は……か……構わない……です？　え、それって……はい？」

それは、大人としてなの？　警察官としてなの？

でも、一個人って、東雲さん自身の気持ちなの？

けど、安否確認って、やっぱり警察官だから？

え、これからも来てもらっていいの？　え？　え？　それって……。

「今後ともよろしくお願いします」

そう言って、東雲が深々と頭を下げたので、百々もつられて「こ、こちらこそ！」と同じくらい深く礼をした。

その後、七恵から大量のおかずを受け取り、東雲は四屋敷邸を辞した。百々に釈然としない思いを残したまま。

東雲を家族とともに見送ったあと、百々は香佑焔の社に戻った。

香佑焔は、まだそこにいた。百々が戻ってくるのを知っていたかのようだった。

「あのね、あのね、香佑焔。さっきの東雲さんのって……どう解釈したらいいのぉぉぉ！」

もやもやした気持ちが、甘えられる香佑焔の前で爆発した。

百々は、頭を抱えたまましゃがみこんでしまった。

「なんとも不器用な人間だな、あれは」

しかし。

「嘘はない。偽りもない」

東雲は香佑焔に礼と許しを祈った。

東雲は香佑焔に、自分の不要な問い掛けで、百々を不安にさせたこと、悲しく思わせたことを謝罪した。

車の中で辛いのではないかと口にした。それは、どんなに百々が自分とは違うことを体感し、為していく身であっても、聞かなくていい問いだったと、東雲は後悔したのだ。

何故なら、それを聞いたところで、百々が在巫女を継がないという選択肢があるわけでもない。

今後、神社に、神と呼ばれるものに関わらないわけでもない。にもかかわらず、辛いのではなどと案じるのは、愚問だった。

百々は、「遠い」と表現した。それは、「孤独」であり「寂しい」ということだ。

そんな感情をあえて意識させたこと、それを彼女に言わせてしまったこと、それを東雲は後悔した。

そのうえで、これからも百々を守っていきたい、百々の支えになりたい、どうかそれを許してくださいと、東雲は香佑焔に祈り願った。

それに対し、香佑焔は東雲の言葉が百々を悲しませたことを「赦し」たのだ。

つまり、今後も百々の側にいることを、善し、と判断したということだ。

「これからは、事件なんぞがなくても、連絡してやれ。あの男はあれなりに、おまえを案じている」

「それって、それって、警察官だから？　大人だから？　それとも、私のこと、ちょっとは、その……」

「ちょっととはどういうことだ」

「だから……！　私、女の子だよ⁉」

「知っておる。だから四屋敷が継げるのだ」

「そうじゃないってば！　香佑焔の鈍感！　乙女の純情をわかれ！」

「そんなものがおまえにあるのか」

「こーうーえーんー……バカ！　バカバカバカバカ！」

百々と香佑焔の、微妙にすれ違う会話を、一子は縁側から聞いて、おかしそうにころころと笑っていた。

その後。
正式に届け出をし、手続きを踏み、百々は「加賀百々」から「四屋敷百々」となった。

四つの辻

実家の四屋敷に戻った。

罔象女神の神社にお詣りもした。

いよいよ、百々の在巫女としての修行が始まる。

その最初に申し付けられたことは、「早寝早起き」だった。

「なんか、小さな子供みたい……」

「ほほほ。規則正しい生活習慣と言うんですよ、百々ちゃん」

実際、どのくらい早起きかというと、朝の五時に曾祖母の自室に朝の挨拶に向かい、二人で白湯を飲まなければならないくらいだった。

そのときに、パジャマ姿であっては当然いけない。何故なら、その後二人は散歩に出掛けなければならないからだ。

逆算すると、どうしても午前四時四十分には起きていなければならないようだと知って、百々は確かにこれ、小さい子じゃないわと思った。

起きて、洗顔から身支度まですべて終えて。そのルーティーンが毎日続くのだ。

一度始めてしまえば、おそらく生涯。

両親すら起きていない早朝、百々は曾祖母の自室前に行き、膝をついて声をかけた。

「大おばあちゃん、百々です」

障子戸を開けると、一子はいつもの着物姿で正座をして待っていた。

「おはよう、百々ちゃん」

「おはよう、大おばあちゃん。……何時に起きてるの」

「ほほほ、以前は四時四十五分だったわねえ」

「えっ！　たった十五分で全部支度できるの、大おばあちゃん」

「今はもう少し早く起きるようになりましたよ」

それにしても、布団まできちんと片付けられている。髪もきちんと、とそこまで感心したところで、百々はああ、と納得した。

「大おばあちゃん、舞移《まい》がいるもんね」

一子に合わせていつも一子に合わせて着物姿の式神の舞移は、常日頃からこの四屋敷で家政婦のように働いている。

その舞移とは別に、一子はさらに二人の式神を使役している。

一度に三人、それをこの高齢で、しかもほぼ常時。それはとんでもない力だった。

さすが歴代の在巫女の中でも群を抜いていると言われているだけのことはあった。

「舞移がいてくれるおかげで、私は大助かり。百々ちゃん。この際ですから、きちんとあなたに言っておきます」

在巫女の地位を譲る最後の条件。

それは、自分だけの式神を生み出すこと。

「簡単にはいきませんから、覚悟しておきなさい」

「わかってるよー！　だって、まったくわかんないもん！」

習ってもいないのだ、簡単などとは微塵も思っていない。

そんな風に二人が会話していると、その舞移が二人分の白湯を持って現れた。

「おはようございます。一子様。百々様。白湯をお持ちしました」

「ありがとうねえ、舞移」

「ありがとう。いただきます」

相手が式神であっても、二人はきちんと一人の人格として扱う。

二人に礼を言われ、舞移はにっこり微笑んだ。

式神でありながら、舞移にはしっかりと感情があるのだ。

白湯は、普通の水道水を沸騰させ、それをゆっくり冷ましただけのもので、なんら特別なものではない。それでも、一日の最初に口にするものとして、それは非常に体に優しく心地よかった。

飲み終わると、二人は家を出た。

「しばらくは、私と一緒にお散歩しますよ。回る順番はいつも同じですから、若いあなたは飽きてしまうかもしれないわねえ」

「そんなこと言ってー。大おばあちゃん、散歩も意味があるんだよね」

「おほほほほ。当然じゃありませんか」

健康のためでも、足腰を弱らせないためでもない。

在巫女として立派な務めのうちの一つ。一子のすることに意味のないことはなく、百々は油断してはいけなかった。

朝の凛とした引き締まった空気の中、二人は門を出た。そのまま、右に曲がる。

四屋敷邸の周囲は、いまだ田に囲まれていた。

かつて大規模な市町村合併が行われ、四屋敷邸が建つ地域も政令指定都市の一つとなっていたが、だからと言って市内全てが開発され尽くすことはない。

それでも、徐々に田が潰され、住宅街になっていく。

そんな時代の流れを、一子は長い間見てきた。

百々にとっては当たり前の光景も、一子が若かったころとは随分様変わりしてしまったという。

「先祖伝来の田がなくなっていくのは、悲しいですこと」

地の豊かな恵みが、人の生活のために失われていく。だが、それもまた人が選んだ歴史の道の一つなのだ。一子が口を挟むことでもなければ、在巫女の職務の範疇でもない。

百メートルほど歩いただろうか。

やがて、四つ辻と呼ばれる場所に、二人はやってきた。

そこには小さな子供の頭くらいの石が置いてあった。

石碑ではない。何のための石か、それが何故ここにあるか、記された文字はどこにもなかった。

しかし、それを見た百々がぽつりと呟いた。

「やっぱりこの石、何かあるんだね」

それを聞いた一子の口元がほころぶ。

「ええ、そうですよ、百々ちゃん。ここが最初の場所。毎日手を合わせ、祈らなければならない場所。ここに封じられているものが、本当の護りとなるために」

父を亡くして、母と共に四屋敷に越してきて以来、何度もこの道は通ってきた。

通り過ぎるだけなら何ともないのに、立ち止まるとざわりとしたものを感じていたが、それがどのようなものであるのか、一子から詳しい説明はなかった。

ただ、言われてきたことが一つ。

『どのような四つ辻であっても、そこは何かが交わる場所。決して愚かな真似だけはしてはいけない。ただ、普通に。何事もないかのように通りなさい』

「むやみに恐れてはいけませんし、逆に興味をもってもいけなかったのですもの。あなたはまだ継ぐと正式に決まっていなかったでしょう？」

しかし、今は違う。

「百々ちゃん、私たちの家が何故『四屋敷』と呼ばれているのか知っているかしら」

それは、姓だからだ。先祖代々、そういう名字だからだ。

誰がそう名付けたのはわからないが、旧家と呼ばれるほど古くからある四屋敷を、誰がいつそう名付け、名乗ったのか。

「四屋敷は、四つの辻をもって護りを為す役目も背負っているんですよ。四つの辻、その中央にある家。それが四屋敷」

正確に言うと、きっちり中央というわけではない。

しかし、田舎特有の広い敷地から門を潜って道に出て、ぐるりと四つの辻を回る。

そうやって戻ってくることになる。

途中で引き返すことも、道を変えることもしないのだという。

「大おばあちゃん。この下には何がいるの？」

手を合わせてから、百々は尋ねた。

辻をもってして護りの結界と為すとしても、地の下から伝わってくる感触は、あまりいいものではない。

「さあて、何かしらねえ」

明確な答えを返さず、一子は辻を右に折れた。その後ろに、百々も従う。

「四つの辻に四つの何か。はっきりと明記されたものは残されていないの」

百々は、この曾祖母がちょくちょく古文書のような書を眺めたり、自分で何かを書き付けたりしているのを知っていた。

それは、先祖代々書き連ねてきたものではないかと、百々は予想している。

わざと崩して読みづらくしているかのような文字を、一子は丁寧に読み進めていた。

「もしかすると、香佑焔様と少し似た存在なのかもしれませんねえ」

「香佑焔と⁉」

百々は、無意識にポケットに触れた。

今朝も、御守りを忍ばせている。

「それって、もしかして……」

神の使いでありながら、人のあまりの有り様に怒り、人を呪い祟り堕ちた香佑焔。

それを、千日の封印と祈りで今ある姿にまで引き上げた一子。

「似てはいますが、同じではないでしょうねえ」

何故なら、香佑焔は千日——

辻の何かは、千年——

「スケールが違う！」

思わず叫んだ百々を、一子はしぃっとたしなめた。

今は住宅街の中を歩いている。かつて新興住宅地として開発されたそのエリアは、似たような外観の家が並んでいた。

早朝に出勤するサラリーマンらしき男性が、こちらに向かって頭を下げ、一子も同様に返す。百々も慌てて頭を下げた。

ほぼ同じ時間帯にここを通るので、よく会うのだと一子が教えてくれた。顔馴染みではあるが、交流はないので、名前もわからないのよと一子はふふっと笑った。

二つ目の辻でも、そこにある石に手を合わせる。

そこを右折すると、商店街に出た。早朝から店を開ける準備をしている店もある。

そういう店は、大概昔からやっていて店主が高齢だ。

「百々ちゃん。今日は少し時間をかけますよ」

「えっと、何かお買い物？」

「うふふ」

散歩しながら一子が何か買ってきたことがあっただろうかと、百々は首を傾げた。

百々のその疑問はすぐに解決した。

一子の方から声をかけることもあったが、店主たちの方からも「おはようございます、一子様」「今朝もお早いですね、四屋敷の奥様」と挨拶された。

この地域に昔から住む、特に高齢の人たちの間では、いまだ四屋敷は特別な存在だった。

表だって口にすることはなく、しかし子へ孫へ、密やかに伝えられる。

《四屋敷さんにいたずらをしてはいけないよ》
《四屋敷さんはここいらへんを護ってくださってるんだ》
《もしも、四屋敷さんに何かしたら――》

《どうなっても知らないよ》

その店主たち一人一人に、一子は百々を紹介していった。

「私の曾孫の百々なんですよ。今日から一緒にお散歩いたしますの」

そう紹介されれば、百々も挨拶しないわけにはいかない。

「おはようございます。百々です。よろしくお願いします」

すると、どの店主もおおっと声を出して驚いたり、これはこれはと平身低頭で逆に百々を慌てさせたりした。

時おり旬のものや季節の走りのものを届けてくれる八百屋の女主人などは、目を潤ませて百々の手を両手で包むように握りしめてきた。

「ほんにようございました。四屋敷の奥様も、これでようやくご安心でしょう。よかった……ほんによかった」

一子は、二十歳で四屋敷を継いだのだと百々に話したことがあった。

それ以来、もう半世紀以上ずっと四屋敷を護り、この地域を護ってきたのだ。

何から護っているのか、聞かれて答えられるものはいないだろう。ただ、そう伝えられたこの地域がこれまで大きな災厄に遭わずにきたのも四屋敷のおかげだと言われてきた。

大おばあちゃんの人柄もあるのかもしれないなあと、百々は笑顔を絶やさず挨拶をしながらそう思った。

三つ目の辻は、石すらなかった。にもかかわらず、一子はそこでも手を合わせ、百々もそれに倣う。

石がなくても、気配はある。

ただ、気持ちの悪いものではなく、むしろ一子の気配が強い。

「大おばあちゃん、ここに何かしてる？」

「よくわかったわねえ、百々ちゃん。少々、ええ、ほんの少しだけ——結界をね」

「それ、全然少々じゃない！」

「おほほほほ」

百々の抗議に、一子はころころと笑うだけだった。

最初と二番目の辻との違いは、何なのだろう。ここにも何かあるはずなのに——

百々の疑問に答えることなく、一子はすたすたと歩を進め、百々もそのあとに従った。

この曾祖母は、話さないと決めたら本当に何も教えてくれない。元々、先に教えてくれる方が少ないのだ。

いつもにこにこして人当たりのよい表情でいながら、結構なスパルタなのである。

百々自身が気づくのを待っているのか、それとも後から驚かせて楽しんでいるのか。

半々だよね、大おばあちゃんと、百々は心の中で愚痴た。

この三つ目の辻を曲がって、一子は初めて道を外れた。そのことに百々が驚く。

一子は、昔からこの地域の仏事を取り扱っている寺の境内に入っていった。

その寺の名を、大泉寺《だいせんじ》。

境内は広く、巨木と言われるような松や杉が日陰を作っていた。

この寺は、百々も何度も来たことがある。四屋敷の墓は、ここにあるからだ。

あれほど神社と関わりが深いというのに、四屋敷は亡くなったら神葬祭《しんそうさい》ではない。

曾祖父が亡くなったときに、不思議に思った百々は母や曾祖母に尋ねていた。

母は、昔からお墓があるからかなあとあまり疑問に思っていなかった様子で答えてくれた。

そして、一子の答えはこうだった。

「四屋敷の婿は、神社とは何の関係もありませんもの。それにね」

そのとき、一子が遠い目をしたと思ったのは、百々の思い違いだろうか。

「在巫女のお役目を引き継いでから、ようやく神様とお別れできるのですもの。亡くなってまでお祀りされるなんて、まっぴら」

「大おばあちゃん……そんな身も蓋もない」

さらりと漏れた一子の本音に、これから在巫女を継いでとことん神様とお付き合いをする百々は苦笑した。

それほど、一人で支えてきたのだ。代々女だけが継げるというその役目を。

母から娘へ、娘から孫娘へと継がれるはずだったそれは、一子の次の代で崩れた。

娘も孫も引き継がなかった役目を、一子は百々が誕生するまで、そしてこの年齢になるまで、たった一人で背負ってきた。

死んでまで神様とのお付き合いはまっぴらという気持ちも、確かにわからないでもないなあと、百々は思った。

しかも、お寺の墓には曾祖父の納骨も済ませてある。自分もそこへと一子が思うことは、自然なことなのかもしれない。

一子は、百々を境内の一角にある地蔵尊の前に連れていった。

そこで手を合わせる。

本堂じゃないんだと思いながら、百々も同じように手を合わせた。

石で出来た地蔵は、赤い前掛けをし、穏やかな表情を浮かべているように見える。

「このお地蔵様の言い伝え、百々ちゃんは知っているかしら」

とても古いお話だから、地域の方も忘れてしまった方が多いかしらと一子が首を傾げた。

百々は、もちろん聞いたことがなかった。今日が初めてだった。

「江戸の末期だったと聞いています」

大雨に祟られ、この地域一帯はひどい水害に見舞われた。死者は五百人とも千人ともそれ以上とも言われ、正確な数はわからない。

ただ、それによって家も田畑も家族も失った者がたくさん出たという。そのときに、親兄弟を亡くし、行くあてのなくなった孤児たちも。

「住む場所も食べるものもなく、頼れる大人もいなかったのでしょうねえ。生き残った大人たちは、自分と家族が生きていくだけで精一杯だったでしょうから」

哀れと思いながらも、よその家の子の面倒を見る余裕などどこにもなかった。

そこへ、一人の僧が現れて、寒さとひもじさと親恋しさで泣いていた子供たちを引き連れ、この寺にやってきたという。

寺にも、子供たちを引き取る余裕はない。

だが、その僧は、

「私がこの子等を守り慈しみ育て上げましょう。どうか、この子等が雨露をしのぐことのできる場所だけお貸しください」

と言った。

そこで、当時の住職が、あまり使っていなかった物置でよければと、場所だけを見繕った。

そこに住み着いた僧と、たくさんの子供たち。どこのだれともわからないその僧は、寺に言った通り、食事をねだることはなかった。

「徳の高いお坊様だったのねえ。子供たちに本堂や境内の掃除を手伝わせ、それは住まわせてもらっている礼なのだから心を尽くして行いなさいと教え諭したのですって」

そして、どこからか食べ物を持ってきては子供らに与えていたという。

まさか近隣の農民から盗んできてるのではないかと、寺の僧たちは疑ったが、どの農民からもそのような話は聞かない。

数年がたち、子供らは一人、また一人と、働きに出て独り立ちしていき、最後の一人が奉公先に旅だった翌朝。

寺の僧たちが、人気《ひとけ》のなくなった物置小屋を見に行くと、そこにあの僧の姿はなかった。

代わりに、石でできた地蔵が一体、立っていたという。

「どこにでもありそうな言い伝えでしょう?」

確かに、他にもありそうな話だった。

助けて面倒を見た子供たちの数も、もっと少なかったかもしれない。その慈悲深い行いは、本当はこの寺の住職がしたことかもしれない。

それを声高に言うのも仏道に専心する者としてはどうかと思い、境内の地蔵尊の尊き行いとしたのかもしれない。

地蔵尊は、子供の守り神でもある。そして、人々の信仰を集める、そういう役割もあったのかもしれない。

ただ。

ただ、それを一子が口にすることの意味は何か。

「百々ちゃん。このお地蔵様はね」

本物です――本物で、そして――

この四屋敷一子が、在巫女となったその日より毎日欠かさず手を合わせてきた、そんなお地蔵様なのですよ――

百々の背筋に、ぞぞぞ、と冷たいものが走った。

本物だというその言葉。

代々の在巫女の中でも群を抜いていると言われる四屋敷一子が、毎日手を合わせる意味。

百々は、慌ててもう一度石の地蔵尊に手を合わせ直した。

百々が心の中でこれからよろしくお願いしますと地蔵尊に挨拶していると、その耳に他の人間の声が響いてきた。

「おはようございます、四屋敷さん。今朝もお早いですな」

「まあ、真念《しんねん》和尚さん。おはようございます」

本堂の方から、小柄な老住職が近づいてきた。人の良さそうな穏やかな表情をしている。

「今日は曾孫を連れて散歩しておりましたのよ。これから、毎朝この子もこちらに寄らせていただきます」

よろしくお願い申し上げますと一子が頭を下げると、和尚は弛《たる》んだ皮膚で小さくなった目を、一瞬カッと見開いた。

その眼光の鋭さに、百々は身をすくませた。

慌てて、自分も頭を下げる。

「よ、四屋敷百々と言います。よろしくお願いいたします」

「これはこれは、ご丁寧に。お若い人に、朝はさぞきついことでしょう。朝なんぞと言わず、昼でも何でも、来たいときにいつでもお寄りなされ。ほれ、本堂のご本尊様にもお会いなさるがいい」

「ほほほ、そんな畏れ多い。私たちはほんのお散歩ですもの。嫌ですよ、和尚さんたら。お散歩ついでにお地蔵様にお詣りさせていただくだけで十分です」

遠慮しているようでいて、実に不遜な物言いだった。実際、聞いていた百々はひやひやした。

ようするに、こちらのお寺ではお地蔵様にしか普段は用がないのだと言っているようなものである。

百々でさえそう感じるのだから、相手の住職にも伝わっているにも違いない。

これ、絶対嫌な気持ちになるよね、和尚さん――！

大おばあちゃんてば！　もう！

しかし、真念和尚はほっほと笑っただけだった。

「そうそう、そうですなあ。朝の散歩。それだけでしたなあ」

「ええ、ええ」

一子が四屋敷を継いでから、どのようなやりとりがこの寺と行われたのか、百々は知らない。

どうやら、一子の言い分は、寺側も承知している、そういうことらしかった。

「お嬢さんや、日々精進なされよ。この御仁の跡を継ぐのは、生半可な決意ではとてもとても」

「まあまあ、うちの曾孫をそんなに脅かさないでくださいな。それでは、失礼いたします。

お邪魔いたしました」

一子とともにもう一度挨拶すると、百々は一子の後ろについて、寺の境内を出た。

「大おばあちゃん、いいの？　住職さんにあんな言い方をして」

寺の境内を出て声が届かなくなった距離を見計らって、百々が一子に尋ねた。

「ほほほ、いいんですよ。和尚さん、よぅくわかっていらっしゃる御方ですもの。私よりおじいちゃんなのよ。お付き合いも長いわ」

それならば、四屋敷のことに理解もあるのかもしれない。むしろ、代替わりをしたら怖いなと百々は思った。

誰も彼もが四屋敷のことを知っていて優しくしてくれるわけではないことくらい、百々も知っていた。

神社関係者であっても、若い世代の神職の中には、四屋敷の存在に首を傾げるものも不愉快に思うものもいるだろう。

一子だから、それを抑えてきたようなものだ。そして、一子を知る上の世代が黙らせてきた部分もある。

それを百々が継ぐのだ。

どう思われるんだろうと、百々は今更ながらに怖くなった。

そんな百々の気持ちを知ってか知らでか、一子は最後の四つ目の辻でも手を合わせた。

ここにも、何の目印もない。

一つ目の辻を曲がると住宅街。

二つ目の辻を曲がると商店街。

三つ目の辻を曲がると大泉寺。

四つ目の辻を曲がると。

「香佑焔、懐かしい？」

散歩にも持ってきた御守りに、百々が話しかけた。答えはないが、あまりいい感情は伝わってこない。

百々と一子は、空き地に来ていた。

ここはかつて、香佑焔が千日封じられていた廃社があった場所だった。

一子が香佑焔を封じる前から、ずいぶんとあちこち傷んでいたが、堕ちた香佑焔を千日も入れたことで、それが進んだのかもしれない。

今の状態に戻った香佑焔を一子が自宅に引き取ってしばらくすると、社の一部が自然と崩れた。境内の松からも病気が見つかり、木が伐《き》り倒された。ずっと立ち入り禁止にしていたので、社が崩れても被害はなかったが、さすがに放っておけないということで一応管理を任されている別の地域の神社の神職に申し出、社を取り壊した。

新しい神社ができるかどうか、微妙なところなのだという。

「さて、百々ちゃん、質問です」

神社の数が一番多い都道府県はどこでしょう──

一子からの質問は、百々が答えを知っているものだった。

「知ってるよ。うちの県だもん」

「うふふ、そうですよ」

全国的に有名な神社はどこかという問いならば、古都と呼ばれる京都《きょうと》にある名の知れ渡った神社や伊勢《いせ》、出雲《いずも》といくらでも出てくる。

ただ、数の点ではここ新潟県がもっとも多い。

「きっと、神主の常駐していない古くて小さな社がたくさんなのでしょうねえ」

そういう神社であっても、古くから田畑の豊作を祈られてきたに違いない。

または、漁業での大漁を祈願されてきたに違いない。

雪解け水によってどれほど猛暑と言われる年でも水不足に悩んだことのない地であるが、大雨や台風で水害に見舞われることはあり、自然災害への祈りもあったに違いない。

四屋敷に近いこの場所も、昔は田が広がっていた。いや、今でもまだその風景は十分に残っている。

「どんな小さな神社であっても、そこに建てられたのには理由があります。ここにもう一度新しいお社が建つといいわねえ」

一子の思いに、百々も頷いた。

神社建立《こんりゅう》の由来があるのは、大きな神社に限ったことではない。祈られれば、それに引き寄せられて、神の力は宿る。

ここもそんな神社だった頃があったのかもしれない。

百々は、一日も早くここに新しい社が建ちますようにと心の中で祈った。

四つの辻をずっと時計回りに歩き、二人は自宅に戻ってきた。この時間帯になると、両親はもう起きている。

玄関に入ると、朝食の香りがふわりと百々の鼻腔に届いた。

「お腹すいたぁ！　朝から運動したって感じがする！」

「あらあら、おほほほほ。こんなお散歩が運動に入るなんて。いい若いものが何を言っているんです」

「だって、普段何のスポーツもしてないもん。起き抜けにこんなに歩いたら、これって運動と一緒だよ」

歩いたことで、内臓も活発に動き始めたのだろう。百々は靴を脱ぐと、手を洗いに行きかけ、止まった。

「大おばあちゃん、朝御飯の前にすることってまだある？」

あったら嫌だなあという表情を隠しもしない百々に、一子はおかしそうに笑い、ご飯をいただきましょうと言った。

台所では、七恵が朝食を作り終えていた。丈晴も、出勤の支度を既に整えている。

百々と一子が揃い、四人で食事を始めた。

一子が朝食に同席するかはそのときどきだ。自室で一人食べることもある。

今朝は、百々とともに歩いたので、そのまま一緒に食卓を囲んだ。

明日以降もそうなるかもしれない。もしくは、百々と一子の二人で食べることになるかもしれない。

なにしろ修行は始まったばかりなのだ。

起きて、ともに白湯を飲み、四つの辻を回る。百々が、朝食までの間に一仕事終えたような気分になっても仕方がない。

「朝のウォーキング自体は、健康にはいいことだと思います」

丈晴としては、一子の修行を認めるより、健康によいという理由で散歩を許容する方を選んだらしい。

ウォーキングかあ、運動って感じで歩いてるわけじゃないんだけど……ま、いいか。

ここで修行だと主張して、朝から丈晴と一子の厳しい言葉の応酬を聞くよりいいと、百々は丈晴の言葉に素直に頷くことにした。

「百々ちゃん、一度始めたんですもの、毎日続けなくちゃダメよ」

「うん、日課にする予定だから大丈夫」

「うふふ、ダイエットにもいいかと思ったけれど」

それだけ食べれば健康にはいいかもしれないわねえと七恵に指摘され、いつも以上に箸の進む百々は赤くなった。

普段から、朝食はしっかり食べる主義だ。そう小さい頃から習慣づけられてきたし、実家を出て下宿していた三年間も朝食を疎《おろそ》かにしないということは守ってきた。

それにしても、朝食前に体を動かすって、どうしてこんなにお腹がすくんだろうと、百々は自分の腹を撫でた。

「百々ちゃん。これからは雨が降ろうと雪が降ろうと、朝は歩かなくてはいけませんよ。それはわかっているかしら」

「うん」

そんな一子の姿を、百々はずっと見てきた。

台風が接近して暴風警報が出されている日であっても、風が弱まるタイミングを見て出掛けていった。

大雪の日も、少しでも除雪が進むと、式神に支えられてでも歩きに出た。

日々欠かさず四つの辻を回る——それにおそらく重要な意味があるのだ。

「百々ちゃん。お母さんからお料理も習うんですよ。家の中のこと、きちんとお手伝いするように。起きてから寝るまで、私のそばにずっといる必要はないの」

いつもと同じ量を食べると、一子は食後の茶を一口啜ってから百々に言った。

修行だからといって、常に一子に従うことはないのだと。

それを聞いて、即座に頷いたのは、百々ではなく丈晴だった。

「その通りです。百々さんはまだ十八。やりたいこともあるでしょう。遊びに行ってきてもいいんですよ」

お父さん、大おばあちゃんが言いたいことはそういうことじゃないと思うよ――

百々は苦笑した。

百々が四屋敷を継ぐこと、在巫女になることに、いまだ抵抗があるのだ、丈晴は。

高校時代も、幾度となく進学を促された。それは、百々が強固な意志を見せて立ち消えになってしまったが。

「お父さん。私が今やりたいことは、大おばあちゃんからたくさん教わることだから。まだ十八でしょ、私。だったら、もっとたくさん教わって、一人でいろいろできるようになってから思う存分遊ばせてもらうもん」

「も、百々さん……っ」

情けない声を出す丈晴に、一子はたまらずにふふっと吹き出した。

「あなた。百々ちゃんが決めたことですもの。高校の先生のあなたが、学ぼうとしている子を遊びに誘惑するなんて、おかしいわ」

「で、ですがですね……っ」

妻である七恵からもやんわりと釘を刺され、丈晴はもごもごと言い訳しそうになった。

「安心してくださいな、加賀先生。いくら私でも、百々ちゃんの時間をすべていただこうなんて思っていませんから」

「……本当ですね？」

丈晴の一子に対する感情はあまり好意的ではない。

まだ何か言いたそうな丈晴だったが、七恵に時間を指摘され、しぶしぶ食卓から離れた。

百々はその場でいってらっしゃいと言い、七恵だけが玄関まで丈晴を見送りに出た。

残った百々は、同じように席についたままの一子に言った。

「大おばあちゃんと一緒に生活して、大おばあちゃんのやることを見ているだけでも修行になるもんね。それともお父さん、私が滝に打たれるような修行をするとでも思って心配しているのかなあ」

百々の例えに、一子がおかしそうに笑った。

「加賀先生は、あなたのことが本当に大切なんですよ。それに、たまには遊ぶのも大切よ？家に引きこもってばかりでは、世の中の動きに取り残されますもの」

「……なんか、大おばあちゃんて意外と活動的だよね。」

また務めなのだ。

「意外だなんて。おほほほほ」

高齢の曾祖母だが、望まれればいくらでも出掛けていくことを百々は知っていた。それも

「それと、本当におうちのこと、きちんとできるようになるんですよ、百々ちゃん」

神様は、神社にいるばかりではない。日本人の生活の中にも息づいている。

神棚のあるなしだけではない。一粒の米に七人の神様がいると言われるほど、日本人はありとあらゆるところに神の存在を語っている。

また、人生の通過儀礼のいくつかにも関わりがある。

母の腹の中にいるときからの安産祈願、生まれた後は初宮詣りや百日《もも》詣《か》りに七五三。その後も合格祈願に厄落とし、正月には初詣。

もはや、宗教ではなく日本人の習慣の一部のようにもなっている。

「お掃除することも、お料理することも、意味があるんですよ。女の子だからではなく、男の子もそういうことはできたらいいわねえ」

住まうところを清浄に保つこと。

生き物の命に感謝をし、無駄にせず、体内に取り込むこと。

当たり前のことでいいのだと、一子に言われ、百々も頷く。

亡くなった曾祖父は元料理人で、よく台所に立った。それでも、一子は夫任せにせず、自

分でも料理をした。

生活の一つ一つをきちんとこなしていくこと。

当然のことなのに、意識してみると意外と難しいものだ。

「あとはそうねえ……私が出掛けるときは、一緒に行きましょうねえ」

「やった！」

「ただし、それは毎日ではありませんからね。百々ちゃんには、読み書きも身に付けてもらわないと」

その読み書きというのが、昔から伝わる古文書のような難解なものを読み、そこに当代の当主が書き加えていくことを指しているのを百々は知っている。

あんな字、読めないし書けないと、百々はそれこそが最大の難関だと言わんばかりに頭を抱えた。

「まあ、おいおいと始めましょうね、うふふ」

一子の笑顔を見て百々は、あ、大おばあちゃん、またいたずらっ子な笑い方してる、絶対私で楽しもうとしてる、と感じた。

もちろん、それを避ける術などない。

現当主の一挙手一投足を見て真似て身に付けることも修行ならば、仕掛けられるちょっとした仕事——悪戯とも言うが——をこなしていくのも百々の修行だ。

朝食の後片付けを手伝った百々は、一子から庭の掃除を言い渡された。

「毎日でなくてもかまいませんよ。もちろん、お天気のいい日だけで。でも、香佑焔様のお社、そこだけはあなたに今後任せます」

私や七恵が綺麗にするより、あなたの手で清浄に保ってもらう方が香佑焔様も嬉しいでしょうからと言われ、百々は「えっ、お母さんもお掃除してたの⁉」と驚いた。

「たまーに、おばあちゃんがお出掛けするのに忙しいときにね。ちょっと落ち葉を拾ったりお供えしたりするくらいだけど。だって、お稲荷様なんでしょ？　おうちを守ってくれるんだったかしら？」

母にそう言われ、百々は微妙な気持ちになって庭に出た。

庭の一角に建てられた小さな社の前で手を合わせる。

それを待っていたかのように、社の中から香佑焔がしゅるしゅると出てきた。その姿は、百々と一子にしか見えない。

「香佑焔……」

「ここは稲荷の社ではないと言ったぞ。そのような畏れ多い。私は宇迦之御魂神様にお仕えする、単なる従僕であるとな」

「うちを守ってくれるって」

「そんな力なんぞないし、そんなもの一子からも請われておらん」

「お母さんを騙してるんだ！　詐欺だよ、香佑焔！」

「騙してなんぞおらん！　勝手に誤解しているのはおまえの母で、それを黙っているのはおまえの曾祖母だ！　私は一度も自分から主張なんぞしておらん！」

香佑焔からしてみれば、勝手にお稲荷さん呼ばわりされ、うちをこれからも守ってくださいと祈られ、困惑していたのだろう。

こともあろうに、己の仕える宇迦之御魂神と同一視など、畏れ多すぎて身も竦み上がる思いだったに違いない。

「おまえからとくと説明しておけ。ここにいるのは、宇迦之御魂神様ではなく、尊き御方にお仕えすることを再び許された矮小な狐一匹だと」

一度堕ちて人に害をなす存在となった香佑焔は、一子によって清められ神使の位に戻ることができたが、卑しい存在になった過去は消えない。

四屋敷の庭以外に、居場所はないのだ。

元の社は壊された。

清められるために封じられていた社も、もうない。

そして、四屋敷の庭の社はあくまでも香佑焔の居場所として建てられたものであり、宇迦之御魂神を祀っているわけでもない。

宇迦之御魂神に仕える忠誠に変わりはないというのに、直接それを伝える術も祈る場所もないのだ。

「……説明はしとくよ。ここにいる香佑焔は……」

ずっとずっと私を護ってきてくれた、かっこよくて強くって優しいお狐様だって——

尻尾が真っ白でふかふかで、すっごく綺麗なお狐様だって——

「だから、自分のこと、小さく言っちゃだめだからね！」

「百々……」

気がつくと、百々は目に涙を溜めて怒っていた。

何故怒っているのか、香佑焔には伝わらない。伝わるのは、自分のことで百々が怒っている、悲しんでいるということと、どんなに口喧嘩しても百々は自分を慕ってくれているということだった。

百々は、香佑焔の口元がふっと緩むのを見た。

人間の男とは全く違う、しなやかで細い指をもつ手が、百々の頭を撫でた。

「善き成長をしておる」

「香佑焔……」

「あとは、もう少し乙女としての嗜《たしな》みが身に付けばよいのに。四屋敷の次代の当主は野卑だと言われぬよう、精進せよ」

「香佑焔！」

褒められたと思ったのに、あまりの言いように百々は頬をぷくっと膨らませて怒った。

香佑焔は、肩をすくめると、しゅるりと社の中に戻ってしまった。

あとは、ぶつぶつ文句を言いながら、百々が社を中心として庭の掃除をする姿があった。

箒を動かしながら、百々はため息をつく。

「結局、うちでも掃除かあ……神社にいた頃と変わんないよう」

百々としては、もっと在巫女らしい修行の数々があるのではと思っていたのだが。

修行初日は、朝の散歩と庭掃除から始まった。

東雲からの依頼

百々が四屋敷に戻り、一子の元で在巫女の修行に入ってから約一ヶ月。

桜はとうに散り、世間ではゴールデンウィークと呼ばれる週がやってきた。

大型連休などと言ったところで、百々にはちっとも関係がなかったのだが、県外に進学した友人たちが戻ってくるという連絡を受け、県内に残っている百々たちも集まることになった。

友紀恵《ゆきえ》と恵美《めぐみ》は、地元の大学と短大。比美《ひみ》と希乃子《ののこ》は、関東の大学へ進んだ。一子の許可を得ての久しぶりの自由な時間は友人たちとの尽きない話題で盛り上がり、百々が帰宅したのは夕食の時間を大きく越えてからだった。

一応、電話を入れておいたのであまり怒られなかったが、百々のことが心配な丈晴からは「いくらなんでも、もう少し早く帰ってきた方がいいです。高校を卒業して、まだ二ヶ月ほどなんですから」と言われてしまった。

十八歳、選挙権があるとはいえ、大人かと問われると自信をもってそうだとは答えられない。百々は、素直にごめんなさいと謝った。

夕食用意してあるわよと母に声をかけられたが、友人とともに入ったケーキバイキングとそのあともう一度入ったファミリーレストランでのパフェで、百々はあまりお腹がすいていなかった。

そんな百々に、一子から声がかかった。

「百々ちゃん、お腹がすいていないのだったら、お話を先にしてしまいましょうか」

もちろん、それが何のことかは、百々にはわかっていた。

食卓に座って、お茶を飲みながら百々を待っていた一子が立ち上がり、百々もそのあとについていった。

一子の私室に入り、廊下の障子戸を閉める。

一子と向かい合う形で正座すると、音もなく香佑焔が部屋に現れた。

その顔を見て、百々は香佑焔がものすごく不機嫌であることがすぐにわかった。だが、それに負ける百々ではない。

「香佑焔てばすっごく過保護だったのよ」

先に言いつけられた香佑焔が、過保護なんぞではない！　と言い返す。

「おまえの友人とやらは、とんでもない穢れの話をしていたではないか！」

友達同士で盛り上がった話。それは、心霊現象についてだった。

県外で一人暮らしを始めた比美と希乃子。しっかり者の比美に対し、人懐こく素直でお人好しの希乃子は、慣れない大学生活の中で同じく地方から出てきた女の子に声をかけられ、断り切れずに降霊術に手を出してしまった。

降霊術と言っても、専門的な知識が必要な本格的なものではない。かつて一大ブームを巻き起こし、当時の小学校などでは禁じられたほどのもの——「こっくりさん」。

十円玉と紙と筆記用具さえあれば簡単にできてしまうそれは、参加している者が人差し指を十円玉に置き、質問をして答えてもらうというもので、本当に小学生でもできる子供の遊びでもあった。

ただし、最後に「こっくりさん、こっくりさん、お帰りください」で十円玉が動かなくなればの話である。

途中で硬貨から指を離した、いつまでも硬貨が動いて「お帰りください」に対し「いいえ」と言い続ける、それらを体験した子が呪われただの具合が悪くなっただのという話が広まっていったのである。

紙には鳥居のマークを書くことから、お稲荷さんである宇迦之御魂神やその神使である狐が降りてくるとも思われがちだが、どうやらそうではないらしい。本当に不可思議な現象が起こる場合、雑霊、動物霊などの下等霊が降りてくることがあるらしかった。

そんなものを友達に言いくるめられてやってしまった希乃子に対し、百々たち友人らは非《ひ》難囂囂《なんごうごう》、希乃子は希乃子で「鳥居のマークが書いてあったから百々なら助けてくれるよね」などと言ってきて、神様に対する冒涜だ！　と百々を随分と怒らせたのである。

結局単なるお遊び程度で終わったようで、希乃子は「私、呪われてない？　なんかこないだ部屋がぎしって鳴った気がする」と言って怯えていたが、友人の中でも一番手厳しい友紀恵から「そんなんは家鳴りだし、気にするな。大好きなケーキを腹いっぱい食べて幸せな気分になったら直る！」などと言われ、ケーキバイキングで本当にたっぷり食べて別れ際は満面の笑みだった。

問題はそのあとである。

「おのれ、宇迦之御魂神様をあのような場に呼び寄せようなどと！　無礼にもほどがある！　霊と神使の区別すらついていないではないか！」

香佑焔が大激怒したのである。

「しかも、おまえに気軽にどうにかさせようなどと、無責任極まる！　おまえは在巫女なのだぞ！」

どうやら香佑焔の怒りの大本は、鳥居が書いてあるから百々の領分だと勝手に頼ってきたことにもあるらしい。

希乃子の様子からして何にも憑かれているようにも見えず、霊障と呼ばれるものもなさそうなので一安心だったが、そんな雑霊を呼び寄せる紙も儀式も「穢れ」であり、百々がそれらに近づくのは決して許し難いとのことだった。

「あらまあ、百々ちゃん大変だったのねえ、ほほほ」

話を聞いて、さもおかしそうに笑う一子。

百々は、うんざりした顔をした。

「もうさ、みんなと楽しくおしゃべりしている間も、御守りの中で香佑焔がぎゃんぎゃん喚いていてさ、うるさいのなんのって」

「百々！」

「何事もなかったからいいじゃなーい！」

どこまで行っても百々と香佑焔の主張は平行線を辿る。

「百々ちゃん。香佑焔様のおっしゃることも一理あるのよ。お友達にはあまり迂闊なことをしない方がいいと伝えておくといいかもしれないわねえ」

最後には一子がそう言ってくれて、その場はどうにか収まった。

香佑焔が御守りの中に戻り、他にもちょっとしたことを一子と話したあと、百々はまだ食べていなかった夕食を軽くとった。

食器は水に浸しておいてねと言う七恵に、自分で洗うからいいと断り、百々は食後の皿を洗って拭いて片付けた。

自分のことは、なるべく自分で。三年間の下宿生活で身に付いたことだ。皿を片付けながら、そうか、下宿している間にも、いろいろな縁ができたもんねと、百々は思い起こした。

高校生活で出来た親友たち。

佐々多良神社の神職を務める佐多忠雄老宮司、秀雄権宮司親子。

百々と同い年の娘、史生。

三ヶ月だけ下宿した先の女主人、東紀子《あずまのりこ》。

その下宿先の近くの神社の幸野《こうの》宮司親子。

佐々多良神社で一緒に巫女をしていた桐生華。

それから。

「東雲さんとも……縁だよね」

そういえば、しばらく会っていないなと、百々は思い当たった。

百々の安否を確認する連絡は、四月にもあった。だが、それだけだ。このまま何もなければ、ずっと会わないままなんだろうか、縁は切れなくても薄く細くなっていくのだろうか。

書きつけとして一子の持つノートに名を書かれている人たちのように、用がない限りそれこそ何年も。

東雲との縁がどうかこれまで通り続きますようにと、百々は祈った。

だというのに。

ゴールデンウィークが明け、百々の日常の生活リズムが変わらない単調なものになってお
よそひと月半。
六月も半ば、時おり降る雨に、そろそろ梅雨だろうかと梅雨入り宣言を待つ頃。
いつものように早朝に目を覚まし、一子の部屋で共に白湯を口にし、散歩に出掛けて四つ
辻で手を合わせ、帰宅して朝食をとる。
その後、一子に渡された本を読むこともあれば、一子に伴われて初めての神社に連れてい
かれることもある。
以前習った方がいいと言われた書道も、一子のつてでどうやら近所で通えそうなところが
あるらしい。
あちらのお答え待ちなんですよと言われ、やっぱり筆ペン習字を通信教育で身に付けるだ
けじゃだめかーなどと、百々は習い事を受け入れる気になっていた。
そんなある日。
「百々ちゃん。明日、東雲さんがこちらにみえるそうですよ」
夕食の席で一子に言われ、百々はえっと驚いた。
そんな知らせは、百々の方には届いていない。
「あらあら、それじゃあまたご飯たくさん作らなくちゃいけないわねえ」
東雲が来ると聞いて、嬉しそうに冷蔵庫の中身を確認しに行く七恵。

出すものを次々にたいらげてくれる東雲の来訪は、どうやら七恵の料理意欲を刺激するらしい。

そんな七恵より遥かに冷静に、丈晴は一子に尋ねた。

「どのような用件ですか。まさか、警察官として何かこの家に問題でも？　それとも、百々さんに用が？」

丈晴とて、東雲のことを嫌っているわけではない。むしろ、丈晴以外は女ばかりのこの家で、訪問の折には自分の話し相手になってくれる東雲に好感をもっていた。

しかし、やはり東雲は警察官であって、年齢は三十をとうに越えている。百々の友人とは言えない。

しかも、今回は百々も一子も東雲を呼び出していない。となれば、東雲の側に何か用件があるのだ。

休日だからと個人的に遊びにくるような間柄ではないので、やはり何かあるのだろうと丈晴は思ったのだ。

「おほほほ、嫌ですよ、加賀先生ったら。この家に、警察が関わるような理由なんて何もないじゃありませんか」

「そうですよ。きっと遊びに来てくださるのよ、ねえ、百々ちゃん」

「え、いや、それはないかな……」

笑い飛ばす一子に、ややピントのずれた解釈の七恵。

自分のところに連絡はないし、あの東雲に限って用もなく遊びに来るはずはないと知ってはいても、今回の来訪について何も聞かされていないので戸惑う百々。

三者三様の態度に、丈晴は疑《うたぐ》り深く一子を睨んだが、当然そんなことで一子が「実はね……」などと打ち明けるはずもなく、この話題はそれで終わった。

ただ、百々だけが、いつまでももやもやした気分だった。

何故曾祖母の方へ連絡したのだろう。

何故自分には一言も知らせがないのだろう。

自分に関係がないことだから？

相談する相手にはならないから？

何となく面白くなく、百々は自室に戻っても膝を抱えて座り込んだままぶつぶつと独り言で文句を言った。

「そりゃあさ、東雲さんが困っているとしたら、私は何の役にも立たないかもしれないけどさ、話くらい聞けるじゃない？　私の方はお世話になりっぱなしなんだしさあ……番号もアドレスも知ってるのにー！　連絡ないってー！　ああ、もう！」

『ならば、自分から聞いてみればよかろう』

常に肌身離さず持ち歩いている御守りから、香佑焔の声がした。百々のイライラが伝わっているらしい。

百々は、御守りを取り出して、ぎゅっと握りしめた。

「できるわけないでしょー。私じゃなく、大おばあちゃんの方に連絡したんだよ、東雲さん。わざわざ。私じゃなく！　連絡もらってないからって、どうしてですかなんて聞けないよ！」

『ならば、明日話を聞けばいいではないか』

「わかってるよ！　それしかないもん！」

『わかっているのに愚痴を言い続けるな、未練がましい』

「そういうの、傷口に塩を塗るっていうんだよー！」

埒《らち》が明かない百々との会話に呆れたのか、それきり香佑焔は百々に声をかけるのをやめてしまった。

そして、翌日。

朝食時に、一子が「あら、言い忘れていたわ、朝の十時過ぎくらいかしら、東雲さんがこちらにいらっしゃるのは」などと言い出し、だったらお昼をご用意しなくちゃね！　と嬉しそうな七恵の横で、丈晴は特に一子に「くれぐれも！　失礼のないようにしてくださいね！」と念を押して、後ろ髪を引かれるような思いを滲ませて出勤した。

「ごめんください」

玄関についている一昔も二昔も前のチャイムを鳴らし、東雲が玄関先で頭を下げた。

一番先に出迎えたのが七恵で、その後に百々が続いた。

いや、百々もすぐに動いたのだ。

にもかかわらず、七恵がそれはもううきうきとした様子で百々の前に出て、東雲を出迎えに行った。

はりきりすぎだよ、お母さん、てか、何でこんなに嬉しそうなの——

本来であれば、今日の東雲の用件は一子相手のもので、もしかしたら百々もそこに入れてもらえるかもしれない。四屋敷に関係した話であるならば可能性はある。

なので、出迎えは百々や一子の式神でもいいはずなのだ。七恵が一番に出迎えるのは、百々としては納得がいかない。

「こちらの休日に合わせ、平日のお忙しい時間にお邪魔して大変申し訳ありません」

どうぞどうぞと促す七恵に、丁寧に頭を下げ直す東雲。

顔をあげ、百々と視線が合うと、わずかに目礼した。

百々も、慌てて頭を下げる。

今日は大おばあちゃんのお客様、私のところじゃなくて大おばあちゃんのところの——そう思い直し、少しばかり真面目に、四屋敷の跡継ぎらしくしようと百々は思った。

「百々ちゃん、おばあちゃんのところにご案内してね。東雲さん、お茶とコーヒーと紅茶、どれがいいかしら?」

「どうかお気遣いなく」

百々は、七恵が水ようかんを用意しているのを知っていたので、「お茶でいいと思うよ、お母さん」と代わりに答えて、東雲を曾祖母の私室に案内した。

「ごめんなさい、東雲さん。お母さん、なんだかはりきっちゃって。こんなに親しくできるお客さんってあんまり来なくって」

廊下で百々が謝ると、東雲は「ありがたいと思っています」とそつなく答えた。

「大おばあちゃん、東雲さんをご案内してきました」

「入っていただいて」

一声かけてから障子戸を開ける。

廊下で正座して頭を下げてから入る東雲を残し、百々が下がろうとすると、一子から呼び止められた。

「百々ちゃん、あなたもお聞きなさいな、東雲さんのお話」

「え、いいの?」

「うふふふ。東雲さんのご用事、気になるんでしょう?」

一子に指摘され、百々は赤くなった。

そりゃあ、気にならないわけないじゃん──東雲さん、私には何も連絡くれないんだもん。

今日は自分への安全確認で来たわけではないことくらいわかっていた。それでも、一子に用があるとしても、自分を通してでもいいんじゃないかと、百々はつい思ってしまう。

しかし、東雲はそこはきっちりと分けていた。

一子に直接連絡をしたということは、おそらく「四屋敷当主」であり「在巫女」への相談もしくは依頼なのだ。

つまらないものですがと、東雲が持参した紙袋から白い箱を取り出す。

「あらまあ、もしかしてお電話で私がお話ししたのを覚えていてくださったのかしら」

嬉しそうに箱を手にする一子に、百々はがっくりと肩を落とした。

「さては大おばあちゃん……ねだったんでしょ」

「まあ、そんな失礼なこと言いませんよ。今の時期、千華園《せんかえん》さんの和花《のどか》ぷりんが美味しいんですよって世間話をしただけです」

「それをおねだりって言うんでしょ！　ご、ごめんなさい、東雲さん、何か大おばあちゃんが無理なこと……」

「いえ、自分、女性の好きなものがわかりませんので、おうかがいできてよかったです」

「ね？　おねだりではありませんよ」

「ね、じゃないよ、大おばあちゃーん」

百々の抗議など一子は気にも留めず、お茶と水ようかんを運んできた七恵に箱ごと渡した。

「まあ、いつもすみません。ごちそうさまです」

七恵は、それを冷蔵庫に入れるべく、いそいそと戻っていった。

再び三人だけになると、一子がいきなり切り出した。

「それで？　あなたのおっしゃる小学校というのは、百々ちゃんが卒業した学校なのかしら」

「え？」

一子の言葉に、百々はきょとんとし、それから東雲を見た。

東雲は、短く「はい」と答えて頷いた。

「私が通ってた小学校……深山《みやま》小学校のこと？」

この四屋敷邸のある学区の小学校で百々が卒業したとなれば、そこである。

深山小学校は、近くの小学校の全校の児童数が増えたために新たに作られた小学校だ。

とは言っても、最近のことではない。戦後であり、そろそろ六十周年を迎えようとする学校である。

幼い頃に実父を亡くし、母の七恵とともにここに越してきた百々は、この地域の小学校に通った。

「懐かしいなー。きっと先生たちは全員変わってるんだろうけど。東雲さん、深山小学校に行ってきたんですか？　広かったでしょ？　運動会もマラソン大会もすっごく力入れてて、大変だったの」

都会や街中の小学校ではありえないほど、百々の通っていた深山小学校の敷地は広かった。グラウンドなど、野球の試合をしても十分ゆとりがあり、運動会では地域ごとの応援席が設けられてテントがいくつも立っていた記憶がある。

「実は、不審者情報がいくつかこの地区でありまして」

「げ」

百々は思わず短い悲鳴をあげた。一子も気遣わしげに眉をひそめた。

「あらまあ、それはよろしくありませんこと。物騒ねえ、子供たちの周囲で不審者だなんて」

声をかけられたり、腕を掴まれたりした児童がそれを親に言い、通報してきた。また、追いかけられたと学校で先生に話して、学校から警察に連絡もあった。

「こちらとしても、安全パトロールを行ったり、特に下校時には交代で学校を訪問したり、通学路の途中に立って見守りをしたりしました」

生活安全課の仕事に関わることでもあり、東雲は非常に忙しくしていたらしい。

学校も、児童の集団下校を連日行い、教職員もそれに伴ってその地域まで歩いて送っていったりと、随分負担が大きい時期が続いたのだという。

「わあ……そりゃあ、私のときも集団下校はしたことあったけどさ、毎日じゃなかったなー」

低学年と高学年では、授業時数が異なる。さらには、早く帰る子、放課後のサービスを利用する子、そのまま習い事に行く子、日によって祖父母宅に行く子、車での送迎のある子と様々だ。

一口に集団下校と言っても、簡単なことではなかった。

「心配ですこと。それで？　子供たちは無事なのかしら。悪い人は捕まりました？」

「いえ、それは」

職務質問の対象はいたが、実際に逮捕まで至ってはいないという。

周辺のパトロールや集団下校が続いたおかげか、不審者情報も下火になり、教職員が付き添っての集団下校もなくなり、子供たちだけで帰るようになった。

「ただ、下校時は複数で帰宅するよう学校は指導していますし、保護者が心配して毎日車で迎えに来ているご家庭も増えたとのことです」

パトロールは引き続き行っていきますと東雲が言うと、それならばよかったわと一子がにっこり笑う。

同様に凶悪な事件にはならなくてよかったと安堵した百々が、あれ？　と首を傾げる。

「けど、今のお話のどこに、うちに用事が出てくるんですか？」

まさか、不審者が神社関係者だった？

目撃情報が、学校の近くの神社に集中している？

いくつか百々が考えていると、東雲がそれらをきっぱり否定した。

「いえ、今回のご相談の件と不審者情報はあまり関連がありません」

「ええええっ！　こんなに話してたのに？」

てっきりそこから四屋敷に関係した話に行くのかと思っていた百々は、拍子抜けした。

「何故警察官である自分が小学校に関わることになったのか、その経緯を明確にしておこうと思いまして」

「そ、それもそうだけど。てっきり不審者が神社に何か関係しているのかと思っちゃったじゃない」

「すいません、話下手なもんで」

百々に抗議される形になり、東雲はぺこりと頭を下げた。

謝らせたかったわけではないので、百々が慌てると、ほほほと笑いながら一子が話に入ってきた。

「あらあら、百々ちゃんたらせっかちさん。東雲さんのお話、最後まで待てないなんて」

「だって、いかにも……だって……はい、ごめんなさい」

東雲としては、警察官が小学校と関わることになった理由を話しておきたかったのだろう。

警察官が常駐している学校はない。いくら生活安全課とはいえ、職務は未成年関係だけにとどまらないし、教育の現場に警察官の姿がむやみにあるのは望ましいとは言えない。

「そういうわけで、ちょくちょく学校に寄らせていただきまして、校長室でも話をする機会がありました。今年、六十周年記念式典を開くそうです」

やっぱり六十年だったかと百々は頷いた。

百々が小学生だったときに、五十周年記念式典があったのだ。その時は、まだ低学年だったが、体育館で長い話をたくさん聞いたり、高学年が何か演奏したりしていたような記憶がある。

また、校歌以外の全校合唱なるものをしたような記憶も。

「十年ごとにやるのかなあ。大変だよね、先生たちも子供たちも」

「四屋敷さんが体験された五十周年のときよりは、規模は小さくなると言っていました。当時の写真まで見せていただきました」

校長から、話の流れで式典の写真まで見せられていたらしい。もしかするとその中に百々も写っていたかもしれないが、もちろん東雲はそれを探すようなことはしなかったし、百々も子供の自分を探されたら恥ずかしいなと思った。

「それで……」

「ちょっといいかしら、東雲さん」

東雲が話を続けようとしたところ、一子が待ったをかけた。

何かこの曾祖母に引っ掛かる部分があったのだろうかと、百々は緊張する。

「あなた、百々ちゃんのことも私のことも『四屋敷さん』と呼ぶでしょう？　わかりにくいので、変えていただいてもよろしいかしら」

「はい？　大おばあちゃん？」

東雲さんの話を遮ってまで何を言い出すのだと、百々はきょとんとする。

「百々ちゃんはあなたよりずっと若いのですもの、名前でいいじゃありませんか」

「………百々さん、でしょうか。」

「へ、も、もも、もももも……ひゃあああ！」

思いっきり話の腰を折ったかと思えば何ということをと、百々は真っ赤になって叫んだ。

「そ、そんなどーでもいいことはあと、あとでいいでしょ！　今は東雲さんの話をちゃんと聞こうよう！」

「おほほほほ、だって紛らわしかったんですもの」

あまりにマイペースな一子に、話が進まないじゃん！　と抗議をする百々、二人のやりとりが収まるのを黙って待つ東雲。

おかげで話が核心に触れるまで、しばらくかかった。

一子と百々がようやく口を閉じると、東雲は何事もなかったように話を再開した。

「先日、集団下校の見守りを終え、同僚と駐車していた車に戻る際に、一人の教員の方に呼び止められまして」

非常に話しづらそうに、迷いつつも黙っていられないとでもいうかのような若い女性教員の様子が、東雲には気になったのだと言う。

「若い……女の先生？」

「採用三年目だと言っていました。深山小学校が、最初の学校だそうです」

だったら二十代かな、大学出てすぐだとして二十五歳くらいかな、もしかすると講師をしてからだったら二十代後半……

そんな若い女の人に声をかけられたんだ、東雲さん――

話の核心はこれからだというのに、百々は何となくもやもやした気持ちになる。もちろん、それは東雲の話にも、それを聞いている一子にも関係がない。

「警察官ならば、この地域のことは詳しいのかと尋ねられました。ある程度はと答えると、この学校のこともかと」

自分はここが地元というわけではないので、学校に関してもと問われると、否と言わざるをえませんでしたと、東雲は正直に詳しくないと答えたという。

「すると、校舎裏にある林について、何か聞いたことはないかと言うのです」

「林……ああ、うん、あった。学校に林だか森だか、わっさわさと生えてたんだよね、木が。松の木だけじゃなく、杉もあったかな」

学校の敷地内に木が植えてあるのは珍しいことではない。しかし、百々が出た深山小学校の木々は、他の学校にはない規模だった。

「それなら覚えていますよ。少しですけれどね」

一子は、昔のことを思い出そうと、軽く目を閉じた。

「あそこらへんの土地一帯は、もともと地主さんの管理されている土地だったんですよ、確か。校舎を建てることになって、土地を市に売却された折、なるべく木々を残してもらえないかと要望があったとか」

「そうなんだ、知らなかった」

百々も今通っている子供たちも、当時のことなど知る由もない。

ただ、林を残してくれてよかったと思う。敷地内なので、その中は気温が高い日でも涼やかで、子供たちの格好の遊び場になったからだ。

休み時間は当然のこと、男子などは日曜日に父親と一緒に虫を採りにこっそり来ていたらしい。

「深山小学校は、背の高いフェンスで囲まれてはいますが、駐車場から簡単に敷地内に入れてしまいますし、門扉を閉ざすようなことはしていません」

校舎内であれば、警備会社が侵入を感知できるようになっているのかもしれないが、グラウンドや駐車場など屋外はそうはいかない。

市内とはいえ、まだまだ田舎の風景の残る地域である。関係者以外立ち入り禁止の表示はされているものの、それを厳しく制限するものはない。

「しかし、女性教員が聞きたかったのは、そういう防犯関連のことと関係ないようで」

東雲に声をかけてきた若い女性教員も、事件というわけではないらしく、東雲がこの校舎の土地についてほとんど知識がないと知るや、すみませんでした忘れてくださいと謝ってきたのだという。

「ですが、どのようなことが事件や不審者情報、また防犯上重要なことになるかわかりませんので、どんなことでも結構ですから話してくださいとお願いしたところ、不思議なことをおうかがいできました」

その女性教員いわく――

子供が手を合わせるのだという。

林の中で。

「え……何、それ」

校舎も林も知っている百々は、きょとんとした。

何か手を合わせるようなものがあっただろうかと昔の記憶を思い起こすも、まったく思い当たらない。

「すべての子がそうだというわけではないようなのです。遊んでいて、ふと一人、二人が同じような場所で手を合わせる、そんなことがあるとかで」

同僚警官にパトカーに残ってもらい、東雲はその場所に案内してもらったのだという。

確かにそこには何もなかった。当然のことながら、学校という場所に宗教的なものは一切ない。

次に疑ったのは、動物などの墓だった。たとえば、学級や学校で飼っていた小動物が亡くなってそれで墓を作って埋めて手を合わせているのではないかと。

だが、その辺りに特にそういった場所は見つからず、女性教員からもこんなところに埋めることはないと言われた。

一応、林の中の他の場所も点検してみたが、たとえばフェンスが破れているとか、外から林に直接入れるような場所はなく、何か不審物が置かれている様子もない。

「その教員は、子供たちに聞いたのだそうです。何かあるのかと」

すると、ほとんどの子は何のことかわからず、逆に「なに、なに？」「先生、何のこと、教えて！」と騒いだので、ごめんね先生の気のせいだったと誤魔化したとのことだが。

「手を合わせた子が、後からこっそり教えてくれたそうです」

『神様がね』

『神様がいたの』

『神様にお祈りしていた』

「か、神様が⁉」

百々は、思わず身を乗り出した。

一子の目も、一瞬すっと細くなった。

「え、あの林の中に？　どういうこと？」

「自分にもさっぱりです。ただ、その教員は、フェンスごしに不審者と会って、何か嘘をつかれているのではないかとも考えたようで」

敷地をぐるりと囲むフェンスは、塀と違い外が見える。それは反対に敷地外からも中が見えるということだ。

フェンスが建てられた当時は、外と校舎の敷地を隔てる機能を十分果たしていたかもしれないが、不審者に敏感になっている現状ではやや頼りないかもしれない。

「確かにフェンスの向こう側は道路ですんで、そこに車を停めて子供に話しかけることは可能です。しかし、子供が手を合わせた場所は、それほどフェンスに近いというわけではなく、方向も外に向けてではなかったように思うと、その教員は言っていました」

警察官としては、外部から敷地内の子供への働きかけがあったのであれば、看過できない。一応、その可能性もあるので、パトカーで待たせていた同僚警官にもその旨を伝えて、もう一度その場所を見に行った。

また、教頭にも来てもらい、一緒に確認したがよくわからなかったのだという。

「少しことを大袈裟にしてしまったかもしれません。先に教頭や校長に報告すべきだと、その教員は叱責を受けていましたんで」

確証もなく報告するのはどうなのかと迷ってのことだったのだろう。

報告せずに、でも本当にそれが子供たちの危険に繋がったらどうしようと悩んでいたら、たまたま警察官がいたので、そこに危険はないと確認してもらえればと思ってのことだったのかもしれない。

叱られた若い女性教員は、青くなって東雲たち警察官と教頭に謝っていたという。

「なかなかに真意の掴みにくいお話ですこと」

一子が、取り出した扇子で畳を一度、こつんと叩いた。

「一つ目。そのお若い女の先生は、最初にその林について尋ねてこられた」

こつんともう一つ。

「二つ目。林で子供たちが手を合わせた。神様がいらっしゃるからと」

さらに、こつん。

「三つ目。フェンス越しに外から何か不審な働きかけがあったとは言えないけれど不可能ではない」

「そうです」

東雲が一子の要約した点に頷いた。

聞いていた百々は、それらに違和感を覚えた。

繋がらない。どれもこれも、ばらばらだ。

「うーん、一番怪しいのが三つ目だったら警察の人に話すのもわかる。不審者だったら怖いもんね」

それが一番現実的で、子供の安全を脅かす問題だ。

車を近くに停め、フェンス越しに子供たちに話しかけ、言葉巧みに言いくるめ、下校時や下校時後に狙う。そんな恐ろしいことは、未然に防止しなければならない。

「けど、フェンスの方に向かってじゃないって言うし……。子供が手を合わせたのはさ、遊びとかってことないかな。ごっこ遊び」

「そうねえ。子供というものは、大人が考えもしないような空想の世界を繰り広げるものですものねえ。それに、最近はテレビだけじゃなく、ゲームとか、それから動画かしら、いろいろなものを見るのでしょう？　たくさんの作り物も嘘も混じっているでしょう。そういうものから触発されて、自分たちだけで何か新しい遊びを考えたのかもしれませんよ」

そこに神様がいることにする遊び。

林の中を別の空間だと仮定して繰り広げられる夢の世界。

そんなことだって、ありえないことではないのだ。

「教員もそうではないかと子供たちに聞いたそうです。どういう遊びなのかと」

だが、手を合わせた子は、遊びではないと言ったのだという。

「先生、神社に行ったことないの？　お詣りしたことないの？　と」

ということは、手を合わせた子供たちの認識では、そこにあるのは紛れもなく目に見えない「神社」であり「拝殿」であり「ご神体」なのだ。

「なので、その教員は自分で何度か林の中を歩いたそうです。授業でも活用されているとのことで、林の中に入るのは今回が初めてではないし、他の教職員の方々も同じように林を利用されているとか」

「ああ、はい。私のときも授業で入りました。虫を捕まえたこともあったし、なんか林の話から自然環境がどうとかって難しい話になったこともあったかな。確か総合の勉強で」

百々がその小学校を卒業してから、まだ十年と経っていない。

それでも、昔のことを百々は懐かしく思い起こした。

その側で、一子は面白そうにふふっと笑った。

「総合ですって。昔はそんな名前の授業なんてありませんでしたからねえ。それに、小さい子には生活なんてお勉強があるのですって。てっきり、普段の生活の中のことを教える家庭科のようなものかと思っていたら、朝顔を植えたんですすよ、百々ちゃんは。それって、理科とどう違うのかしら」

そう問われても、東雲は答えようがなく、小さく首を傾げただけにとどまった。

百々も、そういう授業として受けてきただけなので、違いを説明できるはずもない。

「あらあら、ごめんなさいね。脱線してしまったわ」

二人が困っているのを見て、一子はころころと笑って話をもとに戻した。

「それで？　子供に言われてから林に入ってみたその先生は、何か感じでもしたのかしら」

「はい。非常に感覚的なことで、言葉にしづらいのですが、とおっしゃってました」

どこか違う、と。

それが何であるのかわからないが、どことなく違う、と。

子供たちが手を合わせた場所は、それをしない子供たちが普通に走って踏み荒らすような、下に葉や枝が落ち、木の根が隆起しているような場所だ。

子供たちがいる授業時間に一人で林に入ることはない。子供たちを帰してから放課後に入ってみたり、朝子供たちの登校前に歩いてみたりしたそうである。

「ふと気がつくと、鳥の鳴き声も周囲の音も消えていた瞬間があったと、怯えたような表情を浮かべていました」

だが、そんな現象を、職場内でどうやって問題にできようか。

思い過ごしとか、ストレスでメンタルが弱っているとか、そう言われるだろうから言えないんですが、と女性教員は東雲にこっそり打ち明けたのだという。

畳を小突いていた扇子を、一子は自分の顎に押し当てた。

「ならば、私たちにできることは限られていますでしょう。フェンス越しにどうのというのでしたら、それは警察の方のお仕事で、私たちの出番ではありません」

「おっしゃる通りです」

そんなことは、東雲も承知している。

にもかかわらず、今回のことを相談しに来ているのは、一番現実的な推測に彼自身が納得していないからなのだろう。

「先程も申し上げましたが、どうもフェンス越しというのが困難な場所かと」

林と言っても、それはさほど深い訳ではない。近づけば、中で駆ける子供たちの姿は容易に確認できるし、声も聞こえるが、フェンスの向こうから子供たちに聞こえるように呼べば、他の子供たちにも聞こえるし、教職員の耳にも入ってくる。

しかし、そんな不審情報は全くないのである。

「だんだん思い出してきましたよ。あの林は、校舎を建てるときからありましたけど、確かもっと規模は大きなものでした」

一子は、六十年前の記憶を呼び戻すかのように目を閉じた。

「大おばあちゃん、学校ができる前のこと、覚えてるんだ」

「そりゃあ、この家の生まれですもの。地域のことを知らずにどうします」

しかし、一子は深山小学校に通ってはいなかった。それどころか、小学校建設時はちょうど修行で四屋敷を離れていた時期だった。

「なので、記憶ははっきりしないんですよ。でも、いいでしょう、土地に関わることは私の方で調べてみます」

土地に関わること、林の成り立ち。それを自分が担当すると一子が東雲に告げた。

「ただ、学校にまで行って林の中に入らせてくださいというのはちょっとねえ……」

「四屋敷さんでも無理ですか」

「うちを何だと思っているんです。ここはどこにでもある一般的な田舎の家です」

一般的という言葉が何を指すのか、百々は首を捻った。

名家でも資産家でもないが、普通の家と言ってしまうのはやはり同意できないと思うのだ。

そもそも、普通の家の女の子に、高校時代は神社の神職の家に下宿しないといけないなどという決まりがあるはずもない。

「警察官である東雲さんでしたら、問題なく入れるのでしょうけれど」

フェンスを確認させてくださいとでも言えば、学校側にも否やはないだろう。子供の安全のためだ。

しかしと東雲が困ったように首を傾げる。

「自分が行きましても……」

そう、わからないのだ、東雲では。そこに何らかの力が働いていたとしても、感じることや見つけることは極めて厳しいだろう。

「ほほほ。では、問題です。この中でまだ何もお仕事していない子は誰でしょう」

何事か閃いたらしく、突然一子がおかしそうに目を細めながら妙なことを言い出した。

まだ何も仕事をしていないのは……

「……へ？　わ、私？」

百々は、自分を指差してぽかんとした。それから、わたわたと慌てる。

「だ、だって、これって大おばあちゃんのところに東雲さんが持ち込んだ話でしょ！　私、関係ないし！」

「あらあら、何を言っているのかしら、百々ちゃんたら。東雲さんはね、四屋敷であり在巫女である私『たち』にお話ししてくださっているんですもの。あなたも働かないとねえ」

そ、そういうことなのっ⁉　と百々は東雲を勢いよく振り返るも、無表情で少しだけ頭を傾げている東雲から答えは返ってこない。

「ほら！　東雲さん、困ってるじゃん！」

「でも、否定してらっしゃいませんよ？」

「否定してよう、東雲さん！」

「……そういうことになるんでしょうか。自分としては、解決する糸口さえいただければ」
東雲としては、当主である一子に話を持ち込んだだけであって、それが筋だと思ったから
そうしたまで。
その一子が、百々もこの件に関わらせるべきと断じたのであれば、それを拒否することは
ない。
「絶対におかしいって……大おばあちゃんの方が何でもわかっちゃうから、私なんかより
ずっと適任でしょー……」
「私は、あの林や土地の昔のことを調べてみますもの。あなた、林の中に行って確認して
らっしゃい」
「どんな名目で」
「卒業生ですもの。堂々と母校訪問で」
「そんなこと言ったら、卒業生なら誰でも入っていいことになっちゃうでしょ！　ああ、も
う……どーしよー……」
一子が言い出したことは、簡単には覆らない。百々は頭を抱えた。
そんな百々を見て、一子は仕方ないわねえと携帯を取り出した。
どこに電話するのだろうと、百々と東雲はそれを見守る。
学校関係者につてでもあるのだろうか。

そんな二人の視線に、一子はにっこり微笑んだ。

曾祖母の笑顔は、大概自分にとって楽しいことを思い付いたときで、周囲はそれに振り回されることになると、百々は知っている。

ヤバイ……どうにかしますって言えばよかったかな——

でも、私が小学校に入る口実なんて……

「まあまあ、ご無沙汰ですこと、利永くん、お元気かしら」

「っ！」

「利永」の名に、東雲が膝を浮かしかけた。

「し、東雲さん。利永さんって確か副本部長とかって役職の、偉い人だったんですよね？もう退職してるって聞いた気がするんですけど」

東雲はこくりと頷いた。その表情が、普段より固い。

「県警の元副本部長です。自分なんぞより、ベテランである堀井さんの方が親しくさせていただいている方です」

「……おばあちゃん、四屋敷も名乗ってなかったし、在巫女にもならなかったのに、どうしてこう人脈が広いんだろう……」

現市長まで繋がっているのだ、亡き祖母の人脈は。

辿っていったらとんでもないところに行き着きそうで、百々は深く聞かないでおこうと思った。

そんな二人をちらちらと楽しげに見ながら、一子は通話の相手に向かって今まさに無理難題をふっかけようとしていた。

「そんなに警戒しないでちょうだい。利永くん、まだ警察関係に顔がきくのでしょう？　うふふ、聞いてますよ、今、警察学校で非常勤だけれど教官をしているのですって？　水くさいわ、黙っているなんて」

通話の相手が悲鳴をあげたのがかすかに聞こえた気がした。

一子の通話相手が元県警副本部長だとわかってから、東雲は表情が強ばったままだった。百々が心配して、「東雲さん」と声をかけると、百々の方を向いて頭を下げる。

「申し訳ありません。自分が迂闊な案件を持ち込んだせいで、四屋敷さんだけでなく元副本部長にまでご迷惑をおかけします」

「ち、違いますって！　こちらこそ、ごめんなさい！　大おばあちゃん、いっつも説明が後回しなんだもん！　東雲さん、ちっとも悪くないです！」

東雲を慰めつつ、曾祖母が何をしようとしているのだろうと、百々は一人あたふたする。

そんな曾孫の慌てぶりなどどこ吹く風といった様子で、一子はころころと笑って電話を続けた。

「実は、利永くんに協力してもらいたいことがあるんですよ。え？　堀井さん？　今回はね、堀井さんではだめなの。あなたでないと。ごめんなさいねえ」

ごめんというくらいなら、初めから電話しなきゃいいのに、東雲さんだってこんなに落ち込ませて、と百々は思わず一子を睨んだ。

その視線を感じても動じる一子ではないはずだが、すっと立ち上がると、そのまま部屋を出ようとする。

「ちょ……っ、大おばあちゃ……っ」

「もう。あなたが黙ってお話を聞いてくれないから、曾孫がはらはらしているじゃありませんか。そんな大したお願いじゃありませんから、老い先短い年寄りの話を聞いてちょうだいな。貸していただきたいものがあるんですよ。ええ、それだけ」

老い先短いと言いながらも、非常に生き生きとした表情を浮かべながら、一子は障子戸から廊下に出て、戸を閉めてしまった。

そのまま声量を落としたらしく、何を話しているのかよく聞こえない。

「ああ……もう！　ごめんなさい、東雲さん。本当にごめんなさい」

頭を抱えて謝る百々に、香佑焔の呆れ気味の声が届く。

『一子がああいう女だと知っていて、何を慌てることがある。いずれおまえもああなるのだぞ。いや、あまり独善的になられても困るが』

ならないよ！　と大声で反論したくなるのを、百々はぐっと堪えた。

東雲に、香佑焔の声は聞こえない。

気まずい思いをしながら二人で待っていると、一子が戻ってきた。その表情からすると、成果は上々だったらしい。

いや、そもそもこの曾祖母がこうと思い立って思い通りにできなかったことなどあるのだろうか。

誰かを傷つけるような害意も悪意もないが、とんでもなくとっぴなことならしょっちゅう思い付いてくれる。

「大丈夫だそうですよ。さすが、県警の副本部長まで出世しただけのことはありますわね。頼りがいがありますこと、利永くんは！」

頼られて、悲鳴と共におそらく諦めたのだろう、電話の相手は。

そう思うと、百々は深く重いため息を一つついた。

「大おばあちゃん……いい加減どういうことか教えてくれる？　東雲さんも私も、何も聞かされてない状態なんですけどー」

百々の訴えに、あら、と一子は目を丸くした。

気づいてなかったの、大おばあちゃん！　と文句が喉までせり上がってくる。

「まあ、悪かったわねえ。てっきりあなた、気づいているものだと。東雲さんも、すっかりお待たせしてしまって。ごめんなさいねえ」

まったく申し訳なさそうではない謝罪。

むしろ、どうしてわからないのかしらこの子はと言わんばかりの表情だ。

「でもねえ、百々ちゃん。簡単なことじゃああありませんか」

「な、何が？」

百々は、一子がどんなとんでもないアイディアを思い付いたのかと、身構えた。

「だって、あなた、このままだと学校に入るわけにはいかないのでしょう？」

「そ、そりゃあ、私、何の肩書きもないもん」

「でも、警察の方だったら入れますでしょ。東雲さんなら大丈夫なのですもの」

「ま……まさか……大おばあちゃん……」

私に、警察官のふりをしろと——!?

目を剥きかけた百々に、一子はころころ笑った。

「ほほほ。高校出たてでいきなり警察官はないわねえ。そんな無茶は言いませんよ」

「え……」

じゃあ、どういうこと？　と、百々は思わず振り返って、東雲とともに首を傾げた。

数日後。

百々は、東雲とともに深山小学校を訪れていた。

東雲の後ろで、百々は顔をあげられない。
大おばあちゃんの嘘つき——！
警察官じゃないって言ったじゃない——！
百々が着ていたのは、警察学校の制服だった。

違和感

「……東雲さん」

「はい」

「間違っていたらごめんなさい」

「はい」

「これって……警察学校の制服ですよね？」

「はい」

「でも、これって普通の警察官の制服ですよね？　どう見ても学生服じゃないですよね？」

「はい。警察学校とは、新任の警察官が必要な教育や訓練を受ける場です。新任だけでなく現任の警察官が入校することもあります」

「てことは、十八歳でもこの制服を着るって場合もあるわけですよね？　高卒とかで」

「はい」

「……結局、警察官のふりをすることになるんじゃん！　大おばあちゃん！」

渡された制服を着て、もやもやした疑問を東雲にぶつけた百々は、今回もまた一子にうまく言いくるめられたとわかって叫んだ。

制服を百々に渡しながら、一子は言ったのだ。

「百々ちゃん。これを着て、学校の実習で現場につれてきてもらっていますって言えばいいんですよ。学校の学生さんなら、本物の警察官ではないのでしょうし、それならまだいいんじゃないかしら」

間違ってる――間違ってるよ、大おばあちゃん！

高校や大学と違うんだよ、警察学校は！　そこで勉強してる人、警察官だってば！

制服を渡されて、それを着た百々の衝撃たるや、筆舌に尽くしがたい。何しろ、その格好でそのまま母校である深山小学校に行ってこいと言うのだ。

鏡を見ると、あまりに不自然な姿に、百々は泣きたくなった。しかも、その姿で東雲の前に立たなければならない。

案の定、百々の制服姿を見た東雲は、一瞬息を呑んだ。

余計なことこそ言わなかったが、目を逸らされた。

それだけで、百々のテンションは地を這うどころか地にめりこんでいる。

大おばあちゃんのバカ！　と怒鳴りたくなる気持ちになるのも、仕方ないと言える。

そんな一子は、百々と東雲の前で、一人の高齢の男性と言い争っていた。

東雲と共にやってきて、制服の入った紙袋を一子に手渡した男——利永。

「おばちゃん！　これな、バレたら処分されるの俺だからな！　あと、警察官だから！　警察学校にいるのはそこらへんの学生じゃねえんだよ！」

「あら、それは大変。よそに知られないよう気を付けてねえ、利永くん」

「気を付けて、じゃねえよ！　やらせてんの、おばちゃんじゃねえかよ！　たち悪ぃな、もう！」

元県警副本部長まで務めあげた男は、薄くなった白い髪を乱しながら、子供のように一子に抗議していた。

百々は、この利永という男の記憶はほとんどなかった。

亡き祖母の幼馴染みなのだということは聞かされているものの、祖母の命日にこの家に来ることはなかったように思う。

もしかしたら百々がもっと小さい頃に訪れていたのかもしれないが、だとしても覚えていない。

「あの……東雲さん。あの利永さんて人は、どういう人なんですか？」

県警の副本部長の地位まで上り詰めた男のことなら、同じ警察官である東雲は知っているだろうと百々は尋ねた。

「自分が警察官の職を拝命してから利永副本部長がご退職されるまでほぼご一緒する機会は

ありませんでしたが」

　現場で働く警察官の主に四十代、五十代の先輩たちからは、厚い信頼を寄せられていたのだという。

「副本部長ご自身、現場からの叩き上げで勇猛果敢、いくつもの功績を挙げられての異例の昇進とのことで、尊敬されています。副本部長という立場になられても、ご自身の立場より現場を優先され、世間の厳しい批判の盾を自分が引き受けるからおまえたちは職務を果たせと励ましをいただいたことがあると堀井さんから聞いたことがあります」

　語る東雲も、利永を尊敬しているのだろう。

　そもそも、この東雲とて、先輩の刑事の堀井に連れてこられた折、利永元副本部長のお墨付きと言われていた。きっと年若い部下の動向にも細やかに目を配る、上司の鑑のような存在だったのだろう。

　その割に今目の前で一子に噛みつくもいいように扱われている様子は、どうにも情けない。

「あとな、おばちゃん！　自分とこの曾孫だけじゃなく、東雲まで巻き込むなよ！　あいつ、ああ見えて超優秀なんだぞ！　他の課からも引く手あまただってのに、頑固に生活安全課にしがみついてるけどな、その気になったら出世街道まっしぐらの波にいくらでも乗せてやれるやつなんだよ！　おばちゃんとこの事情で、経歴に傷をつけんなよ！」

　そんなに優秀なんだ、東雲さん、と百々は横に並んだ東雲をきらきらした目で見上げた。

見つめられた東雲は、相変わらず目を逸らしたまま、そんなことはありません、過ぎた評価をいただきお恥ずかしい限りですと、ぼそりと呟いた。

そんな利永の文句に、自分の計画を曲げる一子ではない。

「あらまあ、そんな優秀な方をうちの曾孫にご紹介いただけたなんて、さすが利永くんねえ」

「仕方ねえだろ！　おばちゃんとこに変なやつを寄越したなんてことになったら、絶対絶対絶っ対にあいつ、墓から出てきて俺の夢枕に立つ！　もう、いい加減にあいつと縁を切らせてくれよー、おばちゃーん」

「うちの娘を勝手にお墓から呼び戻さないでちょうだい。それに、縁がそう簡単に切れるわけないじゃありませんか。知ってますよ。あの子の命日の少し前に、いつもお墓にお花を供えてくれているって。私たちとかち合わないようにしてくれているのねえ。ありがとう、利永くん」

秘密で墓参りしていたことをばらされ、顔を真っ赤にさせた利永は完全に一子に白旗を挙げた。肩をがっくりと落とし、とぼとぼと百々と東雲の前に来る。

お腹がせり出してどちらかというと肥満体型に近いが、筋肉はまだまだ落ちていないらしく、身長こそ東雲に負けているものの頑丈さではこの年齢にしては立派なものだった。

「すまんなあ、東雲警部補。こんな厄介事に巻き込んでしまって。本来の職務から逸脱させてしまったのは、悉《ことごと》く私の責任。もしついていけないと思ったら、遠慮なく申し出てくれたまえ」

その言葉に、百々はどきっとした。

東雲が望めば、百々の担当から外れるということもあるのだろうか。

不安になって、百々は東雲を再び見上げた。先程は優秀だと太鼓判を押された東雲を尊敬する眼差しで、今は東雲の口から出る言葉を祈るように待つ気持ちで。

そうだよね、こんなことまでやらされるんだもの、嫌になっても仕方ないよね――

もう辞めたいって言っちゃうのかな、東雲さん――

そんな百々の気持ちは、痛いほどの視線となって東雲に注がれるが、彼がそれに動じた様子は見られない。

東雲は、尊敬する元副本部長である利永を前に、これ以上はないというほど背を伸ばして直立不動の姿勢をとった。

「お心遣い光栄です、副本部長」

「いや、私はもう警察学校の非常勤の教官に過ぎん。副本部長などと呼ばずともよい。まあ、いいところ、先輩程度でかまわんよ。ただ、まだあちこちにつては残っているから、君の要望くらいは叶えてやれるだけのじじいだ」

「は。では、お言葉に甘えて申し上げます」

やっぱり言っちゃうんだと、百々はぎゅっと両手を胸のところで握った。

「自分をこちらの四屋敷百々さんの担当にご指名いただき、ありがとうございます。まだまだ未熟ではありますが、副本部長のご期待に背かぬよう精進してまいりますので、どうか今後もこの任をお任せいただきたく、お願い致します」

え、という顔になったのは、百々だけだった。

利永の後ろで、一子は取り出した扇子で口元を隠しながら笑っている。

そして、東雲の言葉を予想していたかのように、利永は破顔した。

「よく言った！　君を推薦し堀井くんに託したのは、間違いではなかった。くれぐれも、このお嬢さんの力になってあげなさい」

「はい！　ありがとうございます！」

力をこめて敬礼する東雲に、利永は同じように返した。

ほっとした百々は、じわりと目が潤むのを感じて、慌てて握っていた手を開いて目を擦ろうとした。

その手に、東雲の大きな手が添えられる。

どきんと百々の心臓が跳ねた。

「ご心配をおかけしました。自分が至らぬばかりにご心配をお掛けすることも多々あると思いますが、今後とも担当をさせていただきますんで、よろしくお願いします」

不安と緊張で、百々が知らず知らず手に力を入れていたのに気づいていたのだろう。胸元で固く握りしめていた百々の手を、ゆっくりと下ろしてくれた。

これでは、目を擦るどころではない。

百々は顔を見られないように頭を下げながら、こちらこそよろしくお願いしますと震える声を絞り出した。

そんな二人の様子に、利永が一子を振り返る。その表情は、また先程のくだけた素の彼自身に戻っていた。

「見ろよ、おばちゃん！　若いもんを巻き込むなってんだ、気の毒だろ！　おばちゃんとこの曾孫、おばちゃんにもあいつにも似てない奇跡みたいないい子なんだからよ！」

これはこれで、随分な言いぐさである。

「あらあら、巻き込むだなんて、人聞きの悪い。修行の一環って言ってちょうだい」

利永の抗議を、一子はあっさり受け流した。

「行ってらっしゃいな、百々ちゃん。林の中、しっかり確認していらっしゃい。そこに何かあるのか、私たちが関与するべきものなのかどうか」

「はい！」

百々は、気合いをいれて返事をした。

自分の格好を考えると、結構恥ずかしいものがあるのだが、だからといって四屋敷に持ち込まれた案件に手抜かりがあってはいけない。しかも、これは東雲がわざわざもってきた話なのだ。

一子に、曾孫をくれぐれもよろしくお願いしますと声をかけられ、東雲は一子と利永に頭を下げてパトカーに乗り込んだ。

東雲から「行きます」と声をかけられ、百々は「はい！　お願いします！」と力の入った返事をした。

助手席から曾祖母に手を振る。その横の心配そうな顔の利永を見て、おばあちゃん、生きてた頃にあの人にもたくさん無茶ぶりしてたのかなあと気の毒に思った。

走り出した車内で、百々はなんとなく居心地の悪い思いをした。

東雲が発進してから無言なこと、自分が似合わない警察官の格好をしていること、そしてなにより高校時代、保護されてパトカーに乗せられた恥ずかしい思い出が甦ること。

暗くなってから空き家の庭に忍び込んだところ、近所からの通報があって警察官に保護されて自宅まで送り届けられたのだ。

級友から相談されて乗り出したことではあったけれど、突然警察官から声をかけられて悲鳴をあげて泣いてしまい、あげくに父の丈晴から大いに心配される羽目になったので、いい思い出とは言いがたい。

「……あの……」

黙っていると、どんどん当時のことが思い出されてきて辛いので、百々は自分から東雲に話しかけた。

「えっと、深山小学校、昔と変わってませんでした?」

「申し訳ありません。よ、も、百々さんが通ってらっしゃった頃の小学校を、自分は知りません」

「そ、そうですよね」

そりゃそうだと百々は気まずく相づちをうった。

東雲が「四屋敷さん」と呼ぼうとして思いとどまり、「百々さん」と呼ぶのに一瞬躊躇ったことも、なんとなく気恥ずかしかった。

それに、百々の制服姿を見て以来、東雲は百々と目を合わせてくれない。

運転中の今は、真面目に前を向いているだけだと思いたいが、それにしても。

そんなに似合わないかな……うん、似合ってない――

てか、警察官でもない私がこんな格好をしてるのって、真面目な東雲さんにとってはあまり気持ちのいいものじゃないよね――

制服なので、オシャレでもなんでもない。昔、女性のおまわりさんはスカート姿じゃなかったかなあと百々はなんとなく思う。

今、百々が着ているのは、灰色がかった水色のブラウスに紺のベストとパンツだった。同じく紺の帽子も、利永から渡されている。

百々は、口を閉ざして、帽子の縁を指先でなぞりながら俯いた。

二人の間に会話がなくなって三つ目の信号が赤に変わり、東雲がブレーキを踏む。

緊急でもなんでもないので、赤色灯はつけておらず、一般車両と同じように信号では停止した。

「酔いましたか？」

百々が静かにしているからか、東雲の方から声をかけてきた。

「いえ、大丈夫です……」

「小学校のことが気になりますか。あまりお話しできる情報がなくて、申し訳ありません」

「それは東雲さんのせいじゃないですし……」

会話が続かない。いつもの元気が出ない。

本当ならば、「たぶん大丈夫ですよ。まずは行ってみて！　それから考えたらどうでしょう」くらいのことを言いたいのだ。

なのに、顔があげられない。

そんな百々の様子に、東雲もおかしいと思ったのだろう。

「何か気にかかることでも？」

「いえ、別に……」

信号が青になり、東雲がアクセルを踏む。

またしても静かになる車内。

このままじゃ東雲にもっと呆れられると思った百々が、どうにか声を絞り出す。

「あ、あの……似合ってませんよね……てか、警察官でもない私がこんな格好をして……東雲さん、怒ってません？」

昨日までは、学校に行く間に林のことをもう少し詳しく聞いておこうと思っていたというのに、何て個人的なことを聞いているんだろうと、百々は泣きたい気分だった。

そんな百々の葛藤と落ち込みを知ってか知らでか、東雲は少しの沈黙のあと口を開いた。

「今回、百々さんが警察官の制服を着用することになったのは、百々さんの案ではありません。自分がそれに対し、不快な感情を抱いているというご心配については杞憂ですのでご安心ください」

どうやら、なんら警察とは関係のない百々が制服を着ていることについては、東雲はなんとも思っていないらしい。

ただ、似合っているいないのことに関して何も言わないのは、やはりそうなんだと、百々は小さなため息をついた。

百々は自分のことをどちらかというと童顔だし、体を鍛えているわけでもなく、中肉中背ありふれた外見だと思っている。

警察学校にいる女性警察官は、もっと体を鍛えて引き締まっていて、顔つきもきりりとしているんだろうなと百々は想像した。

こんな格好では、東雲がどう思うかより、あまりに警察官に似つかわしくないという理由で小学校で疑われないかということの方を考えようと、百々は気持ちを切り替えようとした。だというのに、律儀にも東雲は制服について発言を付け加えてきた。

「……その……新鮮でしたので……」

「はい？」

唐突に東雲にしては小声で呟かれたので、百々は聞き取れずに思わず聞き返した。

「その……何というか……普段、拝見しない格好でしたんで……」

「そ、そりゃあそうですよねえ」

口下手だと言うわりには的確に発言することの多い東雲にしては、珍しく歯切れが悪い。

そりゃあ、普段見ないどころか、本当だったら一生見なかったはずだよね、私のこんな不釣合いな格好――

だから、東雲が何と言ったらいいのか迷うのも無理はないと、百々は勝手に判断した。なので、百々はこのことはもう触れないでおこうと、窓の外を見た。

そのため、必要以上に前を向いて百々の方を向かないよう努めている東雲の耳が真っ赤になっているのを、残念ながら見逃してしまった。

深山小学校の門を潜り、職員玄関前にパトカーを停める。

降りる前に、東雲が百々に説明した。

「百々さんは、現在警察学校で教育を受けていて、このたび生活安全課に実習に来ているのだと話します」

警察官にも、学校の先生になるために大学生がする教育実習みたいなものってあるのかなと、そこらへんのことを知らない百々は素直にはいと返事をした。

「四屋敷さんの姓を使うと、知っている職員がいるかもしれません。校内では、加賀巡査とお呼びします。よろしいでしょうか」

「はい」

四屋敷家に養子として入り、姓を変えてまだ半年もたっていない。それでも、加賀と呼ばれるのは、懐かしかった。

「子供は授業中ですし、教職員は他の区に住居のある職員が大半ですんで、百々さんの顔を知っている人間はいないとは思いますが、いかがですか」

「たぶん。うちは学区と言っても本当にぎりぎりな端っこですし、今近所に小学生はいないから、少なくとも子供は私のことは知らないと思います。ここの先生も、うちの近くに住んでらっしゃる方はいないんじゃないかな」

近所付き合いは、いまだ曾祖母の一子と母の七恵頼みだ。

高校の三年間はよそで下宿生活をしていたので、町内の行事に顔を出すこともなかった。だから、意外と百々の顔を見知っている人間は少ない。

一子との早朝の散歩が日課となって以来、商店街の高齢の店主たちや寺の住職とは顔見知りになったが、近所と言えばまだまだその程度だ。

職員玄関の横のインターホンを鳴らし、解錠してもらう。

百々は、東雲がどういうふうに話をもっていくんだろうと、黙って後ろについて入っていった。

靴を脱ぎ、来客用のスリッパに履き替え、職員室に向かう。

ノックをすると、すぐに中から開けられた。

五十代後半くらいの、非常に痩せた頭髪のまばらな男性が出てきた。

東雲を見て、すぐに「いつもお疲れさまです」と声をかけてきたので、おそらく顔見知りなのだろうと、百々は思った。

「突然お邪魔して申し訳ありません」

授業中らしく、校舎内は子供たちの存在を感じさせながらも静かだ。

「いえいえ、お疲れ様です。まずは校長室へ。本日校長は出張で不在なもので、大変申し訳ありません」

校長が不在ということは、きっと教頭なのだ。人気のない校長室に案内されながら、百々はそう当たりをつけた。

東雲と並んで座っていると、女性職員からお茶を出され、軽く会釈した。

どうか私の姿がおかしくみえませんように──

百々は内心ドキドキしながら、お茶にも手をつけず座っていた。

職員室で何か指示を出していたらしく、しばらくしてから教頭が入ってきた。東雲が立ち上がり、改めて挨拶したので、百々も慌ててそれに倣う。

教頭から席を勧められ、二人で座り直す。

東雲の方から、最近の学区内での様子はいかがですかと切り出され、教頭はその後は不審者情報は特に、と話が始められた。東雲が学校を訪れた理由としては、その話題が一番妥当だ。

「安心しました。しかし、以前寄せられた不審者情報に該当する人物がいまだに特定できておりませんので、今後も児童へのご指導よろしくお願いいたします」

「は。学校としましても、集団での登下校を呼び掛け、定期的に職員が街頭に立つことになっております。また、児童には、どんな些細なことでもいいから、何かおかしいと思ったらすぐに保護者や担任など大人に話すように学級で指導をしております」

他にも、怪しい人物が近づいてきたら逃げる、大きな声をあげるなど、教頭は学校での指導のあれこれを話した。

「深山小学校での児童の安全に対する配慮、取り組み、非常に熱心で安心いたしました。ありがとうございます」

東雲が頭を下げたので、百々も一緒に同じようにぺこりと礼をする。

自分がここに通っていたときは、登下校のことはそんなにうるさく言われなかった気がするんだけどなあとちょっぴり思っていたことは、もちろん心の奥にしまう。

この校長室も、清掃や卒業前の校長室で給食を食べようイベントで入ったくらいで、昔とそれほど変わったようには思わないが、さして思い出もない。

「それで、本日はどのようなご用件でしょう」

教頭の言葉に、思い出の方に気持ちが向きかけていた百々は、はっとした。

そう、東雲はどういう言い訳は考えているのか。

「実は、先日こちらの敷地内のフェンスをチェックする機会がありまして」

「は…ああ、あれは。うちの職員が大変な失礼を申し上げました」

そのフェンスの件が、東雲に話しかけた若い女性教員のことだと気づき、教頭は頭を掻きながら恐縮している風を見せた。

「いいえ、それは全く問題なく、逆にこちらが見落としていた部分をご指摘いただき大変ありがたく思っております」

東雲は、この場にいない女性教員を庇うように頭を下げた。

「通学路だけでなく、敷地外からのアプローチや休日の敷地内侵入の可能性もあるということで、参考になりました」

「はあ…」

東雲の言わんとしていることを探ろうと、教頭が目をしばたたかせた。

百々は、東雲がどう説明するのだろうと見守っていると、突然自分に話が振られて、飛び上がりかけた。

「実は、こちらの加賀巡査が」

「ひゃ…！」

驚いて妙な声を出しかけ、慌てて頭を下げる。

「この春高校を卒業しまして、現在警察学校に通っているんですが、うちの課に実習に来まして」

そんな実習が本当にあるのか、百々にはわからない。目の前の教頭先生も知りませんようにと、百々は心の中で手を合わせた。

「生活安全課ですんで、地域の防犯や未成年への犯罪防止も勉強させておこうと思いまして、ちょうどこちらの小学校も現場実習の一つとして見させていただこうと思った次第です」

「現場実習ですか。はあ、それはまたお疲れ様です」

納得したのかしないのか、教頭は微妙な表情である。

一方、百々はドキドキしながらも、現場実習って、中学校のときに授業の一環で職場体験したあれと同じようなものなのかなあと、考えていた。

「それで、こちらの敷地内でご指摘のありました林とフェンスの様子を拝見できればと。外部から敷地内に接触、侵入の可否について、参考にさせていただきたく、お願いにあがりました」

ようするに、林の中を見せてもらいたい、そういうことなのだ。そこへ、どうにか無理矢理着地させようとしている。

「よろしくお願いします！」

百々は、いきおいよく頭を下げ、続いて東雲も黙って礼をした。

責任者である校長は出張でいない。今は、目の前の教頭がこの敷地の総責任者である。その許可を得なければならない。

一人は新米とはいえ、警察官二人に頭を下げられ、教頭は児童になるべく見られない形で、と了承してくれた。

警察官が林の中に入っていく姿を見ようものなら、休み時間に子供たちは林に殺到するだろう。

好奇心旺盛な年齢だ。それどころか、授業中でも騒ぎ出すかもしれない。

「ありがとうございます。なるべく短時間で終わらせます」

「そうしてください。休み時間まで二十分切っています。子供らは元気一杯で、晴れの日は休み時間になると、グラウンドや中庭、林に向かって一直線に飛び出していきますんで」

子供たちから取り囲まれて質問攻めにあう自分の姿を想像し、百々は焦った。

時間制限はなかなかに厳しい。正味十五分くらいである。

「では、さっそく」

案内しようとする教頭を、お忙しいでしょうからと東雲が押し止めた。

「さっと拝見して、帰るときはインターホンでお知らせしますからどうか気を使わないでください」

出されたお茶を飲み干し、東雲が立ち上がる。百々も慌ててそれに倣った。

二人は、職員玄関から外に出て、なるべく校舎から離れて林に向かった。

百々にとっては、勝手知ったる場所である。昔はここで遊んだなあとか、アサガオの鉢を置いたんだっけとか、懐かしく思い出しつつ、いけない、短時間で少しでも何かを感じ取らなくちゃいけないんだからと、心の中で自分で自分を叱った。

ほどなくして、二人は林に足を踏み入れた。

子供の頃は広くていくら遊んでも遊び飽きない場所だった。

今こうして見ると、それほど深い林ではない。

場所によっては、木々の隙間が開いていて、なんだか厚みがなくなった気がする。

これって、私が子供じゃなくなったからかな――

もう少し大きな林だと思っていたんだけれど――

「こちらです。それとも、もう何か感じますか」

足の止まった百々に、東雲が話しかける。

見るものすべてが懐かしい思い出になってしまいそうな百々は、焦って自分に集中集中、と呼び掛けた。

東雲は、女性教員に言われた場所に案内しようと、向きを変えた。そちらに向かって百々も一歩踏み出し、ふと、妙な感覚にとらわれる。

知っている感覚。

とても弱いけれど、確実にそこにある感覚。

小学生だった頃は、感じることがなかったそれは、昔からここにあったのだろうか。

四屋敷の跡継ぎだとか、在巫女だとか、そんなものを意識することがなかったから、幼い頃は意識もせず気づかなかっただけなのか、それとも新たに生じた気配なのか。

「百々さん？」

百々の様子が変わったことに気づいた東雲が、声を掛ける。

百々は、周囲の木々を見上げた。

静かだった。

時折聞こえる鳥や虫の鳴き声が、響いては大気に溶け込んでいく。

遠くで車の通る音も聞こえるが、それは意識しなければ入ってこない。

その静かさは、他者を拒絶するものではなかった。

とても優しい静かさだった。

内包するものを見守るような、誰も拒まず受け入れるような、そんな深さがあった。

ここに、悪いものが来るはずがない――ここは――

「本当にわずかですが、ここは神社の中の気配に似ている気がします」

その言葉に、東雲がわずかに眉を動かしたが、百々はもっと何かを感じようと一人で歩き出した。

決して強くない、でもきっとここは子供たちを穏やかに受け止め受け入れ、守っている。

だから、子供たちはここでいつも安心して遊んでいる。今も昔も――

「どこだろう……全然強くないんだけれど、ちょっとだけ気配が違うところが……」

大きなふわりとした気配の中で、ほんのわずかな違和感を探りながら、百々は進む。

いつしか、百々が先頭になって歩いていた。

地面がむき出しになっている坂を上る。

地域の人や保護者が整えてくれた丸太の階段もあるが、子供たちは走り回っている間に自然にできた坂や細い道を使うのが好きだ。

一番高い場所に立つと、校舎が木々の間から見え隠れする程度になり、代わりに学校の敷地と外部を隔てるフェンスが見えた。その近くから、百々は気配を感じた。

やがて、高く育った松が数本並んでいる場所に出た。そこは、フェンスに近いとも言えるが、それでも道路側から子供に声をかけるとしたら小声では無理だ。大きな声を出せば、周囲の他の子や通りかかった人にわかってしまう。

そんなところから、学校の敷地内の子供にアプローチをかけることができるだろうか。

そういう意味では、ここから不審者に繋がることはほぼなさそうである。

しかし。

「やはり、ここですか」

百々の後ろからついてきた東雲が、声をかけた。どうやら東雲が女性教員に案内されてきた場所らしい。

百々は、ぐるりと周囲を見た。

子供が手を合わせた――

子供が、神様を見た――

当然、学校の敷地内に社はない。

百々は、すうっと息を深く吸った。
植物の匂い、土の匂い。
生活の中の匂いとはまた別の、深く包まれるような匂い。
それらを胸一杯に満たす。自然に手が上がる。

ぱぁん　ぱぁん

打たれる手の音が、木々の間を渡り、空気を震わせる。

もし、ここに神様がいらっしゃるのでしたら
ここに、神様のお力が在るのであれば
どうか、それをお示しください
何か伝えたいことがあるのでしたら
何か思うことがあるのであれば
どうか私にそれを

祝詞はない。

ここに、本当に神の力が何らかの形で在るのかもまだはっきりしない。それほど、木々の気配が濃いのだ。

在ったとして、それがどのような神の名で言い伝えられているのかもわからない以上、祝詞、祓詞の中にその名を組み込むことはできない。

だから、ただ祈る。ただ願う。

ここに四屋敷百々が参りました、私でよろしければどのような役割も担います、ですからどうかお力をお示しくださいと——

人のために祈るのではなく、神と呼ばれる力のために祈る存在。

それゆえに、そのためだけに、在野にあって神域を作り出すことのできる存在。

それこそが在巫女。

木々の間を渡る風が止む。のどかな雰囲気を醸し出していた鳥の声も、いつしか周囲から消える。

果たして、百々の中に流れ込み、百々に感じとることのできるものは——

「……これかな？」

ほんのわずか。それも、他の木々と混ざり合うその気配。

これは——

「……混じってる」

集中して探っていた百々が、ぽつりと漏らした。

明確な意図があって、この林に入り込む者に何か訴えようとしているものではない。だから、百々は自分が感じるものを言葉にしづらいし、気配を正確に読み取って表現できるかの自信もなかった。

「百々さん」

はっきりとした手がかりを求めて気配を探り直す百々に、東雲が声をかけた。

「そろそろ時間です」

「はい」

教頭から言われていた時間だ。

これ以上ここに留まると、授業を終えて午前中の休み時間が来て、子供たちが押し寄せる。見つかったら、ちょっとした騒ぎになるだろう。

本来なら、もう少しここにいたかった。

百々は、後ろ髪を引かれる思いで、東雲のあとについて林から出た。

職員玄関のインターホンで東雲が職員室に礼を伝えて、百々たちの学校訪問が終わった。

パトカーに乗り込むと、東雲はエンジンをかける前に百々に話しかけた。

「短い時間でしたが、用は済みましたか」

「えっと、難しかったです」

それでも、百々は少しでも感じたことを言葉にしようとする。

「学校の林なのに、どこか神社にいるみたいで。でも、なんというか……それはずっと薄い気配で……今じゃなくて……そう、昔！　昔、ここに神社ってなかったですかね⁉」

「神社ですか？」

東雲は首を傾げた。

校舎が建つ前に、ここがどのような土地だったか、他の地域出身の東雲は当然知らない。それどころか、東雲も百々も生まれる前の話だ。

「でも、神社を潰して学校を建てるかなー。あと、神様が怒っているって感じは少しもなかったし。何というか……」

あくまでも、穏やかに緩やかに。

「護ろうとしているというか、助けようとしているというか……」

「護る、ですか？」

「あー、もう！　はっきりわからないってモヤモヤする！　なんか不完全燃焼！」

百々は、頭をかきむしった。

もう少し時間をかけられたら――

もう少し自分が在巫女としての修行を積んでいたのなら――

百々は、自分を歯がゆく思った。

東雲がエンジンをかけて、パトカーを出す。行きと同様安全に十分留意した運転で、車は四屋敷に向かって走った。

「……すみませんでした、東雲さん」

百々がぽつりと謝罪した。

前を向いたまま、東雲が頭を傾けた。

「東雲さんにあんな作り話をしてもらって、副本部長さんから制服まで借りて、学校まで連れてきてもらっておきながら、はっきりしたことを何も言えないんですもん……私、才能ないのかなあ……」

百々の言う才能とは、もちろん在巫女の才能である。

もし曾祖母であったなら、どんなに短時間であっても結果を出していたに違いない。

百々にとって曾祖母の一子は、在巫女としてできないことは何一つない、スーパーウーマンのような存在だ。

母も祖母も、在巫女の跡継ぎにならなかった。そのため百々がこの年齢になるまで、ずっと一人で在巫女の役割を果たし、四屋敷を存続させてきた女傑である。その実力も胆力も、半端であろうはずがない。

それに比べて、自分はなんて力不足なのだろう――

うまくいかなかったという思いが、百々の気を沈ませる。

「……少し道を変えます」

「はい？」

突然、東雲がウインカーを出して左に曲がった。来るときは、この道はまっすぐ来たはずだと、百々は少し驚いた。

どうしたのだろうと東雲の方を向くと、東雲は相変わらず真面目な顔のまま前を見ていた。

「周囲を巡回します。その間に、百々さんはゆっくりとご自分が感じたことを言葉にまとめてください」

言葉にまとめる、と百々は東雲の言った言葉を口にしてみる。

「何でも聞きます。自分でよければ。自分、鈍いんでお話をうかがっても要領を得ない返答しかできませんが、百々さんのタイミングで話してください」

百々が感じたことをゆっくり言葉に直せるよう、自分の感覚と向き合って少しでも成果を出せるよう、東雲が時間を作ってくれている。

それに気づいて、百々ははっとした。

いけないいけない――落ち込むなんて今することじゃない――

大おばあちゃんに敵うわけなんてないって、知ってたじゃない――

今は自分が選ばれて学校に、あの森に行ったんだから、そこで感じたことをきちんと考えないと――

一子は無駄なことはしない。今回も、百々の制服姿を面白がる意味もあっただろうが、それだけのはずがない。

百々ならできると思って送り出したのだ。

それを、東雲が全面的に支えてくれている。

祖母の知り合いだという、東雲の上司であった利永まで協力してくれている。

百々は、先程林で感じたことを、一生懸命言葉にしようと試みた。言葉を選び、自分が感じたことを音にする。

百々は、あの林で自分が感じ取ったことを、東雲にも伝わるように話した。

「神社に似た気配だと思いました。でも、本当にうっすらなので、もしかしたら昔あそこに神社があったのかもしれません」

そうであれば、おそらく一子が調べてくれていることだろう。

「もし、神社がかつてあったとして、それはきちんとした手順を踏んで移されたはずなんです。神様は怒ってらっしゃらない。あそこに、歪んだ力の欠片は何もありませんでした」

残っているとすれば、あの穏やかで優しく深い感覚だろう。

「あの林の木々、私が立っていたあたりの木々からは、守ろうという優しさを感じました」

「守る、ですか?」

黙って車を走らせて百々の話を聞いていた東雲が、口を開いた。言ってから、すぐに思い直して詫びる。

「すいません。百々さんの言葉を遮るつもりはありませんでした」

「え、や、いえ、謝らないでくださいっ！」

むしろ、どんどん聞いていただけると助かりますと、百々は赤くなって手を振った。

前しか見ていない東雲には、百々の顔色はわからないだろうが、手の動きと声の調子くらいはわかるようで、無言で続きを促してきた。

「もしかすると、それが一番大事なことなのかもしれません」

『何を』『何から』守ろうとしているのか——

順当に考えれば、『子供を』『悪いものから』となる。

だが、ことはそう簡単ではない。

「違和感があるんです」

しかも、二つ。

まず、すべての木々が、同じ雰囲気ではないということ。

それと、守ろうという意志とはまた違ったものが、混じっているということ。

「その混じっているものが、悪いもの、ですか？」

「いえ、それはどちらかというと……」

子供に近いような——

突然、東雲が急ブレーキを踏んだ。百々の体が前につんのめり、シートベルトが食い込む。東雲の運転で、こんな乱暴なことは初めてだった。

驚いた百々が運転席の東雲を見ると、その表情は強張っていた。

後続車がいなかったので、急な減速をしても追突されることはなかった。ウインカーを出して東雲がパトカーを路肩に寄せ、そのまま停めた。

百々は、自分の言葉の何に東雲がこんなに反応したのだろうと困惑した。

「今……子供と言いましたか」

エンジンを切ると、東雲は百々の方を向いた。

大きな目が、一段と大きく見開かれていた。

「それは、学校の子供らに危険があるということですか。それとも、既に犯罪に巻き込まれているということでしょうか」

「あ……」

百々は、東雲が何にこれほど動揺し反応したのか気づいた。

『守ろうとしているような』

『子供に近い』

そんなキーワードを発してしまったのは自分だ。

おそらく、それで東雲は、子供たちが何かよくないことに巻き込まれようとしている、もしくは既に被害が出ていると思ってしまったのだ。

「そ、そうではないんです！　ごめんなさい、東雲さん！　私の言い方が悪くて！」

百々は、必死に謝った。

百々があの林で感じたのは、人間の子供の気配ではなかった。

いや、おそらく日々あの場所で遊んでいる子供たちの気配であれば、そこかしこに残っているのだ。

ただ、百々が言いたかったのは、樹齢数十年、もしくは百年を越す木々の中、もっと若い、むしろ幼い気配を感じ取ったということなのだ。

それを守ろうとする気配と、まったく関与しない気配。神気すら感じさせる気配と、何もまとっていない気配。

それらを言葉にして東雲に伝えようとして、つい、幼い気配を子供に例えてしまった。

生活安全課に属し、日々青少年の育成に心を砕く真面目な警察官の東雲は、百々の言葉を具体的に想像してしまったのだ。

「林が」「よくないものから」「子供たちを」守ろうとしているのだと。

何度も謝罪する百々の様子から自分の早とちりだったと気づき、東雲は肩から力を抜いた。

「すいません。自分、百々さんや四屋敷さんのような才能がないもんで、見当外れな勘違いをしたようで……申し訳ありませんでした」

「いえ、こちらこそ、うまく説明できなくてすみません」

それに、と続けようとして、言っても仕方のないことだと百々は口を閉ざした。

東雲は、四屋敷の在巫女の力を「才能」と呼んだ。しかし、これは「祝福」であり、同時に「呪い」なのだと、百々は思っている。

おそらく、一子も同様に。

これまでの四屋敷の当主たちも。

神々と呼ばれる力を感知し、それに干渉することを許された祝福。

次代に必ず引き継いでいかなくてはならず、しかも女はその力に囚われ男は育たない呪い。

きっとこれは、四屋敷を継ぐ者にしかわからない。

たまに切なくなるのは仕方ないけれど、一子の跡を継ぐと決めたときから受け入れていると、百々は割りきるように努めている。

ただ、親しい相手に誤解されるようなことになるのは辛い。

早く一子のように、もっと明確に説明できるようになりたいと、百々は痛感した。

東雲は、再びエンジンをかけて車を出した。

その後は、何となくぎこちなく、ほとんど会話がなかった。

四屋敷の門を潜り、玄関近くに停車させると、百々と東雲は玄関に入った。

「まあまあ、おかえりなさい。久しぶりの学校はどうだったかしら」

にこにこと微笑む一子に対し、百々は微妙な笑顔で返し、東雲は無言で頭を下げた。

そんな一子の後ろから、利永も顔を出す。

「お疲れさん。どうだ、バレなかったか」

元副本部長の言葉に、東雲はぴしっと背筋を伸ばした。

「お気遣いありがとうございます。どうにか任務を完遂させてまいりました」

「そう固くならんでいい。こちとら、もう引退した身だ」

それより、早く着替えておいでと、利永は百々に促した。

「制服を持ち帰らんといかんし、何より今までずーっとおばちゃんの昔話に付き合わされていたんだ。そろそろ解放されたい……」

二人が帰ってくるまで、利永も帰るに帰れなかったらしい。

百々は慌てて自室に戻り、着替えた。

借りた制服をたたみながら、ため息を漏らす。

なんか、最後まで制服姿に一言も触れなかったなー、東雲さん……

そんなに似合わなかったのかな……うん、絶対に似合ってなかった。

薄い水色のカットソーにスカートを合わせ、百々は借りた制服を元の紙の手提げ袋に入れた。

一子の私室に行くと、珍しく一子自身が茶を煎れていた。

「あれ？　お母さんは？」

　いつもなら、母の七恵が客に茶と茶菓子を運んでくるはずだ。百々はともかく東雲が来たならば、七恵自身がもてなすはず。

　そういえば、玄関にも出迎えに来なかったなと、百々は気づいた。

「七恵なら、ちょっとしたおつかいに出てもらっているんですよ」

　一子は、百々にも茶を勧めてきた。

「利永のおじさま。制服、ありがとうございました」

　百々は、手提げ袋を利永に渡した。

「少しは役に立てたかね？」

「はい。やっぱり似合ってなくて、東雲さんに苦しい言い訳をしてもらいました」

「それじゃあ、あなたが感じたことを聞かせてちょうだいな」

　東雲と利永がまだいるというのに、一子は百々に報告を促した。

　ということは、東雲はともかく、利永も四屋敷の事情を少なからず承知しているということなのだろう。

　一子のことを「おばちゃん」と呼び、いまだに祖母の墓参りをかかさない仲だというのだから、知られても問題ないってことでいいんだよねと、百々は自分なりに解釈した。

「えっと、学校だから社があるわけじゃなかったんだけど」

まるで神社みたいだったと、百々はあの林で感じたことを素直に話した。

ただし、本当に神社の境内にいるというより、その気配が残っていたこと、守ろうとする力とそうではない力があるように感じたこと。

「こんな言い方で合っているのかわからないけど……何となくわかる？」

百々は、自分の言葉を一子がどう捉えているか不安になり、尋ねた。それに対し、一子はほほと笑いながら、「八十点」と点数をつけてきた。

それを、高いとみるか、低いとみるか。

「まずね、百々ちゃん。あなたが感じたことは、本当にその通りなのでしょう」

「け、けど、それってどういう意味なのかさっぱり」

とても感覚的なものなので、百々はどうにか言葉に直して一子に報告した。どうやら、一子はそれを正しく受け取ったらしかった。その上での評価だ。

「あの場所に関わることを、あなたがいない間に調べました」

「あー。おばちゃん、あちこち電話してたもんなあ。ここから一歩も出ないで、全部人に調べさせてんだから、親子とも人使いが荒いよなあ」

「まあ、利永くんたら。私はこんなおばあちゃんですもの。周りの皆さんにお願いするばかりで、自分では何一つできなくったって仕方ないじゃありませんか」

そのお願いっていうのが強烈なんだよねと、百々はこれまでの経験でわかっていたが、おそらく利永も知っているだろうから、あえて口にしなかった。

「あなたが感じた通り、どうやらあそこには神社があったようですよ」

「やっぱり！」

百々は、自分の感覚が正しかったことに、安堵の声をあげた。

ならば、あの林は神社を包む木々だったのだろうか。

「でもねえ。学校が建ったときに他に動かされたのであれば、私もその神社の存在を知っているはずなのだけれど、どういうわけか覚えていないの」

四屋敷は、神社と強い繋がりをもつが、同時に地域との結び付きも強い。だから、この時代になってもこっそりと四屋敷のことをこの地域では口伝えで子らに言い聞かせているのだ。

《四屋敷さんにいたずらをしてはいけないよ》

《四屋敷さんはここいらへんを護ってくださってるんだ》

《もしも、四屋敷さんに何かしたら——どうなっても知らないよ》

と。

そんな言い伝えがいまだに囁かれるこの地に生まれ育った一子が知らない神社が、果たして存在するのだろうか。

「私が生まれるずっと前のことならば、知らないことも多いでしょう。でも、今のままではわからないではすまされないでしょうねえ」

東雲から、相談を持ちかけられてしまった。

それを、一子は四屋敷の当主として受けてしまった。

だから、昔のことだからとわからないまま終わりにすることはできなかった。

「百々ちゃんが感じた違和感の半分はね、答えられると思うの」

「えっ、ほんと、大おばあちゃん！」

百々は思わず膝を乗り出した。それを、一子がほほほと笑って、扇子を前に出して押し止める。

「もう半分は、もう少し調べないとね。だから、百々ちゃん。もう一つ、お使いをお願い」

「ええー！」

百々の口から、不満の声があがっても仕方ないだろう。

警察学校の制服を着させられ、小学校に行ってなかば強引に林を見せてもらって、帰ってきてからそれほど時間は経っていない。なのに、もう一ヶ所に行けと言うのだ。

それを聞いていた利永がぼそりと「おばちゃん、相変わらずえげつないほど人使い荒い」と呟いた。

「たぶん、これから行ってきた方が相手の方はいいんじゃないかしら。土日はお忙しくしていらっしゃるはずだから」

　でも、あなたが疲れているのなら仕方ないわねえ、週末にでもと、一子は今すぐにとは強要はしなかった。しないが、百々が行かないという選択肢もない。

　百々は、ため息一つで諦めた。

「行ってきます」

「まあ、偉いわ、百々ちゃん」

「だって、行かないと解決しないんでしょ。えっと、今度は私服でいいんなら、一人で行けばいいんだよね」

　ちらりと、百々は東雲を見た。

　これは、東雲が持ち込んだとはいえ、受けた側の四屋敷の仕事だ。これ以上、東雲の貴重な時間を使うわけにはいかない。

　それに、今の百々は制服姿ではないが、東雲は制服を着用している。行き先によっては、警察官の来訪を快く思わないかもしれない。

　そんな百々の考えがわかったらしく、利永が口を挟んだ。

「なら、私が送ろうかね。非常勤の身だ、今日は暇にしとるし」

「あらあら、こんなことに利永くんを駆り出すなんて」

「おばちゃん。すでに制服を調達させた段階で、遠慮なんかないだろうがよ」

「そんなことありませんよ。じゃあ、お願いしようかしら。たぶん、ここからだとバス一本では行けないと思うの。もうすぐ七恵がお菓子を買ってきますから、百々ちゃん、それを持っていってちょうだい」

母のおつかいは、そのためのものだったかと百々は納得がいった。

そして、おつかいに行かせたということは、やっぱり今日私を行かせる気満々だったんじゃんと、一子の手回しのよさと利永いわく荒い人使いの両方に妙に感心した。

「七恵にお願いしたのは和菓子だったのだけれど、洋菓子の方がよかったかしらね。お若い男性は、どちらが喜ばれるのかしら」

あとは七恵が戻ってくるのを待つだけとなり、全員の湯飲みに茶を注ぎ足しながら、一子が何気なく呟いた。

若い男性、と百々がそれを聞き逃さず同じように呟く。

年齢とか性別なんかじゃなく、どこにお使いに行けと言っているのか、そっちの情報が欲しいなと思っていると。

「自分が行きます」

突然、東雲が発言した。

ちょっとびっくりして、百々が東雲を見る。

利永も、ほう、と小さな声をあげた。

東雲の表情は、相変わらず変化がない。

「あらあら、でも東雲さんもお疲れでしょうに。今度は学校ではありませんもの。利永くんに任せてもいいのよ」

一子だけが、楽しそうににこにこしている。

「いいえ。百々さんの担当は、自分ですんで」

きっぱりと言い放つ東雲に、そんなこと気にしなくてもと百々は言いかけたが、それを利永が遮る。

「そう言ってくれると助かる。年寄りをこき使おうとするなんざ、おばちゃんだけで十分だ。若者、頼む」

「え、ちょ、でも、東雲さんも疲れて……」

「疲れていません」

あまりにきっぱり言うので、百々は困って一子を見た。

学校は、東雲が何度も訪れているので一緒に行ってもらったが、次に行くところは百々だけでもいいだろうし、せっかく送ってくれるというのなら利永でもいいのではないかと。

百々としては、これ以上東雲に迷惑をかけるのは申し訳ないという気持ちが大きかった。

それに、みっともない制服姿見せちゃったし——

微妙な乙女心も相まって、それじゃあお願いしますと言えないでいると、一子から東雲に頭を下げてくれた。

「まあ、助かるわ、東雲さん。途中、あなたのご自宅に寄って私服に着替えられてもいいのよ。どうせ、この子もお使い以外の予定は今日はありませんもの」

それにと、一子が付け足す。

「このお使いも、修行の一環」

え、と百々の表情が変わった。戸惑いが、緊張に変化する。

「百々ちゃん。ただのお使いだと思って？」

そう、そんなはずはなかった。

一石で二鳥どころか、三鳥も四鳥も狙う曾祖母だ。東雲の持ち込んだ相談を解決するだけでなく、それを百々の修行の一つにしてしまおうと考えないはずがない。

ならばこれから告げられる行先は、と百々ははたと閃いた。

「大おばあちゃん。もしかして、お使いって神社？　どこかの神社？」

「すごいわ、百々ちゃん！　どうしてわかったのかしら！」

いや、むしろ、わからない方がどうかしてるでしょと、百々は反論を飲み込んだ。

さっさと言ってしまえばいいのに、ぎりぎりまで内緒にしていて突然言い出しては周囲を驚かせるのは、一子のいつもの癖だ。

お使い先が神社ならば、一子の言う「若い男性」というのはそこの神社の神主か、もしくは跡継ぎのことだろうか。

どちらにしろ、もったいぶった言い方である。

「そちらの神社がね、管理されていたようなのよ」

小学校が建つ前に。

かつてそこにあった神社を。

「でも、あちらも代替わりなさっておいでてでしょう？　調べておいてくださるということでしたけれど、ちゃんとお話を聞けたらいいわねえ」

六十年前のことだ、当時の神職はもう存命ではないかもしれない。資料が残っていれば助かるのだが、そこは一子もわからないらしい。

「それでも、あなたは私の曾孫で、次代ですもの」

たとえ、資料が残っていないとしても、できることがあると、一子は言った。

「資料がなければ、神様におうかがいなさいな」

「神様にかあ。うーん」

うかがうと言っても、何をどうやって——

それを、一子は言わない。

百々も聞かない。

それは形にして伝えられるような技術ではないし、手取り足取り教えられる型ももたないからだ。

玄関の方から、ただいまぁ、と七恵の声がした。

「じゃあ、このままお母さんからお菓子受け取って行ってくるね、大おばあちゃん」

「それがいいわ。今回の件は、それほど時間をかけるようなものではありませんし、かかったとしてもきっと大した問題はないでしょう。ただ、一つの疑問を除けば」

どうやら一子の中では、ほとんど解けてしまっているらしい。残された疑問というのがひっかかるが、おそらくそれは百々に託されるものなのだ。

「それで、どこの神社？　私も行ったことある？」

「たぶんないでしょうねえ。同じ区内でも、そのすべてにあなたを連れていっているわけではありませんもの」

一子は、神社の名を告げた。

境戸《さかいど》神社。

御祭神は、天照大神、大国主命《おおくにぬしのみこと》、そして。

「豊受大神様《とようけのおおかみ》においうかがいなさい」

天照大神ではなく、大国主命でもなく、豊受大神でなければならない理由がある。

そのことも百々は知らなければならない。

すべてが修行——次代であるための。

百々は、母から手土産にするお菓子を受け取るために立ち上がった。

境戸神社

駐車場に車を停め、百々と東雲は降りた。

国道沿いにあるこの神社は、規模としては大きくも小さくもない、地域に溶け込んでいる風に見えた。

小さければ、社務所がなく、神職が常駐していない社である可能性もあった。

むしろ、そちらの方が圧倒的に多い。神社の数に対し、神職の数はまったく足りていなかった。

「なんだか、柔らかい雰囲気の神社……」

百々は駐車場から神社の拝殿があるであろうと思われる方を向いて、ぽつりと呟いた。

道に面している鳥居を潜って階段を上っていく造りになっている拝殿は、木々に隠れて見えない。それでも、木々で暗く閉ざされている雰囲気はなかった。

清々しく落ち着いた空気を、百々は感じた。きっと、日頃からきちんと祈られ、清められ、地域の人々からも詣でられて大切にされているのだろう。

開け放たれて参拝に訪れるものを穏やかに迎え入れようとする雰囲気に、百々は心地よく浸った。

「持ちましょうか」

百々が持っている菓子の紙袋に、東雲が手を差し出した。

「いえ、大丈夫です」

母の七恵が買ってきた栗饅頭とどら焼きの詰め合わせは、思いの外重量があったが持てないほどの重さでもない。

百々に断られ、そのまま手を引っ込めた東雲は、私服に着替えていた。

一子に言われた通り、東雲はここに来る前に自分のアパートに立ち寄ったのだ。

さらにその前に、パトカーから私有車に乗り換えるために一度警察署に立ち寄ったのだが、さすがに百々はそこまではついていかなかった。他の警察官に見られるのは、あまり好ましくなかったからだ。

少し離れたコンビニエンスストアで待っていると、東雲の車が駐車場に入ってくるのが見えた。

百々は、自分の分と東雲の分のペットボトルを購入して、コンビニを出た。

東雲には茶を渡す。百々は、自分用にミネラルウォーターを買っていた。

東雲が着替えに寄ったことで、借りているアパートも見ることができた。

着替えてきますと車から出ていく東雲に、部屋を見せてくれとはもちろん言えるはずもなく、百々はおとなしく助手席で待っていた。

そっか、ここに住んでいるのか、東雲さん——

そう古くも新しくもなく、おそらく単身者が対象であろうこじんまりしたアパートの二階。

かつて佐々多良神社の巫女のストーカー事件で、犯人に襲われて怪我をした自分からの電話を受けて、あそこから飛び出してくれていたのかと思うと、自然に頬が熱くなる。

「遅くなってすいませんでした」

十分ほどの短い時間で着替えを終えた東雲が、運転席に戻ってきた。

「境戸神社ですね」

東雲は、一度訪れて御朱印をいただいたことがありますと言った。趣味が御朱印集めなので、ある程度市内の神社は把握しているらしい。

そういう意味では、東雲は送迎にふさわしかった。

百々は、初めての神社なので、東雲の運転に任せている。

そして、二人は境戸神社に到着した。

駐車場のすぐ横にも、拝殿への道がある。そちらはバリアフリーを意識してか、階段ではなくスロープ状になっていた。

百々と東雲は、正面の階段の方の入り口から上った。

鳥居の前で一礼して、真ん中を歩かずに右側に寄って歩く。参道の中央は神様の通り道だと、百々は小さい頃から一子に教わっていた。

それは四屋敷だからという理由ではなく、一般的な知識であり、東雲も同様に歩いた。

上っていくと、途中で左側に民家らしきものがあった。どうやら、この神社の神職の自宅らしかった。

また、右側には手水舎があった。百々と東雲は、ここで手と口を清めた。

鳥居を潜ってからここまで、二人は無言だった。

会話がないというより、百々の方が神社の雰囲気を堪能してそれに浸っているため、東雲が声をかけるのを控えているという方が近かった。

拝殿に至るまで、百々は自分なりに探り感じながら、再び続く参道の階段を上っていった。

階段を上りきると、またしても建つ鳥居の前で一礼する。

それを潜りさらに上ると、百々は現れた建物に目を丸くした。

「わあ……神楽殿がある」

神楽殿。神楽を奏するための舞台。

かなりの年数が経っているように見えるそれがある神社なのだ。

その奥の拝殿の手前には社務所があり、そこで御守りやお札、祈祷の受付をしている。何人も神職が勤めている佐々多良神社ほどの規模はなく、かといって無人の小さな社よりは大きい、そんな神社。

こぢんまりしながらもきちんと掃き清められている境内は、歩いていてたいそう気持ちがよかった。

狛犬の前を通り過ぎようとして、百々はあれ、と思った。

そういえば、今回の件を東雲が持ち込み、一子がそれを受けて、百々がこうやって小学校や境戸神社を訪れているのだが、どんなときもいつも何かしら口を挟んでくる香佑焔が、静かだった。

もしかして御守りを自宅に忘れたかと、どきりとしながらポケットを探れば、いつものようにそこに御守りは入っていた。

香佑焔、どうしちゃったんだろう。

急に御守りを取り出して話しかけるというのもどうかと思っていると、百々の動きが不審だったのか、東雲の方から声をかけてきた。

「どうかしましたか」

「あ、いえ、えっと」

当然、東雲に香佑焔の姿は見えず、声も聞こえない。それでも、百々は香佑焔のことを東雲に打ち明けていたし、東雲もそれを否定したり笑ったり気味悪がったりしなかった。

だから、今回百々は思いきって香佑焔のことを話した。

「香佑焔が、静かすぎて……」

東雲がわずかに首を傾げる。

「いつもは、他の神社に来ると、うるさいくらい話しかけてきたり、作法がなってないとか文句を言ってきたりするんですけど」

『無礼な。おまえに必要な躾をしているというのに、うるさいとは何事だ』

「ひゃっ！」

やぶへびだった。

突然香佑焔に厳しくたしなめられ、百々はしゃっくりのような短い叫び声をあげ、すぐに恥ずかしさで赤くなった。

「ば、ばかばか！　急に話しかけてこないでよねっ！」

あたふたと慌てながら、百々はポケットの中の御守りを握りしめた。

完全に挙動不審になっている自覚がある百々は、恥ずかしくて東雲を見られない。

そんな百々の心境を、当然のことながら香佑焔は配慮しない。

『私がどれほど歯痒かったことか。いくらでもおまえに教えたかった。一子に止められていなければな！』

「え……」

『今回は危険なことは一つもなかろうから、おまえの修行として私は力を貸すなと言われているのだ。まったく！　こんな用件、とっとと片付けてしまえ！』

止めたのは一子のはずなのに、自分が何故こんなにも香佑焔に怒られなければならないのか。不条理だ！　と百々も内心憤慨した。

似合わない制服を来て小学校に行き、今もまたこうして境戸神社にまで赴いているというのに、こんな用件だのとっとと片付けろだの。

そして、何より。

「大おばあちゃんに止められたからって私に当たるって、こっちはとんだとばっちりじゃん……っ！」

ようするに、百々に手を貸すことを禁じられた香佑焔の八つ当たりのようなものだと理解し、百々はむくれた。

不平を漏らした百々は、黙って待っている東雲に今の会話を話した。

「大おばあちゃんてば、香佑焔を止めてたなんて……」

おかげで自分が怒られるはめになったと、百々は文句を言った。

「安心しました」

「へ？」

東雲の言葉に、百々はきょとんとした。

こんなに理不尽な怒られ方をしたと話しているのに、どうして東雲は安心などと言うのだろう。

「四屋敷さんもあなたを守る神使も、百々さんに危険なことはないと判断された、ということではないでしょうか」

「ああ、そういう……」

ぷんぷんと怒っていた百々は、その言葉に抱いていた不平がしゅるしゅるとしぼむのを感じた。

危険はない、だから香佑焔は見守るだけでいい――

そう一子と香佑焔が判断しているということは、何よりも安心できるということだ。

だからといって香佑焔に責められていいということではないが、いつもと変わらず香佑焔は見ていてくれるのだという安心感に、百々はほっとした。

普段は小うるさく感じる香佑焔のお小言がないというのは、やはりどうにも変な感じなのだが。

拝殿の造りは、あまり特徴的な装飾もなく、しかし冬季間の天候に配慮しているのか、手を合わせて拝する拝殿前に屋根だけでなく囲いも取り付けていた。

そこに百々が一歩足を踏み入れた瞬間、どこからともなく楽の音が響いてきた。

静まり返っていた空間に突然響き渡る雅楽に、百々の心臓がどきんと跳ねる。

「ひゃあっ⁉」

もしかして、拝殿の中でちょうど祈祷か何かが始まったのか、それとも練習している人がいるのかと、百々は中を覗き込むが、誰もいない。

「え、え、なんで？」

「……あれでは？」

きょろきょろと見回した東雲が指差す先に、スピーカーと何か小さな機械が取り付けてあるのを、百々も見つけた。

「センサーで作動しているかと」

「センサー……もしかして、人がお詣りしにここに来ると、自動的に鳴るようになってるとか？」

それって、雰囲気作りって言っていいのか、ハイテクと言っていいのか、いやむしろ参拝客を驚かせているんじゃと思いながら、百々は困惑しながらも頭を二度下げた。

手を胸の前で二度打ち合わせる。

そのまま目を閉じると、すうっと意識が拝殿の中だけに自然と向くのを感じた。

ああ——ちゃんとご挨拶しないと。

ちゃんと迎えてくださっているから——。

きちんと祈られ清められているこの神社は、間違いなく正しく神の力の恩恵を得ている。

ここには、正しく人間が神と呼ぶ力が流れている。

百々は、心の中で今自分にできる精一杯の誠意を込めて伝えた。

神様、神様──天照大神様、豊受大神様、大国主命様

この神社に奉られている祭神の名に語りかけると、百々はまず自分はどこそこに住まう四屋敷百々だということを告げる。

いきなり自分の頼み事だけを願う人間もいるというが、それはあまりに失礼だといつも百々は思う。

いつもお導きくださり、ありがとうございます

これからも、よろしくお願いいたします

百々は、詳しい話を聞きに来ました、神様どうか教えて、という気持ちではなかった。訪れた神社で、そこに祀られ敬われている神々に挨拶もなく用件を告げるのは、いくら目的が他にあったとしても礼儀がなさすぎると教えられてきたからだ。

「あ……」

不意にこれまで感じたことのなかった感覚が、百々の背後でした気がした。

いや、背後というのは正しくないかもしれない。百々の背後であって背後ではないところ、もっと高次な場所からふるりと現れた力が、拝殿の中に漂う力に触れようとする。するると、今度は手を伸ばされるような感覚で、拝殿の中の力の一部がこちらへ、百々の方へ近づいてくる。

最初の力は――罔象女神様？

百々が乞い護ってくれるよう願い出た女神である。

その力が、百々の意思に関係なく出現した。まさにそんな感覚だった。

いつのまにか、香佑焔が百々の後方、拝殿の入り口に立ち入らない場所に出現し、恭しく膝をついて頭を垂れる気配がした。

今回百々のことを助けないと決めた香佑焔でも、この気配に黙ってポケットの御守りの中に収まっているわけにはいかなかったらしい。

そして百々は、香佑焔よりも出現した二つの力の気配に浸った。

それは、とても似ていて豊かで深い。

ああ――そうか。

「繋がっているものね……罔象女神様と豊受大神様は」

かつて迦倶土を産み、その炎で身を焼かれて苦しみ死んだ伊邪那美命が、苦痛で迸《ほとばし》らせた尿から生まれたという罔象女神。

その罔象女神の次に生まれたのが、稚産霊《わくむすび》。

豊受大神は、この稚産霊の娘神であると、古事記には記されている。

つまりは、力の生まれ出づる源が一緒なのだ。

二つの力の交歓は、百々の感覚では非常にゆったりしていたが、時間にすると一瞬だったらしい。

もっと感じていたいと思う百々の願いに反し、同時に二つの気配が溶けるように消えていった。

手を合わせていた百々が一礼すると東雲も一礼する。

おそらく、さほど不自然な時間の長さではなかったのだろう。

百々と東雲の二人が動き出すと、またしても楽の音が流れた。

センサーが反応してのことなのだろうが、やはり驚いてしまう。

「自分が以前お詣りにうかがったときには、この仕掛けはありませんでした」

拝殿を出て社務所に向かいながら、東雲が感慨深げに言った。

「東雲さんは、いつ頃ここに来たんですか」

「もう五年以上前になります」

五年も前というと、百々はまだ中学生だ。東雲の朱印集めの趣味は、その頃には既に始まっていたらしい。

二人は社務所を覗き込み、声をかけた。

そこには、東雲と大して年齢の変わらない三十代くらいの神職の男性が座っていた。佐々多良神社と違い、日常的に巫女を雇う必要がないのだろう。

自分が高校時代世話になっていた佐々多良神社では、何人もの神職の男性たちが忙しく毎日立ち働き、受付は巫女の役割だった。

ここは神職の常駐しない神社に比べれば大きいが、複数の神職で神事を執り行うほどには広くない。

神社としては、それくらいの規模である。

御守りですかと尋ねられ、百々は自分の名前を告げた。

「ああ、話はうかがっています。どうぞ、そちらの入り口に回ってください」

はきはきと指示を出し、社務所の御守りご祈祷受付の窓を閉めて、「ご用の方はこちらのブザーを押してください」という表示を出す。

やはり、この神職の男がほとんど一人で務めているようで、百々は大変だなあと思った。

言われた通りに社務所の玄関から入ると、すぐに来客用の間に通された。ここでも、和室ながら毛足の長いカーペットが敷かれ、椅子とテーブルが配してあった。

「こちらに見えられる方は、ご高齢の方が多いので、座布団よりも椅子の方をご用意しております」

自ら冷たい麦茶と茶菓子を運んできて二人に出してくれた男は、懐から名刺を取り出した。

そこには、「境戸神社　権禰宜《ごんねぎ》　坂田拓《さかたたひろむ》」と書かれていた。

「自分はまだまだ未熟者で、本来なら父が四屋敷さんのご用命を果たすところ、どうしても抜けられない用事が入っておりまして、同席できません。大変申し訳ありません」

坂田権禰宜に謝罪され、慌てて百々も頭を下げる。

「こちらこそ、曾祖母がそちらのご都合も考えず、急に無理を言い出しまして、本当に申し訳ありません」

きっと一子が突然連絡を寄越したのだ、相手の予定などおかまいなしに。

あの祖母は自分のペースで何もかも進めてしまう人なのだ。それを一子に言ったところで「物事にはすべからくよい時期というものがありますからね。それを逃さないというのも大事なのよ」と言い返されるのがおちである。

百々は、まだ出していなかった菓子折りを差し出した。

「あの、つまらないものですが」

「あ、こちらこそお気を遣わせてしまいまして。ありがたくちょうだいいたします」

この若い神主は、ずっとにこにこしている。

父親が現役なのと、三十代半ばくらいであろう年齢からして、跡継ぎではあるがまだ宮司になるのは先らしい。

笑顔が爽やかで清潔感のある男性だった。

きっと参拝に来られた若い女性にモテるんじゃないかなあ。年末年始とか、巫女さんのバイトを募集したら、たくさん応募がありそう。

百々が今回の用事とはまったく関係のないことを、坂田権禰宜を見つめながら考えていると、突然東雲が会話に入ってきた。

「拝殿の雅楽のセンサーは、以前こちらに参拝しました折にはなかったかと。新しいものですか」

そう言えば、そんなことを言ってたなあ、東雲さん、そんなに気になっていたのかな、などと百々は呑気に考えた。

「ああ、あれですか。いやぁ。厳かな雰囲気を出すのにいいんじゃないかなと思って設置したんですが、音量の調節が難しくて。あれが突然鳴って驚いたとよく言われます」

あの仕掛けは、この若い権禰宜の発案だったらしい。確かに知らずに拝殿前まで進んで、いきなりあの楽の音が流れてきたら、知らない参拝客は驚くだろう。

「親父には、はずしてしまえ、神様も怒っていらっしゃるなんぞと言われてしまいまして」

「あ、それはありません。怒ってません」

「はい？」

自分も驚いておきながら、神社を盛り立てようと思って設置した坂田権禰宜を励ますように、つい百々は口を挟んでしまった。

言ってから、しまったと思う。

神様が怒っているいないを、実際に他の人間が感じることはないと知っていたはずなのに、つい。

ただ、境内に満ちる雰囲気は、穏やかで爽やかだった。まるでこの若い神職を認めて、やりたいようにと後押ししているかのように。

「あ、いえ、その、趣があるし、ほら、神楽を奉納するようなものだから、神様も怒るなんてことしないかなあって」

百々があたふたと誤魔化すと、だといいのですがと坂田権禰宜はそれ以上追求してはこなかった。

危ない危ない——香佑焔や東雲さんとしゃべっているわけじゃないんだから。

自分が感じたことを、だれもが同じように感じているとは限らない。むしろ、共感すらしてもらえないことの方が多い。

余計なことを言わないように気を付けないとと、百々はこほんと軽く咳払いをして本題を切り出した。

「あの、早速で申し訳ないんですが、曾祖母からこちらに連絡がありませんでしたか」

「ああ、はい。父が出掛ける前に用意していきました。今お持ちしますね」

坂田権禰宜は、湯飲みを運んできたお盆と百々から手渡された菓子折りを持って、一度引っ込んだ。

戻ってきたとき、その手には何か古い書き付けのようなものや地図らしきものが抱えられていた。

「四屋敷さんからうちにお問い合わせをいただいたのは、かつて山内村《やまうちむら》と呼ばれた地域にあった豊受神社のことですね」

坂田権禰宜は、二人の前に古い地図を広げた。

百々と東雲は、地図を汚してしまわないよう、湯飲みを横にどかした。

その地図はずいぶんと古いもので、手書きとおぼしき代物だった。黄ばんで変色し、ところどころ染みがついている。

「大正時代の地図だと聞いています。うちでも大事に保管していたんですが、一度失火がありまして、その際に持ち出して一度行方がわからなくなり、その後発見されたものだと聞いています。保管状態が悪くて申し訳ない」

むろん、その頃にはまだこの若い権禰宜は生まれてもいなかっただろう。

「ほら、ここです」

権禰宜が指す先には、確かに「山内村」の表記がしてあった。

「現在、深山小学校が建っている場所のお問い合わせでよろしかったでしょうか」

「はい」

「山内村は、その後山内町と名を変え、現在の深沢《みさわ》地区と合併し今では西区深沢という地名になっているので、名前は残っていないと思います」

二つの地区に、それぞれ「深」と「山」の字。

小学校の名前は、そこから来ているのかと、百々は納得した。

そんなことは、学校では習っていなかった気がする。いや、習ったとしても忘れているのかもしれない。小学生のころは、学校の沿革など興味がないものだ。

そう思っていると、坂田権禰宜からも、学校の沿革史などには地区の名前の記録が残っているかもしれませんねと言われ、百々は赤くなった。

確か小学校の卒業記念アルバムに、そんなものがあったような。写真や卒業文集などは何度も見ていたが、沿革史などまったく興味なく、一度も目を通していないのがこんなところで仇となるとは思わなかった。

うう、そんなところにヒントがあったとは――

自分の気がつかなさに、百々は大きく肩を落とした。

「それで、神社というのがこちらですね」

そんな百々の自己嫌悪から来る落ち込みなど知ろうはずもなく、坂田権禰宜は地図のある部分を指差した。

「あ、本当だ」

「これは、山内豊受《やまうちとようけ》神社と書かれているように見えます」

百々と東雲が、同時に身を乗り出して覗き込んだ。

「おっしゃる通り、山内豊受神社です。ほら、その近くに民家がありますよね。当時の地主の家屋だそうで、そこが普段管理を一手に引き受けてくださっていたそうです」

坂田権禰宜の説明通り、地図には神社の表記があり、その側に他の民家に比べると大きい家屋の書き込みがあった。敷地もずいぶんと広く、地主というのも頷ける。

「家屋と神社が離れているように見えますが、神社の周囲には大概高い木がありますので、それを除けばほとんど隣のような形だったのではないでしょうか」

規模の大小はあれど、今も神社を囲むように木々が生えているところが圧倒的に多い。

それを「鎮守の森」と呼ぶところもある。

そこが神の庭としての結界の境であり、木自体が御神体として崇められることもある。

現在は小学校が建ち周囲が住宅地になっているが、神社があったころのこの地図では他の家屋は近くにはない。

神社と地主の自宅の周囲には、広大な田畑が広がっていたようである。

「何分、記録は祖父の代のもので、父もそう聞いている程度なもんで、間違いがあったら申し訳ないのですが」

坂田権禰宜からすれば、当然又聞きの情報である。百々と同様、生まれていなかった時代の話だ。

「ここら一帯の地主の方、田村《たむら》さんとおっしゃる方だったそうですが、我々神職が常駐しない山内豊受神社の管理を一手に引き受けてくださっていたそうです」

神社としての年中行事のときは、こちらの境戸神社から神主が赴いていたとのことだったが、それ以外の境内の清掃から社の管理まで、田村家がしていたと坂田権禰宜は語る。

「こちらのご一家が土地を手放した後、今どちらへお住まいなのかはわかりません」

今、神社のある場所に小学校の敷地が掛かっている。

地主の家屋があったとおぼしき場所は道路となり、その横には民家も建っている。

この古い地図と、今の小学校の周囲の様子を重ね合わせ、百々は少しだけ納得した。

小学校のあの林。あれは、鎮守の森だったのだ。

おそらくその一部が、校舎が建てられるときに残されたのだろう。

そこに教育的な意図があってのことだったのか、それとも他の意味があってのことだったのかは、不明だ。しかも、校舎が建てられてから植樹された木々もあり、すべてが神社を囲んでいた木ではないだろう。

それでも、あの雰囲気は、おそらく長い間祈られ祀られて神聖視され大切にされてきた神社の森のものだったのだ。

今は社もなく、参拝するものもいない。

正式な手順にのっとり、山内豊受神社はこちらに移して併せてお祀りしておりますと、坂田権禰宜は言う。

不当な神社潰しがあったわけではない。その証拠に、あの林には怒りはなかった。嘆きもなかった。

もしかすると、まだ豊受大神の力の残滓があり、それが子供たちを見守り続けているのかもしれない。

鎮守の森――「鎮め」「守る」森。

神域を囲んでその内で守っていた木々は、今、子供たちを守ってくれている。

百々はそう理解した。

かつて神社とともにあり、その神社が移されてその場所からなくなっても、森は容易に動くことはできない。

代わりに、その場所に建てられた小学校の校舎。

業者や子供たちの親が、子供らが健康的で元気に遊び回れるようにと、残された木々とその周囲を整えた。

子供たちは体を動かすことが大好きだ。土が盛り上がり、上り坂に下り坂、木の根が露出してでこぼこの地面、木を埋めて作った階段。鳥が鳴き、虫が集まり、松ぼっくりやどんぐりが宝物。晴れた日は毎日のように子供たちがそこを駆け回り遊ぶ。

神社を守り、そこを訪れ祈る人々を見てきた木々は、同じように訪れる子供たちを守る。

「何から」「何を」守るのかという、ここに来る前に抱いた疑問の一つを、百々は解決したような気がした。

「何から」という具体的な対象はない。

「子供たちを」守り育てる、それがかつて鎮守の森と呼ばれた木々の、今の仕事なのだ。

「ありがとうございました。知りたかったことが、わかりました」

百々は丁寧に頭を下げた。

「これくらいでよかったんでしょうか。本来はこちらが管理すべき神社だったのですが、離れていたこともあって地主さんに大部分をお任せしていたようで、詳しいことをお話しできずお恥ずかしい限りです」

この若い権禰宜が謝罪するようなことではない。彼も百々もまだ生まれていない、ずっと昔のことなのだ。

百々は東雲とともにもう一度地図に目を走らせた。

百々がここまで東雲に連れてきてもらったように、この境戸神社と深山小学校まではかなり距離がある。同じ区内とはいえ、歩いて行き来できるような場所ではない。

当然、日々の管理は地域にお願いすることになる。

「いいんです。きっとその田村さんていう地主さん、神社を大切にされていたんでしょうし、地域の方々もそうだったと思います」

数十年数百年の年月を同じ場所で過ごす木々は、そこであったことを内包して存在していると百々は思っている。

木々から感じた感覚は、決して不快なものではなかった。

ここで聞けそうなことは、すべて聞いた。百々と東雲は、坂田権禰宜に何度もお礼を言って、社務所を出た。

別れ際に、今度は父がいるときに来てください、非常に喜びます、四屋敷さんの跡継ぎさんがこんなに可愛らしいお嬢さんだとは思いませんでした、などと言われた。

二人は、再び拝殿の方に足を向けた。

こちらに来る前に、一子が言っていた。

『資料がなければ、神様におうかがいなさいな』

まだすべてが解決したわけではない。

それでも行き詰まったときは、「在巫女」だからこそやれることをやれと、そういうことだったんだろうなあと百々は何となくだが理解した。今後も必要とあれば今日のように実行しようと思った。

歩きながら、百々はぶつぶつと呟く。

「本当なら、私じゃなく大おばあちゃんに来てもらいたいんだろうけれど」

あくまでも四屋敷の当主は一子だ。百々は跡継ぎとはいえ、まだまだ修行中の身。しかも、高校を卒業したての若輩者だ。

「社交辞令だってわかってると、恥ずかしいというより何か居心地よくないですね」

私のことを可愛いとかって、そんなこと言わなくてもいいのに――

四屋敷に気を遣ってるってことかなあ――

百々の後ろで、東雲が口を開きかけ、何も発しないで再び口を閉じた。

もう一度ご挨拶のために寄った拝殿では、センサーが反応して音が流れても百々はもう驚かなかった。

あの若い権禰宜は、厳かでいいんじゃないかなどと言ってはいたけれど、百々としてはやっぱりない方がいいと思う。

こんなものがなくても、ここは十分祈られ、その祈りを力に換えている神社だ。

人の祈りは、神の力を増強する。

大きな神社、賑わっている神社に流れ込む神の力が強いのは、人の祈りや願いが多いからで、それによって神の力が増して神社が繁栄し、より参拝客を集める。

この神社は、この規模にしては文句ないほど満ち足りていた。地域の人々に頼られ、愛されているのだろう。

もちろん、代々神職を務めているであろう坂田家のおかげでもある。

あの若い権禰宜、やる気は十分あるみたいだから、今後はあまりハイテクに頼らないといいなあと百々はぼんやり思った。

満ち足りているということは、過不足がないということ。足りなくても困るが、過ぎても困る。

力とはそういうものだ。

その日二度目の豊受大神への祈りであっても、参拝の手順は必ず踏む。

まず、二礼二拍手。

ゆっくり深く頭を下げている間に、意識が今自分の置かれている現実社会から別のところへ移っていく。

その感覚は、内へ内へと向かっているようであり、あるいは別の次元に引っ張られているようでもある。

礼と同じように深くゆったりとした呼吸をし、手を打つ。

一つ、二つ。

このとき、自分の周囲の大気が揺らめきさざめくのを、百々は知らない。

清浄な気が巻き起こり、百々を中心としてそれが境内に広がり、満ちる。

それを彼女は異質だとか異様だとか感じたことがない。

あまりにも当たり前すぎるのだ、祈るという行為は。

祈りに入った百々の意識は、背後の東雲のことも先程親切にもてなしてくれた坂田権禰宜のことも忘れていた。


神様、神様、豊受大神様、私を守ってくれている罔象女神様と同じ源をもつ神様――

「かけまくも　かしこき　とようけのおほかみの　かみのやしろの　おほまえに」

山内豊受神社で祀られてらしたのですね
神社と共にあり、境内を守っていた鎮守の木々は、今、子供たちを見守ってくれています
食物、穀物の神様であり、私たちに豊かな食を恵んでくださる豊受大神様、ありがとうございます

小学校が建つ前、一帯は田畑だった。

住宅地が増えてきたとはいえ、まだ学区内には多くの田が残っている。

田畑の収穫への祈りを、おそらく遠い遠い昔から捧げられてきたのであろう。

田起こし前に、今年も豊かに実りますようにと祈られ、収穫後に、今年もたくさんの実り

をありがとうございますと感謝され。

それらを心地よく受け止めてきた力は、ここに移された今も穏やかだ。

「けふの　よきひに　をろがみまつるさまを　みそなはしたまひて」

その木々の間に子供たちが見たというのは、豊受大神様のお力のことでしょうか――

大神様が何か私たちに伝えたいことがあるのでしょうか――

不意に、百々の中にイメージが浮かんできた。

まるで、罔象女神に祈りに行ったときに、文字が脳裏に浮かんできたときのように。しかし、今度は、文字ではなかった。

まず、御札。

とても古い、何と書いてあるのか読めないそれは、たぶん御札なのだと百々は認識した。

豊受神社のものだろうか。そうならば、ここの社務所で売っているものと比べれば、わかるだろうか。

その映像は、しだいにぼやけ、別の物へ変わっていく。

「おほかみの　おほみさちをもって　もろもろの」

小さなものが一つ。

少し丸くて、しかし綺麗な丸ではなくて。

表面はつるんとしておらず、まるで――まるで――

なかった。


「まつぼっくりぃ⁉」

思わず声に出してしまい、詞が中断されてしまった。

その瞬間、浮かんでいた映像も消える。

慌てて最後まで「かしこみかしこみまをさく」と唱え切るも、二度と映像は脳内に浮かばなかった。

最後に二回頭を下げると、百々はよろよろと膝をついた。

どうにか目の前の賽銭箱に手をかけて、完全に崩れ落ちることだけは防いだ。

膝をついた百々に、東雲が慌てて駆け寄る。

「大丈夫ですか、百々さん！」

「だ、大丈夫じゃないです……ああああああ！　私ってば、何やらかしてんの一っ！　信じらんなーい！」

こともあろうに、詞を中断してしまった。

神社に満ちる雰囲気から、豊受大神始め共に祀られている天照大神も大国主命も怒ってはいない。いないが、四屋敷の跡継ぎにして次代の在巫女としてはいかがなものか。

「だってだってだって！　御札ならともかく！　まつぼっくりって！　わーん！」

まつぼっくりと言えば、子供の頃に拾ったり、それで工作をしたりという記憶しかなかった。だから、御札が浮かんだあとまつぼっくりが見えて、びっくりしたのだ。

「ああ……これ、大おばあちゃんに報告したら、扇子でぶたれながら笑われるやつだ……う う……」

黙っているという選択肢も嘘をつくという選択肢もない。

そんなことをしても何故かバレるし、ポケットの中の御守りに憑いている香佑焔などは、わざとらしく大きなため息をついている。

「御札とまつぼっくりがどうしたんですか」

東雲には、百々が何を言っているのか当然のことながらわからない。

「ええと、急に頭の中に浮かんできたんです。たぶん、豊受大神様が何か教えてくださっているんだと思うんですが」

一子から、豊受大神に聞けと言われた。

だから祈り乞うた。どうか教えていただけないでしょうかと。

その結果がこれである。

「御札とまつぼっくりって、何だと思います？」

百々の問いに、東雲も首を傾げた。

まつぼっくりと言えば松。

学校の林には松が何本も生えているが、季節ではなくまつぼっくりは落ちていなかった。

「御札は、山内豊受神社のものでしょうか」

「もう存在しない神社の御札だから、見比べられないですよね……ここの神社の御札を見せていただくくらいしかできない……」

祓詞を中断した大失態に動揺しながら参道を戻り、社務所横の御守りや御札を置いてあるところに立ち寄り、御札を見る。

頭の中に流れ込んできた御札とは、やはり少し違う気がした。

ただ、あれはずいぶんと古くて、字もよくわからないような御札だったので、はっきりとは言えない。

ここでやるべきことは終えた。

問題は、これを帰宅して一子に報告しなければならないということだった。

「まあまあ、百々ちゃんたら、おほほほほ！」

ビシッ

「祝詞を中断してしまうなんて、おほほほほ！」

ビシッ

「い、痛いよう、大おばあちゃーん！」

帰宅し東雲を見送った後、曾祖母の私室で境戸神社での一部始終を報告した百々は、予想通り一子に高笑いされた。

扇子でぴしぴしと頭を叩かれながら。

一子は、数回扇子で百々の頭を叩いたが、本気で怒っているわけではなさそうだった。

「まあ、豊受大神様もお怒りになられてはいらっしゃらないようですし、もしかしたら面白いものを見せてもらったたって逆に喜ばれたかもしれないわねえ」

「それって、神様に笑われたってこと⁉　それはそれで辛いよう！」

神様を笑わせた少女。

そんな立場は、怒られるのとまた別の意味で切ない。

「それにしても、百々ちゃんは神様のお力が示すものをイメージとして受け取りやすいのかもしれないわねえ」

鉦舟神社でもそうだった。

これから自分を守ってくださいとお願いしにうかがったとき、頭の中に漢字がいくつか浮かんできた。

それの意味するところは、百々にはすぐにはわからず、帰宅して一子に話して説明してもらい、ようやくわかったのだ。

今回も、古ぼけた御札とまつぼっくりの組み合わせが、上手く判じられない。

「御札はきっと山内豊受神社のものだと思うんだけれど」

「おそらくそうでしょうねえ」

「けど、どうして今ごろ？　山内豊受神社ってとっくになくなってるんだよね？　きちんとした手順で境戸神社に移したから、神様も全然怒ってなかったし、六十年以上前になくなった神社の御札なんてもうどこにもないのに」

百々の問いに、一子も答えをもたなかった。

「私もそこの神社のことは記憶にありませんからねえ。ほら、神職の方のいらっしゃらない小さな神社は、いくらでもありますでしょう？　そういうところは、ご縁がない限りなかなか詣でる機会がありませんもの」

しかも、四屋敷と縁ができるということは、必要な事態が起こったということでもある。

それがなかったのだ、おそらく平和なまま何事もなく地域の神社としても役目を果たし終えたのだろう。

「御札も、おそらく当時から管理していた境戸神社の宮司さんが書かれていらっしゃったんでしょうけれど、神社としても年中行事のときしかお見えにならなかったでしょうし、今の宮司さんの代でもなかったでしょうから」

境戸神社で現在売られているものとは、違うはずである。あの若い権禰宜も、きっと見たことがないに違いない。

問い合わせれば、ちょうど留守で会えなかった父親の宮司に訪ねることもできるだろうが、百々の頭の中に浮かんだ映像は百々にしかわからない。

結局のところ、確認する術はほぼないのだ。

「境戸神社さん、とてもよいところでしたでしょ？」

「うん。きっと地域の人たちから愛されてて、宮司さんたちから毎日きちんとお詣りされてて、神様のお力も心地よい状態で安定しているんだろうなあって」

「私が訪れたことがあるのは、もう十年以上前ですけれどね。ほら、あそこの神楽殿」

かつてあそこで能が演じられたのだという。一子は、そこに招かれていた。

「近隣の方がお話を持ち込まれたとかで、神様に楽や舞を奉納するということならと、宮司さんがお許しになられて。たまたま佐々多良神社で宮司さんたちの集まりに寄らせていただいたときに、お声掛けいただいたんです」

なので、一子は境戸神社がどのような神社であるか、前もって知っていたのだろう。

ただ、当時から一度も訪れていないのであれば、おそらくセンサーの仕掛けはわからない。すごくびっくりしたんだようと百々が参拝のときのことを話すと、一子はおかしそうにおほほほほ！　と笑った。

「結局、解決してないんだよね？　今回のこと」

元々は東雲が持ち込んできたこの話。子供たちの様子が何だかおかしいというので、もしや不審者がと疑いもしたが、それはどうやら杞憂に終わったらしい。

林は昔、そこにあった豊受神社の鎮守の森であったことが判明するも、ちぐはぐな気配がすべて説明できたわけではない。

ただそこに在り、かつては神社を囲み守っていた木々は、今、子供たちの健やかな日々を守る。

校舎が建ってから新しく植樹された木々と、どことなく雰囲気が違うのもわかった。

しかし、林で感じた「古い」ものと「幼く新しい」もの。

一部の子供が見たという「神様」。

そして、境戸神社で頭の中に流れ込んできた「御札」と「まつぼっくり」。

わからないことを残しながらも、どうやら子供たちに危険はなさそうだということだけが救いだった。

「そういうこともね、時にはあるんですよ」

あちこちと出掛けてそれなりに調べたわりに、持ち込まれた問題が解決していないことに割りきれない気分になっている百々だったが、一子は意外とけろりとしていた。

「あなたは今できうるすべてのことをしたの。それでも解けない問題というのもね、この世にはたくさんあるんですよ」

「そういうものなの？」

「ほほほ。だって私たち、ちっぽけな人間なんですよ、百々ちゃん。わからなくて当然。わからないから、周囲の力を借り、神様にも乞いすがり、どうにかしようとするのです」

「けど……」

「それに、あなたは豊受大神様にお祈りして、その結果ヒントまでいただいたのでしょう？　そこまでして解けないのであれば、あとは待つということかしらね」

「待つ？」

高齢にしてはアグレッシブで自ら出掛けていくことも少なくない一子の口から、「待つ」という言葉が出てきた。

待ったら何か変わるのかなあと、そのときの百々は懐疑的だった。


事態が動いたのは、それから二週間してからだった。

この日、百々はいつもの日課を終え、家を出た。

一子は他の神社に呼ばれて、外出している。

学校に行かず、外でも働かず、家事をしながらの修行の日々は、時間を上手く使わないと暇をもて余してしまうか、家から一歩も出ないで古い文献と家事の繰り返しという単調な生活になってしまう。

なので、百々は一子から薦められた古い書物を数ページ読み、これはダメだと気分転換とばかりに母親に声をかけて一人で出掛けた。

一人とはいえ、もちろんポケットの中に御守りが入っている。小さなリュック型のバッグに、財布と携帯と鍵など最低限必要なものを入れて、日焼け防止というより頭に直射日光を当てないために、帽子を被る。

足は、自然と小学校の方に向いていた。

「大おばあちゃん、待つって言ってたけど、もう二週間も経ってるんだよ？　いつまで待てばいいわけ？」

百々は、ぶつぶつと呟いた。

平日の昼間、住宅街の間の道はあまり人気がない。百々の言葉を聞いているのは、香佑焔しかいなかった。

『たかだか二週間、十四日ではないか。待つというのならば、年単位であろう』

「ダメだ、神使の香佑焔とは時間の流れの感覚が違いすぎるぅ」

人間と神使では、違って当然である。

人の子は百年の命すら長らえることが難しい。

それに比べて、神使は数百年、長ければ千年以上の時間を神の力に仕える。

『どうにかしたいと思っているから、おまえの足は学校に向かっているのだろう』

「そうなんだけどさ」

小学校には東雲と一度訪れている。

今日は百々だけで、しかも警察学校の実習などという設定はもう使えないので、敷地内に入ることは難しかった。

特に、この昼間の時間帯は子供たちが授業を受けている。そんなときにずかずか入っていったら、百々が不審者扱いされる。

なので、百々は小学校に着いても門から先には入らなかった。

フェンスに沿って、歩いていく。

裏の方へ回ると、フェンス越しに林の木々が見えた。休み時間らしく、子供たちの声があちこちから響いている。

百々は、自分が小学生だったころを思い出した。

「懐かしいなー。私もよく鬼ごっこしたんだよね」

『知っている。私を教室へ置き去りにしてな』

「仕方ないじゃん!」

小学生だった百々が、常にポケットに御守りを入れて持ち歩く方が無理というもの。

当時、御守りはランドセルの中に入っていた。

それでも、香佑焔は十分百々の動向をうかがい知れる。

小さな百々のお転婆ぶりを喜ばしい成長だと思えばいいのか、もう少ししとやかに育てた方がいいのか、複雑な気分で見守っていたらしい。

今はどちらかというと後者らしかった。

ふと、百々はフェンスの中から聞こえる声に耳を澄ませた。子供たちが誰かを呼んでいる。

「ここだよー、田村さん」

「鳥が死んでるの！　ここ！」

自然の状態の林の中では、年に数回そういうことがあったと百々も記憶している。

鳥や小動物の死骸を見つけると、子供はまず先生に、それから校務員に知らせたものだ。

ただ、子供たちが呼ぶ名前に、百々は聞き覚えがあった。

「田村さん……？」

フェンスで敷地が囲んであると言っても、網状で目の粗いものだ。間から十分中が見える。

声の方を見ると、子供たちが数人固まっていて、そこに大人の男の人が現れた。

「どこだー？」

「ここーっ！」

「ああ、分かった。さわっちゃダメだぞ。教えてくれてありがとうな」

作業着のその男性は、持ってきたちりとりで手早く鳥の死骸とおぼしきものを回収し、黒いビニール袋に詰める。

四十歳前後の、日に焼けた男だった。

子供たちが「先生」ではなくさん付けて呼んでいたので、おそらく校務員なのだろう。作業着というのも頷ける。

小学校の先生は、体育などでジャージ姿になることはあっても作業着で授業はしない。

百々は、足を止めたまま、子供たちと校務員らしき田村という男の会話に耳を澄ませた。

「ねえねえ、田村さん。この松、色がおかしいよね」

「穴が開いてるんだよ」

子供らが、近くの木を指して口々に何事か訴えている。

「あー、これはマックイムシにやられてんだな。そっちもだろ。田村さんから教頭先生に言っとくから」

「はーい！」

遠くから、時間だぞー、と子供らを呼ぶ声がする。

深山小学校はノーチャイムだから、油断すると休み時間ぎりぎりまで遊んでしまいそうになるが、意外と時計を気にしている子がいるもので、どこからともなく声がかかったり、周囲の子たちが次々に校舎に入っていくので時間がわかる。

楽しそうな子供たちの声を気配が遠ざかるのを、百々はぼんやり聞いていた。

田村さん……田村さん……？

「って、昔のここら辺の地主さんの名前じゃん！」

これは偶然だろうか、よくある名字だしと、百々はポケットの中の御守りの香佑焔に尋ねようとした。

「あの、何かご用ですか?」

「ひゃっ⁉」

いつの間にかフェンスのすぐ向こう側に、田村が来ていた。

外から中が見えるということは、中からも見えるということだ。百々がそこにずっと立ったままであることが、目に止まったのだろう。

「あ、あの！　私、ここの卒業生で！」

百々は、これじゃあ自分が不審者になっちゃうよ！　通報されて東雲さんが呼ばれたら、とんでもなく恥ずかしいことになる！　とあたふた慌てた。

「ああ、そうですか」

そんな百々の様子は、変ではあったが子供に危害を加えるような不審人物には見えなかったらしい。

ぺこりと頭を下げてそのまま立ち去ろうとした田村に、百々は思わず声をかけた。

「あの！　た、田村さん……っておっしゃるんですよね⁉」

初対面であるはずの百々から名前を呼ばれて、男は振り返った。

「そうですが……どこかで会いました?」

「いえ、さっき子供たちがそう呼んでましたから」

それよりも、百々は確かめたかった。

偶然ならばそこまでだ。

しかし、もしかすると、これが一子に「待て」と言われた結果ならば。

ここまで待って、この林の元に今日訪れた百々に、林の木々たちが、豊受大神が、この出会いを与えてくれたものであるならば。

「そ、その、間違っていたらすみません。もしかして……」

田村さんは、昔この地域で地主さんをされていた田村さんという方の血縁者ではありませんか――

百々の問いに、田村の眉がきゅっと寄せられた。たっぷり十秒以上の沈黙のあと、田村が口を開く。

「確かにうちの先祖はこの辺に住んでましたが」

「やっぱり！　その田村さんだったんですね！」

境戸神社で聞いた名前。

普段神職が常駐しない山内豊受神社を管理していたのは、すぐ隣に居を構えていた地主の田村家。

その消息は、境戸神社の方でもわかっていなかった。

その血縁者がかかって神社があり自宅のあったこの地でまさか働いているとは。

百々は、思わずフェンスを両手でぎゅっと握りしめていた。

「さ、探してました！　よかった！」

百々の言葉に、田村が今度こそ「は？」と声をあげ、訝しそうな表情を強めた。

フェンス越しの二人の周囲で、風が林の松の枝を揺らしていた。

未来に遺すもの

「まさか、自分があそこで働くとは思ってもみませんでした」

襟足を短く刈り込んだ頭をがしがし掻きながら、田村は頭を下げた。

ここは、四屋敷邸の一子の私室だった。

あのときフェンス越しに小学校の校務員と会った百々は、簡単にこれまでの話を打ち明けた。

何人かの子供が、この辺りで神様を見たと話したこと。

それを聞いた若い女性教員が、警察にそれを話したこと。

その警察官と一緒に、自分も一度ここに訪れたこと。

「ああ！　話は聞いていました。え、じゃあ、警察学校の方ですか」

散歩がてら小学校まで来た百々は、当然私服である。それどころか、警察官でもなんでもない。

百々は、胃がきゅうっと締め付けられるような緊張と焦りを覚えながら、どうにか話を続けた。

「それより、ここの小学校の場所、昔は神社があって、そこを管理していた地主さんが田村さんだってことも、うかがってたんです」

「そこまで調べて……」

百々は自分のことを警察官とは明言しなかったが、調べたという事実にどうやら田村は百々がやはり警察関係者だと判断したらしい。

後程ご連絡さしあげてもいいですかと百々が言うと、自分は疑われているんですかと聞き返される。

「あの、そうじゃなくて、実は神社の関係で」

「神社？」

田村は、目を白黒させた。

警察と聞き、最近よく話題になる不審者に関することかと身構えたというのに、百々は神社だという。

わけがわからなくなり、混乱した田村に、百々はごめんさない！　あとで改めて！　とピョコンとお辞儀をして足早にその場を去った。

そうして、帰宅するなり。

「大おばあちゃん！　田村さん！　見つかった！　田村さん！」

はぁはぁと息を切らせながら、百々がたった今小学校のフェンス越しにかつての地主の血縁者と会ったことを話せば、一子は満足げに頷いた。

「ね、百々ちゃん。待つだけの甲斐というものがありますでしょ？」

それから幾日も経たないうちに、田村は四屋敷の家に招かれた。


東雲経由で連絡が行ったので、田村は大層緊張していたらしいが、呼び出されたのは警察署ではなく田舎の古い屋敷だが、民家で間違いはない。

何故警察ではなく民家にと、怪訝な表情のままの田村に、一子の方から挨拶をした。

「はじめまして、田村さん。まあまあ、ごめんなさいねえ。私、ほら、こんなおばあちゃんでしょう？　なかなか自分の方から出掛けられなくて」

「はあ」

そんなことはないと、百々はよく知っている。

八十を越えてなお足も腰もしっかりしており、必要とあらばどこへでも出掛ける。自分の式神に運転させるという器用さまで発揮して。

「実は私ども、神社と所縁《ゆかり》があるんですよ。今回、山内豊受神社のことで境戸神社さんまでお話をうかがいに行ったりもしていましてね。そうしたら、山内豊受神社は田村さんとおっしゃる地主さんが管理されていたと教えていただいて」

でも、その田村さんが今どちらにいらっしゃるのかわからなくて困っていたんですよと一子が言うと、田村がまたも「はぁ」と困惑したような声を出した。

「なにぶん、自分が生まれる前のことなんでよくわかりませんが、曾祖父が事業だか何かに手を出して、結局全部手放すはめになったとは聞いてます」

現在の場所に小学校が建てられたのが六十年前。

どのような事業に手を出したのか、それとも他の負債だったのか、それは田村もわからないという。

生まれ、物心ついたときは、ここから遠くの別の区の借家に家族で住んでいた。

その頃には曾祖父母も祖母も亡くなっており、この地域に広い土地を持っていたこと、地主をしていて神社の管理もしていたことなどは、話として聞いていただけだった。

「それが、結婚してこの区でアパート暮らしをすることになり、まさか自分の先祖がかつて住んでいた土地に建っている小学校に勤めることになろうとは。いやぁ、偶然てのがあるもんです」

土地が、林が、豊受大神の力が、かつて自分たちを世話してくれた懐かしい血筋を呼んだというのは、いくらなんでもできすぎだよねと、百々は話を聞きながら心の中で思った。

本当に偶然なのだろう。

田村によると校務員という職は、教員のように異動することもあるらしい。現にこの田村も昨年深山小学校に来たというし、それまでは他の小学校に勤めていたのだ。

だから、次の勤務地が自分の先祖と所縁のある土地だと知って、田村が一番驚いたに違いない。

まさか自分がそこで働くとはと頭を掻く田村に気づかれないよう、一子が百々にそっと目配せした。

それに気づいた百々が、焦る。

ようするに、百々に話を進めろと一子は合図を寄越したのだ。

嘘でしょ、大おばあちゃん、だって東雲さんが話を持ち込んだのは大おばあちゃんにであって、私にじゃないじゃん!!

元はといえば、四屋敷の当主であり現・在巫女である一子に、神関係のことではないのかと相談されたのだ。

小さく頭を振ってみせる百々だが、一子にそれが通用するはずがない。

「それでね、田村さん。私、こんなおばあちゃんでしょう？　ですから、曾孫と、曾孫がいつもお世話になっているこちらの東雲さんにいろいろ調べていただいて、あなたをこちらにお呼びしたんですよ。あとは、曾孫からあなたに説明いたしますね」

大おばあちゃん、ひどい！　と先に手を打ってきた一子に、百々は無言の抗議を送るも、覆るはずもない。田村は怪訝な様子で百々を見てくるので、さすがに百々も話をしないわけにはいかなくなった。

「つかぬことをうかがいますが、田村さん、あそこの林も田村さんが管理されているんでしょうか」

「管理、というほどでもありませんが、まあ、見回って危険な場所がないか確認したりはしますね」

基本、掃除はほとんどしない。年に数回教職員と保護者が集まって、整備活動をする。その程度で、あとは自然のままに任せているのだという。

「たくさん木が植えてありますけど、松とか杉なんかは山内豊受神社の森の一部をそのまま使っているんですよね」

「そうですね。子供らにいろいろな植物を知ってもらう目的で、林の中でも校舎側なんかは比較的新しい別の種類の木がたくさん植樹されてますが、大半は神社を囲んでいた松や杉です」

そこまでは百々も見てきた。

見てきただけでなく、実際にそこで子供の頃に遊んでいた。

その中の、特に松。

それが、百々には気にかかっていた。

「ずばり聞きますね。田村さん。松って何か新しく植えました？　しかも、やっぱり神社に植えてあったものを新たに」

古いものと新しいもの。

古いものと幼いもの。

その感覚はどこから来ているのか。

百々なりに考えて、自分が感じたことを言葉に直しての質問だった。

そこにあって違和感のないもの。百々や東雲がちょっとその場に足を向けたくらいでは気づかないくらいのもの。林の木々が受け入れてしまえるもの。

木以外のものがあったら、子供や他の教職員が容易に気づいてしまう。

百々の指摘に、田村が一瞬息を呑んだ。表情も強張る。

田村が口を開くのを、百々たちは待った。

やがて、覚悟を決めたのか、田村が話し始めた。

「あそこは学校の敷地なんで、このことは黙っててもらえませんか」

百々は頷いた。

一子も「もちろんですとも」と即答し、東雲も無言で頷いた。

ここでの話はあくまでも非公式だ。ここは学校でも警察署でもない。何の権限もないただの民家に過ぎない。

三人が同意してくれたので、田村が短く息を吐いた。

「ご存じの通り、あそこの林の松と杉のほとんどが、昔の山内豊受神社の杜の一部です。俺はそこで遊んだことなんかありませんでしたが、神社の話は祖父から聞いてましたんで、何か特別な気分でいつも見てました」

六十年も昔のこととなると、当然思い出話の中でしか田村も神社のことを知る以外なかっただろう。

事業に失敗し転居する原因を作った曾祖父や子供時代をその土地で育ち神社に出入りしていた祖父にとって、思い出は懐かしいものであり、時間とともに美化されていく。

神社がどれほど地域の人たちから大事にされ、祭りのときはどうだっただの、小さい頃はそこでこういう遊びをしたものだなど、ずっと聞かされてきたのだという。

「なもんで、あそこの松が結構マツクイムシの被害にあってるのに気づいて、報告し、今度何本か伐採することになっているんですが」

おそらくもう何年も前からやられていたのだろう。枯れて変色し、葉をつけない松もあった。中には、枝が折れて垂れ下がっているものもある。

校舎から見えない場所でそうなっていたので、子供たちからの報告でやっと田村も気づいた。

「神社がなくなっても、ずっと立っててくれたんだなあと思うと、俺、どうにもたまらなくなって」

伐採後に、新しい木が植えられる予定はない。伐採だけでも多額の費用がかかるのだ。

何本も切り倒されることになったのは、そのままにしておいて被害が広がることを防ぐというより、腐って子供が遊んでいるときにとんでもない事故に繋がるのではないかという理由からだった。

だから、伐採はされるが植樹はされない。

「林が寂しくなります。んなもんで、つい、実家から」

松を――鎮守の杜の松の子を、

「植えたんですね」

百々の問いかけに田村は「はい」と答えた。

田村の話はこうだ。

松は受粉した後一年以上かけて松笠になり、種子を覆う。発芽に十分な時期が来たら、表面の鱗状の笠が開き、種子は風に運ばれ、松笠は枝から落ちる。

「曾祖父と祖父は、引っ越すときに鎮守の杜の松の種子をいくつか持っていって、植え直して育ててました」

神社も杜も持ち出すことはできないが、種子ならば可能だったのだ。

「俺の実家では、父が盆栽とか庭仕事とか好きで。曾祖父や祖父が持ち出して植え直し、育てた松からまた種を取って苗を増やしてたんで」

その数本をもらい受け、勝手に植えたのだという。学校のあの林に。

松が今の林の木々くらいまで成長するまでまだ何十年もかかる。それでも、何も植えないよりもいい。

「六本分、植えました。こっそり間をあけて」

「もう芽吹いているんですよね？　気づかなかった」

「誰も気づいてません。まだ本当に小さくて、とはいっても二十センチくらいにはなってるかな」

目立たないよう植えたそれらは、今のところまだ誰からも見咎められていない。

「何本も木がなくなってしまったら、なんか林がすかすかになる気がして。それと、なんかあそこの木は、子供らを守ってくれているような気がするんですよね。やっぱ、神社だったってことを俺が知っているせいかなあ」

そうなんです、本当にあそこの木々は神社の代わりに子供たちを見守ってくれているんですと、百々は心の中で田村の言葉に同意した。

新しい気配、幼い気配は、植えられた松だった。

大木となるにはまだまだ年月が必要な、小さな小さな苗。鎮守の杜の後継。

それを、かつて神社を取り囲んでいた松や杉は、同胞として認め、受け入れる。

校舎ができて、新たに植樹された木々と雰囲気が違うのは、仕方のないことなのだろう。

害虫や病気のせいで、何本もの木が斬り倒されなければならないのは、悲しいことだ。だが、かつて同じように神社を守ってきた松の子らが、それを引き継ぐ。いずれ、新たな林が形作られるだろう。

「何年も経ってから、きっと言われますよ。マックイムシで何本か松を斬ったけれど、その木々からこぼれた種子が芽吹いて育ってきているって。あなたが植えたということは、黙っていればいいんですよ。帰るべきところに、芽吹き根付くべきところに、松の子が戻ってきた。ただそれだけです」

百々に任せて黙って聞いていた一子が、口を開いた。

本来なら黙って新しい木を植えることは正しくない。学校の敷地内である。私有地ではない。それを、いいのだと言われ、田村はほっとした様子を見せた。

そんな一子の言葉を、大おばあちゃん上手いなあと、百々は羨ましく聞いていた。

慈しみの言葉も恐ろしい言葉も、この曾祖母は絶妙のタイミングで放つ。まだまだ百々にはその技術はなかった。

恨めしそうに見る百々に、一子はころころと笑った。

「だから、あなたに任せたんじゃありませんか。私がいるうちに練習しておきなさいということですよ。いずれ、私がいなくなっても、あなたがきちんと一人で対応できるよう練習しないとね。これもまた修行かしらねえ」

いきなり今回の仕事を振られたときは、丸投げで理不尽だと思ったが、一子は一子なりに考えていたようだ。

自分が見守り、いざとなったら助言できる間に、百々が相手に対して正しい言葉を選択して話せるよう練習させていく。

そういうことかと百々は納得しつつも、だったら最初から言っておいてほしいとも思ってしまう。

いつも突然なのは勘弁してもらいたい。

「それよりも百々ちゃん。まだ聞かなくてはいけないことがあるでしょう？」

そうだったと、百々ははたと気づいた。

境戸神社で頭の中に流れ込んできたイメージは、「松ぼっくり」と「御札」。

松ぼっくりは、おそらく今聞いた話の通りだ。

育まれた松の子が再び林に戻ってきたのを示唆しているとするのならば、御札は？

「御札……たぶん、山内豊受神社のものだと思うんですが。田村さん、知りませんか」

百々が御札のことを口にすると、田村はあっと小さく叫んで、今度こそ頭を下げた。

「すいません！　もう古いもんだし、一緒に戻してやろうかと」

「戻す……もしかして昔の御札、持っていたんですか？　それを林に埋めたとか？」

「お焚き上げに出せばよかったんかもしれませんが、松が無事に育ちますようにと、つい」

思わぬところから、あっさりと御札の謎が解けた。

田村いわく、当時の古くなった御札が何枚か、祖父の私物として残っていたのだという。松の苗を分けてもらったときに、それも一枚もらってきた。

「神社自体はもうないんで、休みんときに境戸神社に行って、松を植えるんで無事に育ちますようにとお祈りしてきました。そんときに、御札も持っていって、これを一緒に埋めますからと一応神様に言ってきたんですが」

山内豊受神社はもうない。境戸神社で今は祈られる。

そこへ田村が昔懐かしい御札を持ち込み、松のことを伝え祈り無事な成長を乞い願った。

「豊受大神様、もっと具体的な伝え方してほしかったあああ！」

「おほほほほ！　具体的すぎるほどじゃあありませんか！　まあまあ、田村さんの心根がよほど嬉しかったのねえ、豊受大神様ったらもう、おほほほほ！」

神社でいきなり御札と松ぼっくりのイメージを伝えられて目を白黒させたことを思い出し、頭を抱える百々と、逆にあまりにストレートな伝え方におかしそうに笑う一子。

そんな二人を見て田村は驚くばかりで、東雲は慣れているのか平然と表情を変えずに見守っていた。

頭を抱えながらも、なんとなく百々はわかったような気がした。

元々管理していた境戸神社に移され、併せてそこで日々祀られる豊受大神。

そこへ、田村が古い御札を持って現れ、懐かしい土地懐かしい木々のことを祈る。私欲からの願いではないその祈りは、どれほど心地よかったことだろう。もしかすると、ほんの少しだけ、誰にもわからない程度に、豊受大神は持っていったその御札に力を与えたのかもしれない。

かつて鎮守の杜として神社とそこを訪れる人々の生活を守ったように、今もその務めを木々が果たせるようにと。

田村はその御札をこっそり林の一角に埋めた。

子供は、その林で無心になって駆け回って遊ぶ。

中には、無意識にそういったものに敏感な子もいたのだろう。

その目に何が映ったのか、どう見えたのかはわからない。

ただ、何かを感じたのだろう。もしかすると豊受大神の力を受信した子供の中で何らかのイメージ化がされたのかもしれない。

神様がいるように見えてる、だから神社みたいに手を合わせる、それは子供にとって自然に出てきた動きなのだ。

祭りの際に、初詣に、七五三に、子供たちは生まれてから何度神社に行って手を合わせる経験をしてきたことだろう。

それほどに、日本人にとって神道とは、宗教という名など関係なく生活に密着した行為に他ならないのだ。

「そっか……豊受大神様、林も子供もみんな見守ってくださっているんだ」

百々の呟きに、一子は扇子で口元を隠しながらひっそりと笑った。曾孫が正しい結論に達したことに満足しているかのような微笑みだった。

やがて、百々は居住まいを正した。

「田村さん、お話を聞かせていただきありがとうございました。私もあの林の中で鬼ごっこをして走り回った子供の一人です。あの林がいつまでも子供たちを優しく見守ってくれることが嬉しいです。これからも、あの林をよろしくお願いします」

百々が頭を下げると、一子も同様に指をついて深くお辞儀をした。慌てて田村も頭を下げ、東雲もそれに倣った。

新たに植えられた松と、一緒に埋められた古い御札、そこに込められた豊受大神の力と感受性豊な子供の存在。

小学校の林にまつわる不思議は、それで一旦は事態が収まったかに思えた。

東雲が持ち込んだ小学校の相談が解決してから半月ほどたったある日。

「百々ちゃん、ちょっといらっしゃいな！」

一子に呼ばれ、百々は頭を悩ませている古書と辞典をすぐに閉じた。

「なに、大おばあちゃん」

「ほら、ニュース。これ、深山小学校のことじゃあありませんか」

「えっ！」

ちょうどテレビは、地域のニュースを流していた。

百々は途中から見たので、最後の方しか見られなかったが、それでも学校のフェンスが映ったような気がした。

「どうしたの、これ。学校、何かあったの？」

「不審者が捕まったそうですよ」

「はいぃっ⁉」

百々は、聞き間違いかと一子を凝視した。

たしか、東雲の相談事はその不審者がきっかけではなかっただろうか。しかし、それは不審者とは関係がなく、むしろ過去にその地域にあった豊受神社に関係することだったはず。

慌てて東雲に電話をするも、出ない。

仕事中で忙しいのかなと、百々は気になりながらも何度も電話したら申し訳ないと向こうからの連絡を待った。

携帯なので、履歴は残っている。

真面目で几帳面な東雲が、百々からの電話を無視してそのままということはないだろう。

東雲から連絡が入ったのは、夕方になってからだった。

『連絡が遅くなって申し訳ありません』

「いいんです。こちらこそ、お仕事中に電話してしまってすみませんでした。あの、大した用事じゃなくって」

『ニュースに出ましたか』

ずばり言い当てられ、百々は思わず携帯を強く握りしめてた。

「不審者って、あの」

その後も他のテレビ局のニュースをチャンネルを変えながら追った結果、小学校付近でフェンス越しに児童に声をかけていた男を警察官が発見、任意同行を求めたくらいの情報は知ることができた。

『はい。任意同行を求めたのは、同僚と自分です』

「東雲さんが⁉」

百々の驚く声に続き、東雲が今夜説明にうかがいますと告げた。

その夜、東雲は約束通り四屋敷邸を訪れた。

義父の丈晴が会議で帰宅が遅れているので、百々は少しだけほっとした。

今回の東雲が持ち込んだ件は、実は丈晴には内緒なのだ。母の七恵にも、詳しくは伝えていない。

東雲が来るということで、七恵は張り切って夕食を作った。

仕事を終えてから来た東雲は、先に報告をと一子の部屋に通された。

「まあまあ、東雲さん。不審者を取り押さえたんですって？　お手柄でしたのねえ！」

その後もニュースで何度か見ていた一子が、いつもより興奮した様子で東雲を出迎えた。

百々も、早く話を聞きたくて仕方がない。

「不審者が学校に現れたんですよね？　あの林の件とは全然関わりがないんですよね？　あ、でも、東雲さんが無事でよかった！　あと、子供は？　大丈夫でした？」

聞きたいことがたくさんあって、百々が次々に質問する。それが落ち着くまで、東雲は黙って小さく頷いていた。

興味津々、心配も半分含んだ質問が一通り口に出されたところで、ようやく東雲が話す番になった。

「不審者情報はその後も時おり寄せられていましたので、自分も同僚とパトカーで巡回していました」

深山小学校だけではなく、他の地域の学区も回っていたらしい。

なので、ちょうど深山小学校にあのタイミングで通りかかったのは偶然なのだという。

「休み時間だったようで、子供たちが遊んでいるのが見えました」

それを、フェンス越しにじーっと見ている男が、遠くからでも見えたという。

東雲と同僚は、パトカーの速度を落として、近づいた。

するとと、男はやおらフェンスに手をかけて上ろうとしたのだという。

「何それ、怖い！」

不審者から一転して学校の敷地への不法侵入者である。

百々も知っているが、あのフェンスは越えられないほど高くはなく、網目が荒い古いもので手や足をかけて上ろうと思えば上られる。

「すると、急に男がのけぞって落ちまして」

パトカーの速度をあげて近づいていたら、はねていたかもしれないという。

パトカーを停め、東雲と同僚が男を確保。

「見ると、そのフェンス越しに田村さんが、呆然としていました」

「田村さんが⁉」

聞けば、フェンスをよじ登り始めた男を発見し、咄嗟に手にしていたゴミ拾い用のステンレス製の長いトングで男を突いた。

相手に怪我をさせてはいけないと思い、トングはこめかみギリギリをかすめ、驚いた男がのけぞって、そのまま落ちたのだという。

田村いわく、子供たちが遊んでいる時間は何かない限り林に行かないのだが、どうにも何か気になって手に道具を持って向かっていたのだという。

前日に何かやり残した作業でもあっただろうかと、思い出せないまま赴いた先でのことだったらしい。

「それって……」

百々が一子に言いかけ、一子もその意図を汲んで頷いた。

おそらく、田村は呼ばれたのだ。

林の木々に、そこに宿るほんのかすかな豊受大神の力に。

鎮守の杜は「鎮め」「守る」杜。

神社にあっては、神の庭である境内、神域を。時には木々自体がご神木として人々の信仰の対象、願いや祈りを一身に受ける身となりながら。

今、小学校の敷地にあるあの木々が守るのは、子供たち。

木々の間を走り巡り、楽しい声を交わし合う子らを、穏やかに優しく見守る。

しかも、田村が新しい松の子と、わざわざ境戸神社に赴いて祈った札まで埋めたのだ。そういう力が働いたとしても、おかしくないだろうと、百々と一子は思ったのだ。

だが、それを目の前で見たわけではない。

そもそも、不可視の力であり、その力の作用なのだ。

「絶対にそうだとは言い切れないんですけど、きっと田村さん、子供を守るために呼ばれたんだと思います」

百々の言葉に、東雲は異議を唱えることなく頷いた。

「男を署に連行して、話を聞いていました。最近、学校周辺で子供に話しかけていた男のようです」

「本当の不審者だったんだ！　うわーっ！」

小さい子が好きで、などという男の言葉に、百々はぞわぞわと鳥肌がたつのを感じた。

「応援を要請して男を連行すると共に、学校側へその旨を報告、校長室で校長、教頭立ち会いの元、校務員で今回不審者を発見、対処してくれた田村さんからもお話を聞くことができました」

学校側は、その後蜂の巣をつついたような状況になったらしい。

まずは教育委員会へ連絡。それから、保護者へのメールの一斉配信と、概要や学校の今後の対応についての文書配布。場合によっては、臨時保護者会の開催。

不審者が出たのは林沿いのフェンスからで、学校の敷地内への不法侵入を試みたのだから、今後そのフェンスについても議論のたねになるだろう。

フェンスをもっと高いものに変更すればいいという意見ならまだいいが、下手をすると林などという見通しの悪いものがなければいいのではないかという意見が噴出しかねない。

「そんなの、おかしいよ！　きっとあの林がなかったら、悪い人、入り込んじゃったよ！」

偶然という態で田村をその場に導いてくれたのが、かつて神社の鎮守の杜の一部であった木々であるなら、それを安易に切るということは望ましいとは言えない。

「伐採については、そう簡単には話が進まないでしょうねえ。子供たちはあそこが好きそうですし、授業でも使っているようですし、何より敷地内にあんな自然環境が残っている学校はそうありませんから、それを簡単になくしてしまうなんて、とてもとてもとても」

結局のところ、フェンスを高くするという案が一番具体的だろうと、一子は言った。

林の木々をすべて伐採したとしても、フェンスが低く古いものであっては、いつまた不審者が侵入を試みようとするかわからない。

フェンスの工事と伐採、その両方の費用を負担できるほど、教育委員会に予算はないはずであると、一子は主張するのだ。

「お金のなさと言えば、そうそう！　小学校はいまだに和式のおトイレが多いと聞きましたよ？　今や、ほとんどのご家庭が洋式のおトイレを使用しているっていうのに。日本の教育は世界に誇れるものかもしれませんけれど、施設設備の点ではお話にならないわねえ。どうにかならないのかしら」

「うーん、学校のトイレはあんまり綺麗って印象はなかったかなあ」

いつのまにか不審者の話が学校のトイレの話にすり変わりそうになる二人に、東雲がこほんと小さく咳をした。

「事情聴取はまだ続きますが、今後学区内の不審者情報が挙がってこなければこの件はこれで収束すると思います」

元はと言えば、学区内の不審者情報で警察が巡回し学校訪問をしており、たまたま東雲が深山小学校を訪れたことから始まったのだ。

「解決してよかったですね。あ、林の問題だけでなく、不審者問題も」

鎮守の杜のことも、今は校舎の敷地の一部になっているかつて山内豊受神社があったということも、新しい松の子を植えることで無意識であっても加護を細々と受けられるようにした田村がそこに赴任していたことも。

「百々さんには、いろいろとご足労をかけてしまいました。ありがとうございました」

東雲に頭を下げられて、百々は真っ赤になって手をぶんぶん振った。

一緒に出掛けたことはいいとして、あの制服姿だけは早く忘れてもらいたいというのが、百々の切実な願いだ。

ちょうど話が一段落したタイミングで、七恵から夕食の声がかかった。

東雲が来ているので、おそらく食卓には並べきれないほど料理の皿が乗っていることだろう。

一子のあとに東雲と共についていきながら、百々はこれからも豊受大神様が子供たちを守ってくださいますようにと、心の中で祈ったのだった。

辻に潜む

夏。

社会人にはあまり関係ないかもしれないが、学生にとっては長期の休みに入る時期。

百々の友人たちも、それぞれ日数は違えどお盆前後に帰省できることになった。

ゴールデンウィーク以来、グループで会話のできるＳＮＳを通してたびたび連絡を取ってきたが、実際に会えるのはまったく違う。日にちを調整して全員で集まれたらいいなと、百々は先の予定にわくわくした。

そんな百々に、やはり久しぶりな相手から連絡が来た。

「しぃちゃん、悪いことしたってどういうことだろ。神様絡みのことじゃないよね？」

百々が心配しているのは、史生の資質のことだった。

高校時代、負の感情に引きずられるように、史生は自分の家が神職を務めている神社で、そこの主祭神の荒魂の力を引き寄せてしまった。

百々がそれをどうにかなだめ鎮めたのだが、その際に香佑焔は史生にも「巫女の資質」があると言ったのだ。その後、一子も同様のことを言っている。

ただし、巫女と言っても様々だ。

例えば、百々や一子が継いでいく「在巫女」は非常に特殊で、世間一般には知られていない。神社の境内でなくても、どこに在っても、息をし手を打ち願うだけで、その場を神域と同じものに変えてしまう存在。神の力を感じ取り、言葉で祈り願い乞い鎮め、時にその力のほんの欠片を借りることもある。

そして香佑焔、一子のいう史生の「巫女の資質」とは、神降ろしのことだった。

そういう力に対し、非常に敏感に反応し、その身に降ろしてしまいやすい質なのだろうと言った。

特に、民俗学を学ぶと言って神社から離れることはない史生は、フィールドワークで様々な神社に訪れることになるだろう。

そのとき、史生が何も知らないでいてその身に何かあったらと百々は密かに心配していた。

史生は、紛れもなく友人だ。高校時代の親友たちとはまた違い、神社という共通項をもつ、あまり一般的ではない話を互いにできる友人。

その史生に、これからも危険なことが訪れなければいいと、百々は心から思っていた。

その史生からの連絡、しかもきまり悪そうな様子がうかがえる文面に、百々は何かあったのだろうかと気が気ではない。

史生と会うと聞いた一子からお夕飯に遅れていいのよと言われて、百々は出先から待ち合わせ場所に向かった。

一階に文房具店が入っているビルの二階に続く階段を上り、百々は喫茶店のドアを開けた。広くない店内を見回すと、窓側に座っていた史生が小さく手を挙げた。相変わらずショートヘアで、モデルのような小顔だ。

「ごめん、遅くなって」

「大丈夫。それより、何頼む？　私、もう注文したから」

百々はメニューを見て、写真がいかにも美味しそうだったので、期間限定というコーヒーゼリーを注文した。

史生の注文したアイスコーヒーと百々の注文したコーヒーゼリーが、一緒に運ばれてくる。

生クリームと一緒にゼリーを口に含んだ百々が、甘さと苦さの加減が絶妙のその美味しさににんまり笑った。二口目をすくったら、その手首を史生が掴んだ。そのままスプーンを自分の口に運ぶ。

「ん、いいわね。次これ頼もう」

「ちょっと！　しぃちゃん、その一口分返せー！」

しばらく二人はぎゃあぎゃあと言い合った。そんな二人は、端から見ると普通の十代の女の子たちだった。

やがて、百々のゼリーと史生のアイスコーヒーが半分ほどになったころ、史生が話を切り出した。

「大学でさ、サークルに入ってないっていったじゃない？」

急に声のトーンが変わる。百々は、史生とのこれまでのやりとりを思い出し、うんと頷いた。

「誘われてはいるのよね。ただ、なんていうか、胡散臭い？」

「胡散臭い？」

「パワースポット研究会」

「うわー！　何それ！　止めようよ、そこは！」

そうよねーと、史生はアイスコーヒーをストローで一口啜った。

「私も二回断ってるのよ。ただ、しつこい先輩がいてね」

相手を思い出してか、史生が顔をしかめる。

「その人、私が神社の娘だってわかったから、近付いてきてるのよ」

「え！」

驚く百々に、史生は説明を続けた。

「最初は、図書館で民俗学関係の本を読んでいるときだったわ。同じ人文学部の三年生に声をかけられたのよ。もちろん、そのときは相手の名前どころかどこの学部の学生かなんて全然知らなかったんだけど」

『民俗学とかに興味あるの？　君が？』

「君がってどういうことよ、ムカつくでしょ⁉　だから、思いっきり睨んでやったら、ぼそぼそごにょごにょ聞き取れない返答をするもんだから、無視したのよ」

あとから、同じ人文学部の先輩でしかも同じ民俗学研究室の三年生だってわかって、うげーって思ったわという史生の言葉に、百々は苦笑した。しぃちゃん、陰で高嶺の花とかって言われてるんじゃないかなぁ、などと思ってしまう。

史生いわく、その先輩男子学生の名は、久保達臣《くぼたつおみ》。いつもジーンズにださいTシャツを着て、髪の毛がぼさぼさの、ちょっと力を入れてつついたら倒れそうな骸骨くらい痩せた男、それが久保なのだという。

「七月に入ってからかしらね、どこから聞きつけてきたんだか、いきなり『君、佐々多良神社の子だって？』っていきなりまた話しかけられて。本当のことだからそうよって言ったら、君んちの神社、県内有数のパワースポットの一つだよね、ですって！　あー、馬鹿馬鹿しい！」

「パワースポット。佐々多良神社が」

百々は、パワースポットなるものが今一つわからず、きょとんとした。

「しぃちゃん、しぃちゃん。そのパワースポットって何？」

「私だって今まで興味なかったから、そんなに知らないわよ。何か不思議な力に満ちている場所ってことじゃないの？　で、そこに行ったら、力を分けてもらえるとか。パワーストーンはほら、身に着けとくといいとか、部屋に置いておくといいとか言うじゃない」

史生も百々同様興味がなかったようだが、百々よりは若干知っている様子だった。

「その久保先輩が入っているのがパワースポット研究会、略してパワ研。そこに勧誘されちゃってさ。うちの神社のどこがパワースポットなのって聞いたら、願いが叶うとか縁結びで有名だとか、あったりまえのこと言うの！　そんな御利益、どこの神社でもあるっての！」

史生は神社が嫌いではない、むしろ大好きだ。

なので、安易に神社を軽く扱ったり、くだらない風評を流されたりするのを好まない。

親しみやすいという点で評価されるなら、ここまで怒らないわよと、わかる？　と念を押され、百々はうんと頷かざるを得なかった。

「パワ研に誘われて、断ってからどんな研究会か調べたけど、やっぱりだった。活動は雑誌やネットで紹介されたパワースポットに出掛けて行って、写真撮ってSNSにアップして、好き勝手書き散らすみたいな、お遊び感覚のものだった。あれ、そのうち、心霊スポットとかに移行していくかもね」

「え、それって、まずいじゃん！」

心霊体験は、百々にはない。

ないが、その存在を決して有り得ないとも言えない。

他の人の目に見えなくてもそこにある、そんな存在を知っているからこそだった。

「ダメだよ、しぃちゃん！　そんなところに入っちゃ！」

「入らないわよ！　人の話聞いてんの、あんた」

心配する百々に、史生の態度は冷たい。

「ただ、気になることがあって」

それは、史生が二回目の断りを言ったときだった。

『だったら、神社関係者として聞いたことないかな……呪われた四つの辻が、市内にあるってこと』

「………待って。ちょっと待って。すごく待って」

四つの辻というキーワードに、百々がストップをかけた。

もしや、いや、まさか、でも――。

「いやぁ、まさかね。知られてないはずだよ、うちの周りの辻のことなんて。第一、呪いじゃないし」

「やっぱりあんたんちの近くのことだったのね。場所を聞いたら、どうやらあんたんちの方だったから、もしやと思って連絡したのよ」

「ふえええええ！　違うよう！　呪われてなんかいないもん！　私も大おばあちゃんも、毎日その四つの辻を散歩して通ってるけど、呪われてないもん！」

呪いの、などとつけられたら、通るのが怖くなるじゃん！　と百々は史生に抗議した。

「私に言わないでよ。むしろ感謝して。情報もってきてあげたんだから。ただ さあ……本当にごめん」

飲み終わったアイスコーヒーのストローをくるくる回す史生は、目線を百々から逸らしている。何となく気まずいような口調に、百々は嫌な予感がした。

「な、何で謝ってんのかなあ？」

「知らないって最初は言ったんだけど、なんかしつこいから、つい『近くに住んでる子は、そんなこと一度も言ってないから！』って、反論しちゃった」

「反論しちゃったかあ。まあ、したくなるよね、私もしぃちゃんとその辻の話、全然してなかったし」

「そうじゃなくて！　近くに住んでる子ってあんたのことだって、今の話聞いててわかったでしょ、今！　つまり、私そこを知ってます、その近くに住んでる子も知ってます、って宣言しちゃったのよ！」

「ああっ！　ダメじゃん、しぃちゃん！　何てこと言ってんの！」

「だから、ごめんて言ってるでしょ！」

史生らしくない失態と、乱暴ながら繰り返し謝るその姿に、ああ、本当に嫌でいらっとして口を滑らしちゃったんだなあと、百々は気づいた。今もふてくされたような態度だが、非常に決まり悪そうにそっぽを向いている。

「こっちが口を滑らしちゃったもんで、とにかくしつこさが五割増になっちゃって。だから、一応聞いておくって言っちゃった」

「誰に？　何を？」

「あんたに！　辻のことを！　今、聞いてるでしょ」

「え、しぃちゃん、これって聞き取り？　私に謝ってるだけじゃないの？」

「謝ってるわよ！　それと、辻のことをあんたと話したから、聞き取ったってことでいいでしょ！　でもって、何の情報もなかったって言っておくから！　……一応、あんたのひいおばあちゃんにも謝っておいて」

ぼそりと付け足された謝罪、これが史生の今日一番言いたかったことなのかもしれない。

四屋敷の当主は、まだ百々ではない。一子なのだ。

「それと、久保先輩が言ってたこと、もう少しあんたに伝えとく」

百々と言い合ったあとこほんと咳払いをして、史生はいつものすまし顔に戻った。

「私だってつっこみいれたのよ。まず、何で神社関係者なら聞いたことがあるって思ったのかってこと。それと、パワースポット研究会のくせに、呪いってどういうことって」

久保は史生にわざわざ『神社関係者』などと言ってきたのだ。

「そしたら、その辻とやらは、神様が悪霊を封じているんじゃないかだの、四神を祀ってあるかもだの、実はその全部に昔は小さな社が建っていたかもしれないだの、とっ散らかった持論候補を並べてきてね。『自分としては、かつて人々から敬われていた何らかの神様を奉っていた社があったと考えている』んですって。とっ散らかってるでしょ。悪霊説と四神説って全然整合性がないの。なのに、こんな仮説を思い付く自分てすごい、みたいな？　社があった説は、自分の一番の好みだから推してるだけって感じね」

根拠も何もあったものではない。思い付きがそのまま真実だと思い込んでいるかのようだ。

それにしても、一番最初の情報、久保は一体どこで辻のことを聞いたのだろう。

「どうしてしぃちゃんの先輩がうちの近くの辻のこと知ったんだろ」

「そこなんだけどさ……」

パワースポットに心霊スポット、都市伝説の類いまで、いまやネットの世界には真偽も定かではない情報が溢れている。それらの中に、百々たちが住んでいる県や市など、地方ごとにまとめられているものもある。

「そこに書き込みがあったらしいのよ」

《新潟市の西区に、怪しい辻があるのを聞いたことがある》

《ある地域を囲む四つの辻には、秘密があるらしい》

「それだけ。たったそれだけで、後は二度と続きが書き込まれなくて、他の書き込みに埋もれそうになっていたのを久保先輩が見つけたんですって」

詳しいことが知りたくて、コメントを何度も書き込んでも、相手からの返信はまったくない。その反応のなさに、久保は逆に興奮したのだという。

「神罰が下ったか祟られたかのどちらかで、この世から抹殺されたんじゃないかって」

「はぁ?」

そんなことを言ったら、四屋敷の周辺で行方不明者続出だ。そんな妄想をして思い込んでいるとしたら、その人怖いなと、百々は身震いした。

「私の方でも、もうちょっとそのサイトのことを調べてみるけど、成果は期待しないでね」

ネットの書き込みであれば、書き込んだ相手をこれ以上追及してもわからないかもしれない。ただ、うっかり口を滑らしてしまったことを、史生は悪いと思っていて、少しでも挽回しようとしてくれている。

「このことはあんたの大おばあちゃんにも伝えといて。いい? ひょろひょろと細長い、だっさいTシャツ着た根暗そうな大学生っぽいのがうろうろしていたら、そいつかもしれないから」

あんたたちが困るようなことをしていたら、遠慮なく潰してくれていいからという史生に、そんな物騒なことはしないよと百々は苦笑した。

史生と別れて帰宅した百々は、さっそく一子に報告した。

毎朝散歩コースで通っている辻に関わっているということに、一子の笑みが深くなる。

話しながら、百々は室内の空気がじわりと重くなってきたのを感じた。

大おばあちゃん、これ、怒ってるんだよね——

あくまでも笑顔で、徐々に上がっていく両の口角。にもかかわらず、目はまったく笑っていない。

百々はそのときいきなり理解した。

天啓のように、それは百々に降りてくる。

禁忌。

決して触れてはならない、侵してはならないもの。

あの四つの辻がそうなのだと。

「お、大おばあちゃん……」

「パワースポットというものは、そこからよい力を得るのでしょう？　あの辻から？　ほほほ、そんな話があるなんて、なんて面白いのでしょう。ああ、おかしいこと、なんて愚かな」

笑っておきながら、その内から滲み出る怒りは壮絶で、百々は皮膚の表面がぞわぞわして動けない。

稀代の在巫女と呼ばれる一子をしてここまで言わしめる「辻」の存在理由とはいったいどのようなものなのか。

「私はネットというものはよくわかりません。けれど、きっと大層便利で、大層無責任なものなのねえ」

誉めたと思ったら、すぐに皮肉る。

「書き込みとかいうものは、どこの誰が書いたのかわからないようになっていて、それを誰が読んだとか、何人くらい見たとか、本当か嘘かなんて、わからないのでしょう?」

「うん。そこは、ちゃんと自分で考えて判断しなさいって、高校の授業で習った気がする」

いまや情報教育は、学校の必修授業の一端ともされる。パソコンの使い方だけではない、ネットに潜む危険性やマナーといったものまで学習内容だ。

しかし、自分も含め友人たちは皆、そんなの当たり前だよねなどと軽く聞き流していた気がする。まさに対岸の火事のような気持ちだったのだ。

「これから話すことは、あなただけでなく香佑焔様にも聞いていただいた方がよろしいかしら」

一子の言葉に反応するように、百々のやや斜め後方にふわりと香佑焔が姿を現す。

現れた香佑焔は、無言で膝を折り座った。

「百々ちゃん。あなたが罔象女神様にお護りくださるようお願いしてから、毎日私とお散歩していますね」

「うん」

早朝の散歩は、季節も天候も問わない。どのような風雨の日でも、早朝が無理なら正午、夕方、時には夜中となっても必ず行われる。

そのコースも決まっている。

四つ目の辻を曲がるとそこは──

「香佑焔が大おばあちゃんに閉じ込められていた神社だ」

百々が口にすると、香佑焔はむっとした表情を浮かべたが無言だった。

かつて稲荷の神に仕えていた小さな神社が無人となり、荒れて心ない人間によって穢され、それを怒った香佑焔は人を祟り呪う存在になった。神使の立場から、堕ちたのだ。

己が仕える神を祀る社を離れ、怪異の類いと成り果てようとした香佑焔を、古い社へと誘い込み、封じたのは一子だった。

封じたその日から千日、毎日訪れ祈り語りかけ、香佑焔を元の姿に戻した。

堕ちた香佑焔の姿は、腐臭を吐き呪いの火種を撒き散らす、浅ましくおぞましい姿だったと百々は話にだけ聞いていた。

だから、二度と香佑焔を堕としてはならない。次はないのだ。

神使にしては人くさく、時に百々より怒りっぽい香佑焔は、感情豊かだと百々は思う。感情というより、それは愛情なのかもしれない。慈しみすぎて、愛おしみすぎて、それらに害が与えられるとき、感情は反転し暴走する。

香佑焔にとって一番はやはり宇迦之御魂神だが、人間の中での一番は紛れもなく百々だ。幼い百々をその手に抱き上げ、また、己の姿が見える百々に触れられたその日から、香佑焔にとって百々は人の中で唯一特別な存在なのだ。だからこそ、百々を護ってほしいと一子から頼まれ香佑焔は「諾」と答えた。

「私も長い間知りませんでした。私の母も祖母も、もしかしたら何代もの在巫女が、あの四つの辻の意味を知らなかったのかもしれない」

日々、欠かさず回らねばならない、と申し送られた決まり。

何故という問いの答えがなくとも、しなければならない――それが四屋敷の当主の役目なのだと。

「実は何十年か前に、これが見つかったのです」

そう言って、一子は近くの文机の引き出しから、油紙の包みを取り出した。表面に結ばれた紐は変色し、強く引けば千切れてしまいそうなほど古い。

一子は、古い紐をゆっくり丁寧にほどき、油紙を開く。

百々は、身を乗り出し、半ば立ち膝になって油紙の中を覗き込んだ。

そこにあるのは、墨で書かれた手書きの古い一冊の書物だった。

表に書いてあるのは、おそらく題字なのだろうけれど、その字も読み方すらわからない。

これは中を見ても、きっと一文字も読めないだろう。

「誰が書いたのかはどこにも載っていないの。ただ、あくまでも私の勘ですけれどね。これは初代か、初代に近い代の在巫女が記したものではないかしら」

「！」

突然出てきた『初代』という言葉に、百々の喉はごくりと鳴る。

四屋敷がいつからあるのか、何のために在巫女が在るのか。それらはまったくの謎——とされていた。

「じゃ、じゃあ、大おばあちゃんが、その古い本を読んだら……」

「そうね。読めて、私たち在巫女が何をしなければならないのかがわかれば、あるいは……」

あるいは、『在巫女』というものを終わらせられる——

一子は、そう言いたかったのかもしれない。が、言葉にはしなかった。

「話が逸れましたね。今は辻のお話。どうして私たちが代々あの辻を通って手を合わせなければならないのか。そもそも、あの辻にはどういう意味があるのか」

そして。

「あの辻には、『何』が『いる』のか」

「いる」と一子は言った。

「いる」のだ。

百々がずっと気配だけを感じながら通ったあの通学路の辻には、やはり何かがいる。

そして、誰かがそれを知り、ネットに書き込んだのだ。

「完全に読み解いたわけではありません。百々ちゃん、そこの障子戸を開けてちょうだい」

言われた通り、百々は障子を開けた。

障子の向こうは廊下。続く縁側を通って、庭に出ることができる。しかし、一子が示しているのは、庭よりもっと遠いところだった。

塀の向こう、田が広がるさらに向こうにあるもの。

「……山?」

百々が呟くと、一子はにっこりと頷いた。

「この地は平野で豊かな土壌に恵まれ、昔から米作りが盛んでした。今もまだ多くの田が残されています」

近年、高齢化や後継者不足に伴い宅地へと変わる田も少なくない。そんな地域だが、ぐるりと見回せば遠くに山がいくつも見えるのである。

他県にもまたがる有名な連峰だけでなく、隣の区の方角にまで。

その山々の恵みがあるからこそ、どのような日照りの年もめったに水不足に陥ることがないのだが、問題はそこではない。

「遥か昔、山を追われた大いなる魔が、この地へ駆け込んだのです」

「大いなる……魔？」

実感の湧かないそれを、百々はもう一度口の中でつぶやく。

「その魔が何であるのかはこの本には書かれていないようです。まだ私が読み解けていないだけなのか、何か意味があり敢えて明記することを避けたのか。それを山から放逐したのが、大山祇神様と言われています」

大山祇神は、神産みにおいて、伊邪那岐命と伊邪那美命から生まれた神である。

日本の山すべてを統べる神とも言われている。

この島国の土地において山が大部分を占めていることは明らかで、人間が繁栄していると錯覚している大都市などの平地は、ほんの一部にしか過ぎない。

そして、大山祇神の娘姫である神大市比売神は、一子が守護を受ける神だ。

「元々山にいた悪しきものであったのか、どこぞより流れ着いたものなのか、はたまた上から堕ちたかつては神と祀られるものだったのか、それはわかりません。とにかく、山から追われたものが、この地へ逃げてきた。それは確かなようです」

大山祇神自らが力を振るうほどの相手であれば、どれほどの魔か。

何百何千年前のことかはわからないが、人に抗う術などなかったはず。

「戦いに敗れ追われた魔は弱っていたのでしょう。そこで、追ってきた大山祇神様のお力をお借りした力のある巫女が、逃げたそれを四つにわけて地の奥深くに封印したというのです」

当時は在巫女などという呼ばれ方はしていなかっただろう。

たまたま、ほんのたまたま神の力を借りることのできる女性がいて、このままでは人に害をなすであろう魔を封じた。

「おそらく、その方が初代。これが四屋敷の始まり、私たち在巫女の始まりです」

一子の話が済んでも、百々には言葉が出せなかった。

想像もつかないような昔、きっとここが今の地名で呼ばれていなくて、ずっと人も少なくて、もっと自然と共存していた昔。

人の力ではどうにもならないことがあったのだ。

神の力を借りることで、人であるはずの女性が一人、成し遂げた――

「私たちが毎日毎朝回る辻の意味、もうわかりましたね？」

尋ねられ、百々はこくりと頷いた。

どんなに晴れて気持ちのいい気候であっても、あの辻の前で立ち止まると晴れ晴れとした気分など潜んでしまう。

得体の知れない何かがいる――それだけはずっと伝わっていた。そして、それは決してよいものではないとも。

あの辻が、パワースポットなんてとんでもない。

あそこに妙なちょっかいを出そうものなら。

あの石に何か悪戯をしたならば。

「全然パワースポットじゃないじゃん。え、でも、心霊でもないよね？　幽霊とかじゃないから」

「ほほほ。幽霊ではありませんよ。でも、少なくとも、よいことなど一つもありません」

そこにある力は、微塵もよいものではなかったのだ。

むやみに暴いてはならない。それが百々にもよくわかった。

「もしかすると私たち在巫女は、四つの辻に封じられているものがすべて浄化され消える日が来たら、この役目を終えて普通の人間になるのかもしれませんね」

ぽつりと一子が呟いた。

だったら、封じられているものをやっつけようとは、百々は言えなかった。

できるのであれば、この曾祖母がやっている。

代々の在巫女たちも、身命を賭して挑んだことだろう。

それをせずに、次の代に引き継がなくてはならない理由があったのだ。

「辻とは、二本の道が十字に交差し、人々が行き交う場所。長い年月をかけ、四屋敷の女たちが祈り、さらに無数の人々がそこを踏み固め、またはそこを通って砂粒よりも小さな塵ほどの力を足につけてどこかへ運んでいく。そうやって、徐々に徐々に、辻の地面の奥深くの力は薄れていくのです」

気の遠くなるような話だった。

大山祇神の力だけでは足りず、初代の力をもってしても足りず。

一子ですら、日々祈るだけしかできず。

「私……それも継ぐんだね」

百々は、胸の辺りをぎゅっと押さえた。

香佑焔の手が、百々の背にそっと添う。

百々と一子にしか見えない香佑焔は、己の姿が見える二人にのみ触れることができる。

百々の背に添えられた手は、限りなく優しかった。

「一子よ。我が問いに答えよ」

百々を励ますよう背に手を触れたまま、香佑焔が一子に尋ねた。

その口調は、よくも百々によからぬことを聞かせたなと言わんばかりの不穏な響きを帯びている気がした。

「おまえの話した四つの辻。そのすべてがいまだ悪しき力を内包しているわけではあるまい。何故それを百々に言わん」

「えっ、そ、そうなの？」

香佑焔の言葉に、百々は香佑焔を振り返り、それから一子を見た。

香佑焔の非難などどこ吹く風と言わんばかりに、一子は微笑んでいる。

「軽重があるというだけのことです。それは、百々ちゃんも気づいているはず」

自分も気づいているのだと言われ、百々は毎日通る散歩コースを思い浮かべた。

そこで感じていることは、確かにある。

「三番目と四番目の辻は、そんなに嫌な感じはなかった……かな？　あと、石もないよね」

その言葉に、一子は満足そうにほほほと笑った。

「ええ、ええ、そうですよ、百々ちゃん。三つ目の辻と四つ目の辻はね、あと少しで浄化されるんですよ」

「やった！　すごい！　大おばあちゃん！」

四つの辻のうち、三つ目と四つ目はもうすぐ浄化される。その事実は、暗くなりかけていた百々の表情を、ぱっと明るくした。

「でも、どうして？　封じられた力が違った？」

百々の疑問に、一子がまたしても笑った。

「あらまあ、この子ったら、全然頭に入っていないじゃあありませんか。ちょっと叩いたら思い出せるかしら」

一子が扇子に手を添えたので、百々はうええと呻いて頭を両手で庇った。

「三つ目の辻を曲がったら、何があります？」

「え？　えと……大泉寺？」

「そこにいらっしゃるのは？」

「……あ！　お地蔵さん！」

やっと閃いた曾孫に、一子はやれやれと扇子をしまった。

「以前にもお話ししましたでしょう？　あのお地蔵さまはね……」

あれは、本物です——

無限の大慈悲の心をもち、大地がすべてを内包するかのごとく衆生をことごとく救うと言われる地蔵菩薩。一子が本物といい、毎朝手を合わせる石の地蔵尊。

百々はその力を想像し、遠いご先祖様——初代在巫女から紡がれる四つの辻の話が始まってから何度目かの畏れに身を震わせた。

「三つ目の辻は、お地蔵さまがお力をお貸しくださり、他の辻よりずっと早くそこに埋まる力を浄化してくださいました。そして、四つ目の辻。それを過ぎたところには、その昔何があったのかしら」

何がと問われれば、一つしかない。

「神社！　香佑焔がいた神社！」

既に神社は朽ち果てて、今は立ち入り禁止の空き地となっている。

「かつて、そこの神社にも神主はおられたのです。私たち四屋敷の当主とともに、四つ目の辻の力を引き受け、徐々に削いでいき……それと相殺されるように、あの神社は朽ちました。いつしか誰も訪れることのなくなった神社。でも、私はそこに祀られている神様を知っています」

封じられている間、あなたも感じたでしょう？　と尋ねられれば、香佑焔はむすりとして頷くしかなかった。

「あの社は、かつて大山祇神様を祀りしものであった」

大山祇神。

伊邪那岐命と伊邪那美命の子にして、日本の山を統べる神。

娘は神大市比売。

その子は宇迦之御魂神。

香佑焔にとって、非常に縁のある神である。

「故に千日の間、私は抗うこともできず封印された」

「そうですねえ。私の力だけでは危うかったかもしれませんねえ」

人の通わなくなった古く小さな社に香佑焔を封印し、千日間欠かさず通い続け祈り続けたのは一子だ。

自分だけでは危うかったなどと言うが、代々の在巫女の中でも能力が突出した一子だからこそできたことかもしれない。

「香佑焔、とんでもないところに封印されたんだねえ」

「おまえの曾祖母は腹黒く人が悪い」

長年四つ目の辻の力を削ぎ続けた社は、かつては大山祇神の力の恩恵を豊かに受けた神社だったのだろう。

朽ちた今でも、かつての力の名残がまだそこにあり、毎日一子とともに辻の封印に役立ってくれている。

「ともかくも、浄化された辻はそのままこの地の護りとなることでしょう。だから、私たちは毎日四つの辻を回るのです」

そこが日々変わることなく在るように。

いつか全てが浄化される日が来るように。

「辻の話はわかった。正直言うと、大おばあちゃんと一緒に毎朝歩くようになった頃は、ちょっと緊張していたんだよね。でも、最近はなんか慣れちゃって」

「ほほ。わかっていましたよ。あなた、あまり気を入れて手を合わせていませんでしたものねえ」

曾祖母にはすべてお見通しらしい。百々は、素直にごめんなさいと頭を下げた。

この話を聞いたからには、明日からはもっと真剣に辻を回ろうと百々は思った。

少しでも四つの辻に封じられているものが浄化されるよう、力を尽くさなくてはならない。それもまた、確実に四屋敷の当主の役目であった。

「この地域の人たちは、辻の話はもちろん知りません。だからこそあえて辻で何かしようなんてことはありません」

ここに住む人々にとって、辻は単なる道であり、通過するだけの日常の場所だ。

それ以上の意味はない。

「そんな辻をパワースポット扱いするって、やっぱりおかしな話だよね。それと、辻のことを知っていてそれをネットにアップするって、一体何者なんだろう」

百々でさえ、詳しい話は今日初めて聞いたのだ。

詳しいと言っても、古いあの本を見つけ読み解きつつある一子も、完全に辻の真実に至ったわけではない。

そんなことを誰が知っているというのか。

「早いうちに、もう一度しぃちゃんに会ってみる。これ、メールとか電話とかでやりとりしてもいいけど、会った方がいいよね？」

しぃちゃん、その辻を見たいって言うかな。考古学的見地から、神社にアプローチしたいとかなんとか、大学でやりたいことに挙げていたけれど。研究対象にしたら、辻のことが他の人に知られちゃうからよくないよね——。

史生のことを考えて悩む百々は、一子に呼ばれた。

一子から、史生に連絡をと言われて寝る前にメールした百々だが、翌日返ってきた史生の返事はあまりよいものではなかった。

『自分から言い出したのだからなるべく大学に行くようにして、先輩に会って話を聞くようにはする。お盆時期以外閉館しない図書館は、読書兼涼みに行くのにちょうどいいから入り浸ろうと思ってたし。でも、今は大学も夏休みだから講義はないし、会えるかどうかわからない』

先輩の連絡先は、どうにかつてを探してみるとのこと。

さらに、この夏中に自動車学校に通うのだと史生は言う。

「確かにしぃちゃんのことは頼りにしてるけど、あんまり無理を言っちゃ駄目だよね」

百々は、史生のスケジュールを知らない。大学生活はたぶん自分よりずっと忙しいんだろうなとだけは思っている。

ならば、今自分にできることはと考えて、百々は一子に提案した。しばらく、辻周りの散歩の時間を朝と日中に分けたらどうかと。

早朝、いつも通り一子が回る。

百々は、昼間や夕方に回る。

「見回り回数を増やすくらいはできると思うんだよね」

辻のあたりを不審な人間がうろうろするのを、少しは見つけやすいんじゃないかと、百々なりに考えたのだ。

百々の提案に、一子はふふふと笑った。


散歩の時間を分けることの了承を得、百々は次の日から散歩の時間帯を変えた。

真昼の散歩は思った以上にじりじりと肌を焼き、日焼け止めを塗って帽子をかぶっているにもかかわらず、せっかく塗った日焼け止めが汗で流れそうだった。

商店街の人たちは、昼間であっても「一子様とご一緒はやめたのかい」だの「四屋敷の奥様と喧嘩でも?」だの、次々と百々に話しかけてくる。

いつもは曾祖母に合わせて朝の挨拶をする程度だったのに、四屋敷の跡継ぎとして思った以上に地域の人たちから見られていたのだと、百々は改めて思い知った。特に年をとった人たちにその傾向は強かった。

今年の夏は雨が少なく、各地で猛暑と言われている。その暑い中、百々は毎日歩いて回る。

史生は、ほぼ毎日メールをくれた。

今日は大学に行けなかったとか、行ったけれど先輩は来ていなかったとかで、最後にいつも「ごめん」で締められていて、そんなに謝らなくてもと百々は思う。

日によっては一日二度散歩に出たり、一子の用事に付き添って夕方しか回れなかったりしながら、一人で散歩するようになって十日ほど経った頃。

その日も百々はつばの広い帽子をかぶり、Tシャツにデニムのスカートというラフな格好で午後一時過ぎに散歩に出た。

ポケットにはもちろん御守りを入れてある。

帽子と日焼け止めだけで十分だよねと母に勧められた日傘を断り、小さなバッグを斜め掛けにして歩く。

最初の辻で止まって手を合わせる。

ここと次の辻は、何となく気持ちが悪い。足のずっと下の方に何か蠢いている気がする。ただ通り過ぎるくらいではまったく感じないが、立ち止まって探るとようやく伝わってくる蠢く何かの気。

今日も変わらない――そう思いながら、辻を右に曲がり住宅街の方――二つ目の辻へと百々は歩を進める。

陽がまだ頭上高くにあるこの時間帯の住宅街は暑い。ほとんど人影がなく、蝉の声ばかりがうるさい。アスファルトの照り返しが厳しい。

その住宅街の方から、百々の方に歩いてくるのは男性だろうか。

昔からある商店街の人々とは違い、真新しい住宅ばかりのこの辺りはあまり四屋敷とは関わりがなく、百々も住人の顔をあまり知らない。

はたして男性も百々の知人ではなさそうだ。

だが、すれ違った男の、ぶつぶつと小声の呟きが百々の耳に入る。

「この辺かな……だとするとあと二つ……」

もしかして……！

ポケットの中の御守りがぴりっと反応し、百々は振り返った。

禁忌の領域

すれ違ったその男は、かなり痩せていて背が高かった。

ひょろひょろとした体に、黒いデイパック。

Tシャツは、白地に文字かイラストが描いてあっただろうか、背中側からではよく見えない。

ジーンズの足元は、穴の開いた汚れたスニーカー。

汗が流れてくるのか、その男は首に掛けているタオルでボサボサの頭から顔にかけてごしごしこすった。

その姿は、史生から聞いた「久保先輩」なるものに似ている。

しかし、どう声をかけたものか——百々は迷った。

いきなり「久保さんですか」などと話しかけ、違っていたら恥ずかしいし、当人だったらそれはそれでどうして名前を知っているのかといぶかしがられる。

男はかなり折り目のついて傷んだ地図らしきものを握っており、何やら書き込みもちらりと見えた。男が史生のいう「久保先輩」であるならば、目星をつけた地域を回って調べたことを書き込んでいるのかもしれない。

男が向かっているのは、先程百々が手を合わせた辻がある方向だ。

そうか、気がつかなければそれでいいんだ！

この男が辻を調べている史生の先輩だとして、辻のことを気づかずに通りすぎれば問題はない。

百々から話しかけて、逆にその辻が男が探している場所だと知られてしまうなんてことになったら、非常によろしくない。

百々は、歩道の端に寄り、そっと男の行動を見守った。

男は足を引きずるように辻に向かい歩いていく。

あの様子だと、疲れているのか。この暑い中、ずっと歩き回っているのだろう。もしかすると、何日間か歩き回っていたかもしれない。

と、その体が、ぐらりと揺れた。

あれ、と百々が不思議に思っていると、男の足が止まる。ひょろひょろの上半身がゆらゆらと揺れ、突然その場にしゃがみこんだ。

疲れたのだろうかと百々は思ったが、そのまま横に倒れ込む様子を見て、もしや熱中症ではと百々は慌てた。

声をかけずに見守るどころではない。この状況は、命がかかっているかもしれない。

「あ、あの！　大丈夫ですか？」

駆け寄って声をかけるが、返答はない。

はぁ……はぁ……と浅い呼吸を繰り返し、どうやら朦朧としている。

この男が史生の先輩かどうかは二の次で、百々は携帯を取り出して救急車を呼んだ。

気温の高い屋外、ほとんど人は通らないが、それでも何人かは行き来する。男が倒れているると気づき、百々と同様に足を止める人。

また、近くの民家からも何事かと出てくる人。

「熱中症じゃないかと思うんですけれど。この人、急に倒れたんです」

倒れた男を数人で日陰まで運び、別の女性が冷えたペットボトルを男の首筋に当てた。

やがて、救急車が到着、救急隊員が男に声をかけ何やら慌ただしく処置を施す。

通報したのは誰かと救急隊員に問われ、百々は手を挙げて名乗り出、顔見知りでも同行していたわけでもなく、たまたま倒れるところを目撃しただけだと伝える。

ストレッチャーに乗せられ、男が救急車へ運ばれる。

その口元がわずかに動いているように見えた百々は、何だろうと近付いた。

もしかして、意識が少し戻って、名前を言っているのかな、しぃちゃんの先輩かどうかわかるかな——そう思ったのだ。

もごもごとした声で、かろうじて聞こえた男の言葉。それは、「の……呪い……祟り……ここか……」などと、物騒な言葉だった。

まさか、この人、自分が具合悪いのを呪いだと言ってるんじゃないでしょうね？　いやいやいや！　それ、ないから！　たぶん、熱中症だから！　ここを通る人、呪われたなんて話、一つもないから！　てか、やっぱりしぃちゃんの先輩だよね、こんな非常識なこと言ってるんだから！

状況にそぐわないうわごとに、百々はむっとした。

ポケットの中で香佑焔も男の言葉を聞き取ったらしく、ぴりぴりとした感情そのままで百々の頭の中に話しかける。

『放っておけばいいものを！　ええい、腹立たしい！』

うっかり香佑焔に同意しそうになりながらも、人命第一とぐっとこらえた。

救急隊員は、男に声をかけたり、断りを入れた上で荷物の中を探ったりして、身元を確認していた。そして、方々に連絡して受け入れ先が決まったらしく、救急車はサイレンを鳴らして去った。

残された人々は、熱中症は怖いねだの、どこの病院に決まったんだろうだのと口にしながら、散っていった。

その場にひとり残ったのは、百々だった。

「えっと……一応しぃちゃんに連絡しとこうか」

誰もいないので、独り言にも見えるが、同時に香佑焔にも話しかけている。

まさかこんな形で史生の先輩に遭遇するとは思わなかった。

名前を聞いたわけではなかったけれど、史生が言っていた外見とほぼ同じだったし、口にしていた内容が不穏だったから、間違っていないはずだ。

辻を確かめる前に倒れたから、まだ確証はもっていないのだろう。

だが、運ばれていくときに、祟りだの呪いだのと言っていたから、元気になったらまた来そうだ。

困ったなあと思っていると、またしても香佑焔から叱られる。

『あんな無礼な男なんぞ気に掛けている暇があったら、おまえの本来の役目を果たさんか！』

「あっ！」

しばらく立ち止まっていた百々は、慌てて住宅街を歩き出した。早足で。

ぶらぶらとほっつき歩いていたわけではなかった。そういえば在巫女としての大事な役目の一つ、昼間の散歩——四つの辻回りをしている最中だった。

久保らしき男の救急車騒ぎで、うっかりしていた。

残りの辻に手を合わせ家に戻ると、ちょうど商店街に行こうとしていた七恵と玄関先で会い、いつもより長い散歩を心配された。

「あ、うん、途中で具合悪くなった人がいて、救急車呼んだりしてて」

相手が相手なんだけどねとも言えず、百々はえへへと笑って誤魔化した。

買い出しに行く母に、百々は自分が代わりに行ってくるよと声をかけたら、あなたは帰ってきたばかりだから少し休みなさいと断られた。

冷蔵庫の冷えた麦茶を、曾祖母の部屋に行く前にコップ二杯ごくごくと飲む。

八月の一番暑い時間帯を歩いたので、体全体に麦茶が染み渡る。

汗を軽くぬぐい、百々は一子の部屋へ行った。

辻の近くで倒れた男のこと、そして、男がうわごとで言っていた呪いだの祟りだの物騒な言葉などを報告する。

「名前はわからないけれど、たぶんしぃちゃんが言っていた人だと思う。なんかね、格好がダサかったし！」

史生からは、久保の外見しか聞いていないのだから仕方ない。

「暑い中を歩いたのでしょうねえ。辻なんて、それこそ数えきれないほどありますもの。見当をつけて探してはいるのでしょうけれど、それでもねえ」

根性だけは認めますよと、一子は呆れたように笑った。

「でも、そいつ、辻の祟りみたいなことを言ってたんだよ！　もし、絶対におかしいって！」

「あらあら、熱中症まで辻のせいにするなんて、そうねえ、それは馬鹿馬鹿しい思い込みねえ」

思い込みはとても恐ろしいことだと一子に言われ、百々もそれはわかる。

思い込むと、その考えありきで、すべて辻褄を合わせようとしてしまう。

思い込んでいるから、人の意見を聞き入れない。

「辻の近くで石につまずいて転んでも、自分を辻に近づけないよう力が働いているんだとか、やっぱり呪われたんだとか言いそうだよね」

一子は何やら考え込んでいる様子だった。気になることがあるらしい。

そのまま一子が黙り込んでしまったので、ちょっと史生にメールするねと断って、百々はその場で携帯を取り出した。

今日、辻の近くで久保らしき男を見かけたこと、男が倒れて熱中症のようだったので救急車を呼んだことなどを簡単に書いて送ると、すぐにメールではなく電話がかかってきた。

一子に史生からだと伝え、その場で出る。

『久保先輩、もうそっちに行きついちゃったの⁉』

「うん、そうだと思うんだけど」

百々は、倒れた男の外見や服装、運ばれながら呟いていたことを伝えると、史生が間違いないわ！　とすごい剣幕で返してきた。

『そいつよ！　それにしても、どういうこと？　あと二つって、なんでそこまで特定できているの？』

これといった石碑が立っているわけではない。四屋敷邸を出て一つ目と二つ目の辻は石が置いてあるが、大泉寺の近くの三つ目の辻と、空き地の近くの四つ目の辻には目印がないのだ。単なる道が交差しているところに過ぎない。

なのに、あと二つと言って、久保は百々とすれ違ったのだ。

『つまり、他の二つも目星をつけたってことよね？』

「うーん。でもでも、もしかすると、他の辻を数えてきたのかもしれないし」

『そうだといいんだけど。悪いわね、動けなくて』

「ありがと、しぃちゃん。たぶん、大丈夫だよ」

『大丈夫なんて楽観的なこと言ってんじゃないわよ。今回は、私の不手際なわけだし、やれることはやるから』

「責任感強いなー、しぃちゃん。かっこいい！」

軽口を言って通話を切って、ふと一子と目が合った。考え込んでいたはずの一子は、百々を見つめて微笑んでいた。

「あなた、史生さんと本当にいいお友達になったわねえ」

口調はきつくても、高校時代のような刺々しさはない。当時はこうやって連絡を取り合うなんて、考えられないことだった。

時間はかかったけれど、こうして史生と話ができるようになって、百々は嬉しかった。

「しぃちゃん、明日大学に行ってくれるって。あと、その男の人はしぃちゃんが言っていた人だろうって」

「どちらにしろ、その方が体調を回復されたら、また戻ってきそうねえ。お会いできるかしら。辻を四つ回ってしまう前に」

辻を全部回ることは、それほどよくないことなのだろうか。

百々や一子は、毎日の散歩で回っているが、特に何があるわけでもない。地域の人々も、日々通っている普通の辻だ。

久保――と思われる男は自分が倒れたことを呪いだの祟りだのと口にしていたが、十中八九熱中症だろう。あまりに事実無根である。

猛暑とも酷暑とも言われる今年の夏は、全国の熱中症で搬送される人やそれによって命を落とす人のことが連日のように報道されている。だというのに、何時間も外を歩き回り辻探しをしていたとしたら、暑さにやられても仕方はない。

外から帰ってきたのだからあなたももう少し休んで涼みなさいなと一子から促され、百々は曾祖母の自室を辞した。

キッチンで三杯目の麦茶をグラスに注ぎ、自分の部屋に持っていく。

「はあ……それにしても、大おばあちゃん、何を考え込んでいたんだろう」

「おそらく、おまえとすれ違ったことだろうな」

しゅるりと香佑焔が姿を現した。

「すれ違ったのがそんなに変？　向こうは辻を探してたんでしょ」

「状況をもう一度思い起こしてみよ」

おまえは聡い娘ではないが決して阿呆ではないぞと、どう考えても褒めているようには聞こえない評価をもらった百々は、むうと口を尖らせながらも考える。

すれ違い、あと二つと口にしたということは、久保は百々と反対の順番で辻を回っていたことになる。四の辻から三の辻、そして二の辻の前で倒れた――

「……逆回り？」

百々の言葉に香佑焔が頷く。

「おそらく、一子や代々の在巫女は、日々欠かさず同じ順で四つの辻を回ってきた。そのことにも意味がある。そう考えるのが自然ではないか」

ただ辻で気を入れて手を合わせるだけでなく、同じ道筋を歩き、囲む。まるで結界を成すかのように。

飽きたからと道を変えることはない。逆に回ることもない。

その道を、あの男――久保は、逆に巡った。

「そういう歩き方をしたとて、すぐに何か起こることはなかろうが、よいことではない」

「ねえ、香佑焔。逆に歩いてきたの、たまたまなのかな。それとも、わざとかな」

百々の問いの答えを、香佑焔は当然ながら持ち合わせていなかった。

今回のことは、もしかすると久保の妄想や好奇心だけですまないことなのかもしれない。

百々は改めて気を引き締めた。


それから数日、久保は姿を現さなかった。

熱中症が思った以上に重く、入院しているのだろうかと気にはなったが、史生が何度か連絡をくれ、久保は二、三日で退院したとのことだった。そう、史生によればやはり倒れた男は久保だったのだ。

さすがに入院騒ぎになったので、久保が救急車で運ばれたことを知っている学生が史生の知人にもいたようだ。

史生が、久保が所属するゼミの准教授の研究室を本当に訪問したことを聞き、しぃちゃんそんなことして大丈夫だったんだろうかと百々は心配になった。

当の史生はけろりとしたもので、パワ研もセットで言いつけてやったわとむしろ勝ち誇ったように言った。

大学としては、サークル活動で熱中症の入院騒ぎを出したとあっては体裁がよろしくない。活動内容を適切なものにするよう、サークルに注意がいくはずだと史生は話した。

「わあ。サークルの人もある意味いい迷惑だよねえ。今回のはサークルの人、関係ないんだよね?」

『なくったって、絶対に似たようなことやってるわよ、あの人たち。根も葉もないパワースポット情報を集めてはそこを回ってるんでしょ。常識的な行動をしているとは思えない』

それは偏見なんじゃないかな、ちゃんとマナーを守っているかもしれないじゃないと百々は思ったが、大学でのそのサークルの噂や活動の様子を知らないので、もしかすると史生の言い分が正しいのかもしれなかった。


それからまた数日が過ぎ、史生からまた連絡がきた。

久保が准教授の研究室を訪れ、厳しく注意されたという。

「よくそんなことわかったね、しぃちゃん」

『他の先輩がいるところに、あいつが来たんだって』

先に研究室にいた先輩が周囲の友人たちに話していて、それが史生の耳に入ったというところだろうか。

久保が救急車で運ばれた噂は、学部でもそれなりに広がっていたのだ。研究会への注意の紙も学内の掲示板に貼られたばかりなので、噂になっても仕方ない部分もあったのだろう。もう大丈夫なのかと准教授から声をかけられ、その後学外での活動についての注意がなされたのだという。准教授の口調は、久保自身を心配してというより不祥事を責めるような調子だったらしく、彼は普段からこの准教授によい心証を与えていなかったのかもしれない。

久保本人はフィールド活動がどうの、いずれは卒論に、などともごもご弁解していたらしいが、それ以前に地域の人に迷惑をかけたことをまず反省すべきだろうと叱られ、今後は研究の一環として行うのならば研究室にその旨を届け出るように逆に指導された。

『地元から抗議を受けたり、地域に迷惑をかけてそれが公になったりしたら、大学としてはかなりまずいと思うもの』

辻のことは、地域には何も伝わっていない。四屋敷の当主の早朝の散歩は、朝の習慣程度にしか思われていないはずだ。もしくは、地域の巡回というところだろうか。

だから、もし大学にクレームが行くとしたら、付近をうろつく大学生がいるということだろう。

最悪、辻の近くに住む住人から、敷地を覗いたり何度もうろうろしている怪しい男がいる、もしや犯罪者ではないだろうかという連絡が警察にいき、警察官が駆け付けてくるパターンも考えられないことではない。

住民にとっては、辻がそもそも果たしている意義などより、自宅付近をうろつく不審者の方が問題なのだ。それはそうだろうな、と百々は思う。

それとともに、百々は先日の小学校の不審者事件を思い出した。

今の世の中、奇異な行動をする人間に世間は優しくない。実際、不審者による行動に、罪のない無関係な人々が被害に遭う事件が起こっている。そんな惨劇が何件も。

『これで久保先輩も、おおっぴらに百々の近くに行けなくなると思うけど、諦めないいんじゃないかしらね。最悪、姿を見られないようにまたそっちでうろうろするかもしれない。今度は、昼間も避けてね』

「それって、夜中とかめちゃくちゃ朝早く、とか？　うわー、もっと迷惑だよう！」

久保がこのまま辻のことを諦め、どこか違うパワースポット情報とやらに気持ちを切り替えてくれればいいのに——と百々は思った。

夜中や、一子が散歩する前の早朝では、さすがに人目もない。誰も久保がうろうろしているのに気が付かないかもしれない。

辻は、よくないものを封じている。しかもそれは四屋敷の誕生と、在巫女の本質的な役目に繋がるのだ。

辻の存在は、軽々しく暴かれていいものではない。

「あと二つ……」と呟いていた久保が、その二つを見つければいいと百々は心から願った。

その日の夜、百々はぐっすり眠れた、はずだった。

普段なら、目覚まし時計が鳴るまで目が覚めることはない。

健康的な深い眠りに全身を委ねているはずの時間。百々の体に、異変が起きた。

ぞくぞくぞく、と。

ずずず、と。

足の指先から一気に背骨を伝わる悪寒に、百々の意識は瞬時に覚醒する。

「う……うわっ？　な、何これ……っ！」

最初は、体のどこかが痛いのかと思った。急な高熱でも出て、体が悲鳴を上げたのかとも。

だが、この悪寒は肉体の内に走りながらも、どこか外からもたらされるものだとすぐに気づく。飛び起きるように上半身を起こした百々は、自分のベッドの上で左右を見回す。

何だろう――この感覚は
どこからきているのだろう――

そして、ある一方向からだと確信をもったとき、百々はベッドから飛び出し、急いで着替え始めた。

パジャマを脱ぎ捨て一番近くの服に袖を通しながら、百々は「香佑焔！」と叫ぶ。

百々の呼び声とほぼ同時に、香佑焔がしゅるりと姿を現した。まるで、百々が自分を呼ぶことを予め知っていたかのようだ。

「よくぞ気づいた」

そう言った香佑焔だが、百々を見ていない。先程百々が見定めた方角と、同じところを見ている。

香佑焔は神使。本来ならば、人と同じものを見ず、人と同じものを聞かず、人と同じものを感じない。人と関わり、神社から離れ、百々の傍らで過ごす間は、人の子と同じものを見聞きしていたが、本来はそうあるべきではないもの。

その香佑焔の瞳が、爛、と光る。

「気づくよ。すごく気持ち悪い。向こうの……ずっと下の方から、何か這い出してこようとしている、感じがする」

二つ目の辻から。

その地の下から。

物理的に地中ということではなく、「地」という一つの封印の門の奥底に封じられた何かが、蠢き這い寄ってくる感覚。

それが、こうして家の私室の床の上に立っていても、百々には感じられる。

「大したものだ、さすが次代。この屋敷の外の気配を、人であるおまえがこれほどまでに感じられるとは」

大したものだと言いつつ、香佑焔の言葉に称賛の響きはない。ただただ事実を口にしている、そんな風であるが、百々も気にしている場合ではない。

自室を出た百々は、足音を忍ばせて一子の部屋に急いだ。

「大おばあちゃん」と小声で声をかけると、すぐに「お入りなさい」と返答がきた。その声は、当然のことながら起き抜けの声ではない。

自分でさえこれだけ感じ取って飛び起きたんだから、大おばあちゃんが起きてるのも当たり前だよねと、百々は遠慮なく障子戸を開けた。

部屋の中では、舞移に手伝わせて、一子が着替えを終えたところだった。

「さすがねえ、百々ちゃん。あなた、以前より感覚が研ぎ澄まされてきているのかもしれませんよ」

一子にまで香佑焔と同じようなことを言われ、百々はえへへっと照れた。

そうだったら嬉しいなと思ったのは仕方ない。誉められることは当然嬉しいことなのだし、目標としている曾祖母からもらった言葉だ。

そんな一瞬の気の緩みを、香佑焔に叱責された。

「喜んでいる場合か。気配は消えぬぞ」

百々の意識が、瞬時に家の外に切り替わる。

夏の夜、昼は残暑が厳しいとはいえ、夜のこんな時間ともなればずっと涼しい。

いつもならば、四屋敷家の広い敷地内から、周囲の田畑から、虫の声が聞こえてくる頃合いだ。虫の音以外にも、人間の生活音や気配を感じる、そんな時間のはずだ。

それらがまったくなかった。

いや、もしかしたら普通の人間には、虫の音などが聞こえているのかもしれない。

ただ、百々と一子には聞こえなかった。

代わりに、重く澱んだ大気が、ずんずんと圧力をかけてくるように押し寄せていた。

「大おばあちゃん、行かなきゃ！」

一子を急《せ》かすように自らも飛び出す直前で百々は、一子に制止された。

「落ち着きなさいな、百々ちゃん。この程度なら、どうにでもなりますよ」

こうしている間も、百々の全身の肌がぞわぞわと刺激されるというのに、百々と同じように気配で目覚めた一子に、焦る様子はない。

「さすがに私は走れません。ですから、百々ちゃん、あなた、先に行ってもいいのよ」

「えっ！」

「一子！」

無謀とも言える一子の言葉に、百々は素直に驚いただけだったが、香佑焔は咎めるように叫ぶ。

「今の百々に何ができる！　悪しき影響を、百々が、百々が受けたらどうしてくれる！」

「ほほほ。そんなに過保護でなくても。私だって行くのですもの。そうね、これは機会かもしれないわ」

百々ちゃん、あなた――

ちょっと本気を出してらっしゃい――

何をしたらいいのかは、あなたの内なる声に聞きなさい――

「本能でわかるはずです。あなたは『在巫女』になるのです」

つまりは、これもまた修行なのだと。

百々を次代として鍛える機会。練習試合のようなものにしてしまうのだと。これを。

けろりとした顔で一子は、そう言っているのだ。

「一子！」

香佑焔が吠える。その身が、めら、と白く発光する。

百々を危険な場にあえて押し出そうとする一子に、香佑焔が怒る。

「待って、香佑焔！」

百々は、慌てて香佑焔の袍の袖を握りしめ引く。

そのまま、一子に問う。

「大おばあちゃん！　これ、こんなに気持ち悪いのに、私でもどうにかできることなんだよね？　だから行けって言ってるんだよね？　そうだよね！」

こんな会話をしている場合ではない。そう、すべての気配が告げている。

しかし、一子は落ち着いたまま、穏やかに微笑む。

「ええ、そうですよ、百々ちゃん。できるし、してもらわなくてはなりません。これまで私がしてきたことです」

自分の跡を継ぐなら、と。

百々は、もう一度、香佑焔の袖を引く。

「行こう香佑焔」

「しかし、百々……！」

「私と香佑焔がいたら、きっとどうにかできるんだよ。やってみよう」

一緒に行こうと百々が三度《みたび》袖を引き、香佑焔はそれに従う。

私も行きます、だから大丈夫——と一子の声を背に受け、百々は音を立てないよう靴を履き玄関の鍵を開け外に出る。


外は漆黒。

夏は朝が早い。にもかかわらず、いまだ周囲が暗いのは、まだ夜中だからだ。

この地域は田畑が多く、住宅地さえも街灯が少ない。都会のような明るさからは縁遠く、夜の闇は本能的に心細さと恐怖を倍増させる。

そんな午前三時にもならない時間。右手に懐中電灯を持って走る百々は口を尖らせる。

「これって安眠妨害だよね、迷惑っ」

「そういう問題ではなかろう」

百々の足元を、心もとない懐中電灯の光が揺れながら照らしていく。

毎日通っている四つの辻への道は、昼間であれば周囲を楽しむ余裕もある。だがやはり、こんな深夜では気持ちのいいものではない。

「急ぐな。一子が追い付くのが遅れる」

まだ百々だけ行くことを納得していない香佑焔の言葉に、百々はそうだけどさ、と声を抑えながら答えた。

「でも、私でもどうにかできるって大おばあちゃんが思ったなら、やらないと。大おばあちゃん、いつも無茶振りしてくるけど、絶対にできないってことを押し付けるわけないし」

これは、百々の修行であり、百々への一子の期待だ。次代である百々を鍛えるため。曾孫である百々を、一子が信頼しているから。

ならば、やるしかない。

百々は、一つ目の辻で足を止め、息を整える。

ここに、久保の姿はない。

皮膚の表面を這い回るおぞましい感触は、この一の辻からではない。まだここは大人しい。

百々は、手を合わせ一の辻に祈った。

負の気配に刺激され、一の辻まで反応してしまわないように、普段の散歩のときもより、強く気持ちを込めて。

それから、右に曲がって住宅街へ駆け出した。

家々の灯りはほぼ消え、ぽつぽつと家主が消し忘れた門灯や、人影に反応するセンサー式の灯りがつくのみ。

その光が、不規則に点滅する。

突然眩しく光ったかと思うと、ばちばちと消えたりついたりを繰り返す。

あまりに不自然で異様な光景を、百々は目にした。

異質なものに変化しようとしているかのような住宅街を抜け、商店街の方へ曲がる二つ目の辻が近づいてきた。百々は走りながら懐中電灯をそちらに、向けた。

百々の電灯とは別の小さな光が一つ、まだ先の二つ目の辻でちらちらと動く。

その光に、影になるように重なる人影。

「誰⁉」

できるだけ小さく、ただし相手に届くように鋭い声で、百々が言葉を発す。

その声に反応し、大きく跳ね上がる影。

どうやら走る百々に、影の主はまったく気づいていなかった。それだけ何かに集中していたのだ。

影の主も手にしている懐中電灯を百々に向ける。

百々も負けじと向ける。

百々が向ける光の方がやや強い、そこに浮かんだ人物を百々は判別することができる。

ぼうと浮かび上がったのは、先日百々とすれ違った後に倒れ、救急車で運ばれた青年だ。

相変わらず痩せている。以前より顔色が悪い気がするのは、夜の闇のせいか先日のダメージが回復していないのか、もともとそういう血色の悪さなのか。

「何してるんですか！　大声出しますよ！」

この声で百々が若い女だということも、影の主にはわかったはずだ。

しかし、大声を出すという百々の言葉に、男は途端に慌てだす。

「い、いや、その、俺何もしてないから！　悪いことは何も！」

その態度と弁解に、悪いことしかしてないでしょと百々はさらに睨みつける。

「こ、これは大学のフィールドワークってやつなんだよ」

大学という言葉に、やっぱりこの人が例の久保先輩だと、百々も確信する。

「フィールドワークだったら、昼間やればいいじゃないですか。こんな夜中にこそこそやってるなんて怪しい！　人を呼びます！」

「ま、待って！　違うんだよ！　昼間だと、ほら、暑いから！　この間、倒れたんだ！」

知ってる。救急車呼んだの私だもんと、言ってやりたい言葉を百々は飲み込んだ。久保は、あの時あの場に百々がいたことに気づいていないのだ。

しゃがみこんだままの久保の手元をふと見た百々が、抑えていた声を思わず荒げた。

「そ、その石！　何をしているんですか！」

久保の手が、辻に置いてある石に触れていた。

一つ目と二つ目の辻に置いてある、何も刻まれていない、しかし持ち去るにはやや大きい石。誰かが置いていったものともしれないその石は、実はこの辻で重要な役割を果たしている。それを、百々は知っていた。

これもまた、封印の一つの役割を果たしているのだと。

三つ目と四つ目の辻に石がないのは、もはや必要がないほど浄化されたからなのだと。

なくなった石は、必要がなくなったため自然にどこかに転がっていったのかもしれないし、封じる役割を終えこれまで受けてきた不可視の力の作用で砕けて砂となったのかもしれないし、その行方は百々にはわからない。

ただ、まだ残されている一つ目と二つ目の辻の石も、いつか役割を終えたならなくなるのだと、百々はひしひしと感じていた。

そんな重要な石に、久保は触れている。

百々にはただ手を置いているだけに見えるが、香佑焔の目を誤魔化すことなどできなかった。百々の傍らで、久保の目には映らない香佑焔が叫ぶ。

「あやつの手元！　置かれたものを見よ！」

百々は、懐中電灯の光を香佑焔が指差す下方に向けた。石の傍らに置かれたそれを見て、思わず叫ぶ。

「石に……その石に何をしているんですか！」

百々は工具には詳しくない。鑿《のみ》のようなそれは、何かを穿《うが》ち壊すための道具に見えた。

さらに、二の辻の石の表面に傷。

久保は——この男は——封印の石に、何かよくないことをしている！

血相を変えた百々に対し、久保は何か誤解したようだ。

「も、もしかして君、このあたりに伝わる辻の話を知っているんだね？　ああ！　やっぱりこの辻が……ここに秘めたるパワーが封じられていて、それを解放すると人々に恩恵が与えられるって情報は、本当だったんだな！」

「はあ？」

秘めたるパワーはあるかもしれないが、恩恵などであるはずがない。それは決して解き放たれてはならないものだということを百々は一子から教わったし、四屋敷の代々の在巫女たちも知らず知らずのうちに封じ込めていている。

そんな百々の困惑を、目の前の男はまったく感じ取っていない。自分の妄想に取り憑かれているようで、興奮し息を荒くしまくしたてる。

「この下には、とてつもないパワーが眠ってるんだろ？　僕はてっきり祟りや呪いの類いだと思ってたが、そうじゃない。何てことをしてんだ！　ここの人たちが何をしているのか分かってるのか？　封印したおかげで、善なる力が邪悪な力に変わってるんだぞ。早く解放して、ここを日本の、いや、世界有数のパワースポットにするんだ！　理解したかい？」

滔々と述べられる支離滅裂な理論に、百々はぽかんとした。

どうしてこうも真逆のことを考え付くんだろうと。

この辻に、力のあるものが封印されているという点だけは、合っている。だが、善なる力？

いいや、違う、それは大山祇神に敗れ追われたと言われるもの。そのままでは封印することができないため、四つに分けて封じたもの。害ある力を長い長い年月をかけて浄化し続けなければならないものだ。

なのに、久保はここに封じられているものが善い力だという。それを無闇に封じているから、善が悪に変わろうとしているのだという。

それを解放することで、この辻をパワースポットに――

「なるか、バカ！」

「愚考ここに極まれりとはこのことか！」

唖然としたのはほんの数秒、百々と香佑焔が、同時に叫んだ。

どうやら、香佑焔も久保の暴走する思い込みに一瞬あっけにとられていたらしい。

「とにかく、石から手を離して！　それは触っちゃダメ！」

しかし、百々の言葉が何よりの確信となったらしく、久保はさらに顔を輝かせる。

「やはり、この石か！　持てないほどの大きさじゃないのにやたら重くて動かないし、長く手を置いているとなんだか気持ちが高揚してくるし、ああ、やっぱりこれが封印の石なのか！　情報通りだ！」

「情報って？　誰がそんなこと言ってるんですか！」

何の変哲もない石に特別な役割があることなど、この地域の人間ですら知らない。

情報とやらは一体、誰からもたらされたのか。

百々の勢いに押されて情報元を漏らしてくれたらよかったのだが、そうはならなかった。

それどころか百々の態度は、逆に久保を喜ばせた。

「やっぱり！　パワースポットは実在したんだ！　すごいぞ、次は民族学的な観点からこの地域のことを暴いて……」

興奮した久保の声が、止まった。

表情も、動きも、凍りついたように制止する。

呼吸さえ止まっているのでは――。百々がそう思った次の瞬間、周囲に発せられる重苦しく禍々しい空気。

「だ、だめ！　石から……っ！」

手を離してと言いかけたが、百々の目にはもう遅いということがわかった。

久保の手に巻き付くような黒く禍々しいもの。

蛇のような鱗はなく、うぞうぞとのたくるもの。

指に絡み腕に巻き付き、石から離れられないように久保を繋ぎ止めるそれは、みるみるうちに腕を這い上り、久保の肩に達した。

縄よりも太く人の腕よりも細い黒色のそれは、久保の肩口で体内に入り込んでいく。

その黒いものは、石の中から出てきているのではない。石の下、地中深く、しかし、本当の地中ではなく異層の深く暗く冷たいところから這い上ってきたように、百々は感じた。

ぐぐるるりりと、久保の眼球が動く。

百々が見ている前でゆっくりとゆっくりと上を向き、そのまま上瞼の中に瞳を隠す。

これ以上は視神経がちぎれるのではないかというほど眼球が動き、血走った白目となる。

先程興奮して笑顔を形作っていた唇が、がくんと下がった顎とともに落ちる。

顎が外れんばかりに口が開き、厚みのある舌が飛び出す。

「んぐぐ………ぐぶぶ……ぶ……ぼ……ご……」

涎《よだれ》と泡が流れ出し、顎を伝う。

首が伸ばされ、顔がぐいと突き出される。

体内に入り込んだ黒いものが、久保の声帯に取り憑いたのか、何か意思のある言葉を発しようともがく。

それは、獣のような唸り声だった。

久保の声ではなかった。

尖った舌先が、歪んだ口から数回出入りし、引っ込む。

石に手を置いたまま、久保がきゅる、と頭を回した。

白目で百々と視線が合うことがないはずなのに、顔は確実に百々の方を向いている。

「ぎ……ぎぁ…………ぎだ……」

唸り声が、次第に言葉に変わっていく。

耳障りな音で、それが百々を呼ぶ。

「ぎ……ぎだぁなぁ……よづやじぎぃ……」

——来たな……よつやしき——

久保に取り憑いたもの、その口を動かしているものは、明らかに四屋敷を知っており、目の前の百々が四屋敷の者であることも感じ取っていた。

百々は、これが自分と一子が毎日手を合わせてきた存在なのかと、愕然とした。

それほど悪意に満ちた怨嗟の声だった。

聞くほどに心を侵食されそうな、毒をもった声。それが、百々を呼ぶ。

「じってるぞぉぉ……もぉぉ……もぉぉぉ……」

自分の名を呼ばれ、百々はごくりと唾を飲み込んだ。

どうして、と問うことはしない。何故なら、一子と毎朝辻を回り始めたとき、すべての辻で一子が告げたからだ。

「これなるは我が曾孫の四屋敷百々。次代です。あなた方と末長くお付き合いしていく一人ですよ」

四屋敷の歴史の中で、幾度も繰り返されてきたであろう『名乗り』。

自分の名前を名乗ることを『名乗り』と言う。

相手が神ならばいざ知らず、実名を害悪になるものに漏らすことは得策ではない。

にもかかわらず、一子は必ず名乗る。名乗り、それでも負けることはない。

『名乗り』は、戦場や荘厳な場所、特定の場所で、一定の形式に則り、己の氏素性を告げるという意味である。

一子の『名乗り』は、自分は四屋敷の者なのだと声高らかに告げ、今からあなたと向かい合うと、正面切って宣言しているのだ。

だから、百々も引くわけにはいかない。ぐっと腹に力を込める。

「そう、私は四屋敷百々。日々あなたの元を訪れて、手を合わせていく者です。今はどうか戻ってください。あなたが現れるときではない」

まだ、これだけの悪意に満ちている間は。

どれほどの時がかかるかわからないが、まだ。

「もどれれ……ら……ないぃ……」

百々の決意など意に介すことなく、久保の口から耳障りな音がかろうじて聞き取れる言葉となり漏れる。

「もおおどおおらあおなあおいぃいぃ！」

戻らない、戻らない、と連呼する久保の白目が変化した。

眼球の中心に、新たな瞳ができたかのような黒い染みが浮き出してくる。

それは、じわりじわりと広がって、瞳の大きさを越え、眼球自体を黒一色に変えた。

たぷん　とぷん
眼球が溶け出しそうな不定形の液体のように揺れる。

かぱりと、口が開く。

音を意味ある声にするために強制的に動かされていた唇から、舌から、口の周囲の筋肉から一切の力が抜けたかのように、下方に顎が垂れ下がる。

その口の奥底から、こぷりと液体が漏れ出た。

粘度の高い黒い液体が、どろどろと下に垂れ、徐々に水溜まりのように溜まっていく。

それが、百々に向かって動き始めた。

「下がれ、百々」

香佑焔が、百々を護るように前に出た。

「穢れよ、去《い》ね。疾く去ね」

地に爪をつけ、横に一線引くかのように動かす。

その動作に、一瞬戸惑うように黒い液体の動きが緩んだ。しかし、じりじりと近寄る動きが止まったわけではない。

四つに分かたれたとはいえ、本来は大山祇神と争ったと言われるほどのものの一部。削ぎ尽くされていない力は、人も神の使いも恐れない。

百々は、自分に近づこうと蠢くそれをじっと見つめた。

一子は——自分の内の声を聞けと言った。

教わるのではなく、百々はもう知っている。四屋敷の脈々と続くこの血の中にそれは在ると、そういうことだと。

百々がどれほど若かろうと、どれほどまだ研鑽《けんさん》が足りていなかろうと。

在るのだ。既に。

ここに必要な詞。これを再び封印の中に戻すのにもっとも的確なもの。

それが、百々の内から湧き上がる。

深く深く、息を吸い、息を吐く。

この場の大気と自分の息を同調させる。

百々は、両手を胸の高さまで上げた。

ぱぁん　ぱぁん

鳴り響く音が二つ。

それを合図に、場が変わった。

轟《ごう》、と。

これまでになかった空気の渦が、突如百々の足元から巻き起こる。

じわじわと浸食されるような不快感を、それらが飲み込んで広がる。

香佑焔は、背後の百々がまたしてもその内に秘めた力を発揮するのを感じた。

普段の百々から想像できないほどの有無を言わせない力を前に、いつも思うのだ。

げに濃きは四屋敷の血、と。

蠢くものが、その場に制止した。

おそらく、これまでも味わったことがあるのだろう。外に解き放たれようと機会を狙い、それを成そうとするたびに現れ、さらに深く閉じ込めていく四屋敷の力。

それを、目の前の百々が、まだ若く修行も足りぬであろう娘が、放とうとしているのだ。


「ガ……ガガガ……ゴ……ゴムズメ……」

キサマモカ　キサマモ　ワレヲ　ジャマヲスルノカ
オノレ　オノレ　ヨツヤシキ
ドレホド　ワレヲ　グロウシヤルヤ
オノレ　オノレ　ヒトノクセニ
ヒトノクセニ　ヒトノクセニ　ヒトノクセニ

「人だもの！　人として生きているんだもの！」

その日常を、生活を、人として守るのだもの！

「だから、今はまだ眠って。元の場所に戻って」

そのために必要な詞。

神に捧げ祈り乞い願うものではない詞。

相手の力を削ぎ、この場から退かせる圧倒的な力を放つ詞。

「ひ」

百々の口から洩れた一言。それは、著しい効果を発揮した。

「ガアアアアア！」

これまでになく激しくのたうつ、黒いもの。

百々に害をなそうと暴れるのではなく、己の身に振りかかろうとしている力から逃れようと、もがき苦しむ黒いもの。

そんな様子に眉一つ動かさず、百々の口から次々に漏れ出る詞。

「ふ」「み」「よ」

数を数えるかのように。

一つ二つ三つ四つと。

そんな短い詞だというのに。

「ギイイイイイアアアア！」

久保の口から、絶叫が迸る。

百々に近づいていた黒いものが、その身を地に何度も打ち付け暴れる。

「い」「む」「な」「や」

「イヤダイヤダイヤダイヤダ！　ヤメロヤメロヤメロ！　アアアアアアア！」

ずるり

ずる
ずずずずずずずず！

己の身を地に叩きつけていた黒いものが、久保の方へ引き寄せられていった。

まるで波の引くがごとく、抗って百々の方へ伸びようともがき、わずかに寄せるもそのたびに戻される。まるで巻き戻しの映像を見せられているかのように、それは久保の口の中にごぼごぼと戻った。

顔と首をかきむしる久保は、取り込まれたものによって溺れ窒息しかけているのではないかというほど苦悶した。

だが、百々の目には、再び封印されるために地の奥底に容赦なくたたき込まれていく、黒いものが映っていた。

石から久保の体を通って発現したそれが、通った道筋をなぞりながら戻っていく。

「ことちろらね」

「アー！　アー！　アー！」

オノレ　オノレ　ヨツヤシキ
ヒトノクセニ　ヒトノクセニ　ヒトノクセニ
ノロワレヨ　ノロワレヨ　ノロワレヨ

呪詛の詞を吐き散らし、それが久保の手から完全に抜け、石に戻る。

石の中に吸い込まれるように消えたそれは、さらに深く、地中より深く、異層の奥底に封じられていく。

まだ早い、人を呪う間はまだ出すわけにはいかない。

やがて、白目に戻った久保の眼球の上に瞼がおり、その体が力を失って倒れた。

最後の四十七音目を唱え終え、百々は再び手を鳴らす。

二度の音が響き渡り、終わりを告げる。

唐突に、周囲の日常が戻ってきた。

虫の鳴き声、遠くの車の音、まだ起きているのか早く起きたのかカーテンから漏れる室内の灯り、消し忘れた門灯の光。

百々の前で膝をつき、地に触れていた香佑焔が立ち上がった。

「よくやった、百々」

「えへへ」

誉められて、百々がくすぐったそうに笑う。

その笑顔は、今しがた僅かな詞でこの地にもたらされそうになった災厄を防いだ者とは思われないほど柔らかいものだった。

「今おまえが唱えたのは」

「うん、ひふみ祓詞」

「いろはにほへと」と似たそれは、「ひと、ふた、みー、よー」と、まるで昔の数の数え方から始まるように百々の口から出た瞬間、ただの数えではなくなった。

「罔象女神様にお祈りして、お力をお借りする場面じゃないと思ったんだよね」

百々が自ら祀る神社を訪れて守護と助力を願った罔象女神。

伊邪那美命の死を前にした苦悶から生まれ出でたその女神は、母が夫の伊邪那岐命との間にもうけた子の一人である大山祇神と血を半分分けている。

そう考えると、その大山祇神が破り山から追い落としたものに対抗するため、罔象女神の力を借りてもおかしくはない。

繋がりはあるのだ。しかし、百々はそうしなかった。

「少しでも浄化して力を削いで戻したらどうかなって。そう思ったら、災いを祓う力の強いこの詞が浮かんできたの」

正解かどうかはわからないけどね、と百々が照れると、後ろから声がした。

「正解ですよ、百々ちゃん」

「大おばあちゃん！　遅いよう！」

結局間に合わなかった曾祖母のようやくの到着に、百々は抗議の声を上げた。

そこには、一子が立っていた。その背後には、一子に仕える男の式神が控えている。腰に大刀を差した白髪の太刀風《たちかぜ》は、一子に何かしら害を与えんとするものと対峙するときによく姿を見せる。

「ほほほ。だってこんなおばあちゃんですもの。間に合わなくても不思議ではないでしょう？」

「間に合わなかったのではない。間に合っておきながら、静観しておったのだ。違うか」

一子をぎろりと睨みながら、香佑焔が言った。嫌味ともとれるその言葉を、一子は涼しい顔で聞き流す。

「百々ちゃんがきちんと対抗し始めていましたもの。水を差してはいけないでしょう？　それに、あなた、正しい詞を唱えましたね」

私も同じ詞を唱えて今と同様に抑えたことがあるんですよと言われ、自分が正しい詞を見つけられたことに百々は喜んだ。

たった四十七文字の詞。にもかかわらず、そこに圧倒的な浄化の力が秘められている。それを、四屋敷の女が、神の力を感じ取り祈り乞い願うことを許された在巫女たる女が、唱えるのだ。

人の身でありながら、吐く息は人の息にあらず。

人の身でありながら、立つ地は人の地にあらず。

「さて、たくさんおうかがいしないとねえ、この方には」

一子に言われ、百々も倒れた久保を見た。

周囲は既に常態に戻ったので、遅かれ早かれ人が通るだろう。ここは辻だ。道と道の交わる場所で、今この瞬間も誰が通りかかっても不思議ではない。

「救急車を呼んでもいいのだけれど、お話を聞かせていただくにはねえ」

入院してしまえば、健康状態にもよるが、回復し次第退院。百々と一子が久保と接触する機会がほとんどなくなる。

かと言って、久保の意識はすぐに戻りそうにもない。

「どちらをお呼びしましょうか」

そう言いながら一子が取り出したのは、携帯だった。

「堀井さんか、お若い方か。堀井さんはお歳ですし、こんな時間帯に起こしてしまったらお仕事に差し支えるかしら。やっぱり若い方の方が体力もあるでしょうし」

「待って待って待って！　それって、堀井さんか東雲さんかの選択肢？　わあ、もがもご！」

思わず大声を出しかけた百々の口を、香佑焔が手で塞いだ。余計な人間を起こし呼び寄せていい状況ではない。

そんなことは百々にもわかっているのだが、百々にとってはそれどころではない。

「顔洗ってない！　歯を磨いてない！　髪を梳《と》かしてない！　ねえねえ、香佑焔、服！　この服！　変じゃない？」

もう東雲が来ることが決定のような事態に、百々は焦って香佑焔に矢継ぎ早に尋ねる。

むろん、そんなことは香佑焔が関与すべきことではない。

「おまえは、そのようなくだらぬことを案じている場合か。先ほどの次期当主としてふさわしい振る舞いはどこへ棄てた」

いざという場面で、百々は瞬時に覚醒するかのような対応を見せる。普段は素直で天然で、ともすると鈍感と思われることもあるのに、一瞬で数段上に駆け上がるがごとくの変化だ。

そのギャップは、何度見ても香佑焔の目に劇的で、それゆえに元に戻った百々は幼く頼りない。

「くだらなくないよ！　見た目が大事なんだから！」

「それは、内面が整っていてのことであろうが。おまえの見た目なんぞより、ここで自業自得なまま倒れ伏している男の処遇の方が重要ではないのか」

声量を落としながら必死で香佑焔に言い返す百々と、呆れながらそれをいなす香佑焔。その光景に一子がほほほと笑う。

「まあまあ、二人とも。こうしている間にも誰かに見られたら、不審者は私たちになってしまいます。東雲さんが救急車を要請してくださいましたし、今こちらにも駆けつけてきてくださるそうですよ」

「もう電話したの？　わあああん、大おばあちゃんのバカぁぁぁぁ！」

半べそをかきながらも、来た方向ではなくちゃんと残りの三の辻の方に走っていく百々に、一子はおほほと口を手で隠して笑った。

「若いっていいわねえ」

「おまえは意地が悪い」

まだ残っていた香佑焔が、一子をじろり睨む。むろん、そんな睨みを気にするような一子ではない。

「ここに残っているだけならば、年寄りの私でもできますでしょ。堀井さんがお歳だから起こすのは気の毒かしらというのは私の本音ですよ。それと、東雲さんのお気持ちもあると思うのですよ、私は」

百々ちゃんに、お母さんは起こさなくてもいいし、東雲さんはすぐには四屋敷に来ないから安心してと伝えてと一子に頼まれ、香佑焔は不機嫌なまま姿を消した。

百々と香佑焔が姿を消してから、一子が自分の式神に話しかけた。

「それにねえ。ご自分の預かり知らないところで百々ちゃんが危ない目にあっていて、そこに呼ばれないというのは、東雲さんもいい気分ではないと思うのよ。自分より堀井さんを頼りにされるのは、こんな時間に叩き起こされるより不愉快なことではないかしら」

きっと顔には出さないけれど、そう思わない？　と尋ねられても、太刀風はやや首を傾げるだけで答えをもたなかった。


東雲が四屋敷邸を訪れたのは、昼前だった。

その頃には、百々は身なりを整え、東雲の訪問に備えていた。

あのあと、残りの辻に手を合わせて回る百々に、香佑焔は一子の言葉を伝えた。

「すぐに会わなくていいってことだよね？　よかったー！　とにかく、うちに帰ったら着替えて顔洗って歯を磨いて……」

「……それでいいのか、おまえは」

「やっぱりダメ？　そ、そうだよね、大おばあちゃん置いて帰っちゃまずいってことだよね？」

そうではない、そうではないが、と香佑焔は深いため息をついた。

一子は自分が望んで残ったのだからいいのだと香佑焔に言われ、百々はそうかなーと思いつつ、自宅に戻った。

その後、一子が戻ってきたのは一時間近く経ってからだった。

どれだけ急いで運転してきたのか救急車とほぼ同時に東雲が到着し、久保の状況を一子から聞いた。それから救急車の後について病院まで行き、簡易な事情聴取と家族への連絡を行うことになったのだという。

久保に関しては、付近の住民が発見して通報したということにした。

「さすがに今回は史生さんの先輩の行動について厳しく問われることになりますでしょ」

辻とそこに封じられているものについて何も知らない人々にとっては、久保の行動は明らかに不審だ。住宅街で鑿を手にした人間が深夜徘徊しているとなれば、防犯面からも生活安全課の東雲の登場は適任とも言える。

やってきた東雲は、すぐに一子の部屋に通された。

小学校の一件からしばらく会っていなかった百々は、変わらない東雲の姿を見て、嬉しさを隠せない。

百々にとって東雲は、家族と同じくらい安心できる存在になっている。在巫女のことを何もかも打ち明けるわけにはいかない父母より、もしかすると頼りにしているかもしれない。

東雲から「おかわりありませんか」と尋ねられ、百々は赤くなりながら「は、はい。東雲さんも、その」ともごもごと答えた。

ポケットの中で香佑焔が、『どこの借りてきた猫だ。被っている猫が肥えすぎる』などと呆れているのが百々に入ってくるのが憎たらしい。が、百々はそれをまるっと無視した。

「久保達臣は、病院で意識を取り戻しました。ただ、体力の消耗が異常に激しく、記憶があやふやな部分があり、もろもろ落ち着くまで経過観察をしているそうです。念のため、アルコールや薬物の検査もしています」

久保はどうなるのだろうか――だが病院の対応は間違っていない。プロである病院に任せるしかないよね、と百々は思う。

一子に促され、百々はこの夜のことを東雲に伝えた。

その際、百々が一子に問うたのは大山祇神のくだりだ。はたしてあれを、あのまま東雲に伝えて、一般的にも百々個人的にもいいのかと。

「かまいません。随分と荒唐無稽なお話ですもの、信じるかどうかは東雲さんにお任せしなさいな」

大山祇神という人ならざる存在。

それから追われてきたものが、分けられて辻に封印されている現状。

それらは四屋敷の中でしか伝えられていないはずなのに、何故かネットに漏れていて、久保がそれに惹かれるあまり、こんな事態を引き起こしたということ。

百々の説明を、東雲は黙って聞いていた。表情に変化がないので、これらの話を東雲がどう捉えているのか、百々にはわからなかった。

百々の長い話を聞いたあと、東雲はしばらく無言だった。ずっと百々の方を向いていた視線が、畳に落ちる。

東雲が口を開くまで、百々はドキドキしていた。

頭の中で整理していたのだろう、それを終えたらしい東雲がようやく顔を上げた。

「わかりました。久保からの事情聴取は続けます。私物も確認します。ネットの書き込みについてもこちらで確認します」

ネット犯罪への対応も生活安全課の仕事の一つなのだという。

「自分はそこまでのスキルはありませんが、同じ課に詳しい者がいますし、その同僚から情報対策専門の者に繋げます」

ご家族と大学にも連絡をしますので、前回の救急車騒ぎと併せて久保は今後は軽々しく行動しにくくなるでしょうと、東雲は言った。

フィールドワークなどと口にしていたが、そんな高尚な事実はない。久保は単に自分の好奇心の赴くまま、妄想逞しく自分勝手な行動をとったのだ。

「まだお若いのですもの。探求という情熱がたまたま今回はこういう形で出てしまっただけでしょうから、あまり大事《おおごと》には、ね？」

情熱でこんな騒動を起こされたらたまんないよねと、百々は一子の考えに同意しかねたが、声には出さなかった。百々自身はいくら興味のあることだからと言っても、常識がなさすぎると久保の行動に呆れている。パワースポットだなんだと言ってないで、もっと確かなことを研究内容にして追究すればいいのに、と思ってしまう。

「大学側の久保への対応は、史生さんから聞いてください。警察は介入できません」

久保の行動が不審者の疑いをかけられたことは確かだが、被害者はいない。鑿を持ち歩いていたことを勘案しても、強い罰則の対象ではない。

久保に様々な検査をしても、アルコールも薬物もおそらく陰性だろう。

ただ、地域には迷惑をかけた。

警察としては、地域住民の安全を守る義務があるので、十分注意をするとしても、それ以上の罪に問うわけにはいかなかった。

「むろん、厳しく対応はします。ご家族にも緊急搬送に至った経緯をそちらのことを伏せて説明させていただきますし、大学にも自分から連絡を入れます」

「なんだか東雲さんに全部後始末をしてもらってるみたい……ごめんなさい」

事態がこうなるまでほとんど連絡もしていなかったのに、いきなりこき使うような真似をしていて、百々は申し訳なくなって謝った。

それに対し、東雲はあっさりと答える。

「自分、担当ですから。これも仕事です」

そうなんだけど、そうなんだけど、そうなんだけど！　という百々の中のジレンマは、むろん誰にも理解されなかった。

午後からまた病院に行ってきますと言って、東雲は一子の私室を辞した。お昼ご飯をという七恵にも丁寧な断りを入れて、玄関を出る。

百々は、見送るために一緒に外に出た。

八月の日差しは一年で一番強い。一瞬手を翳して顔にかかる日差しを遮ると、急に自分の前に影が。

おやと思って百々が顔をあげると、思った以上に近い距離で東雲が百々の目の前に立っていた。

「しっ、東雲さん⁉」

何事かと百々は体を固くした。

体格のいい東雲に前に立たれると、影になるどころか圧迫感まである。

「今度ははじめから呼んでください」

「は、はい？」

「人気のない時間帯に、不審人物と対峙するのは感心しません」

それが久保のことを指しているのだと、百々はすぐに気づいた。

異変を感じ取って跳ね起き、辻に何かあったのだと気づいてそこへ赴くまで、東雲のことを思い出さなかったのは事実だ。

何故なら、警察が関係するような事件という認識がなかったからだ。

加えて、一子が後から追い付いてくるだろうという安心感もあった。

「で、でも、まさか東雲さんのお世話になるなんて、全然……」

そんなつもりはなかったという百々に、東雲の眉がわずかにひそめられる。

「事後処理について、他に案がありましたか？」

「う」

久保の愚挙を止める、辻に封じているものを鎮める、それしか百々は考えていない。事後のことなど考えていなかったのだ。

そうか、今まではそういうこともほとんど一子がやってくれていたから自分は思ったままに動いているだけでよかったのかと、百々はそこに思い至った。

東雲に連絡をしたのは一子である。

「すみません……大おばあちゃんに任せっぱなしでした」

百々は素直に謝った。

なのに、東雲から発せられる不機嫌な空気は変わらない。いつも表情がほとんど変わらないので、不機嫌さを感じ取れるのは珍しいことだった。

東雲さんどうかしたのかな。これ、きっと私が何かポカをしたんだよね、でも、東雲さんどうしてこんなに怒ってるんだろう……。もしかして私、嫌われちゃった？

百々は東雲の不機嫌の理由を思い付けず焦った。

そんな百々に、東雲がきっぱり言った。

「自分、まだまだ未熟ですが、精進しますんで！」

「は、はいっ？」

今にも敬礼しそうな勢いでそう言うと、東雲は車に乗ってどこかへ行ってしまった。

びっくりして、百々は頭も下げず手も振らず、それを見送った。

「み、未熟って……私、そんなこと言ってないよね？　ええっ？　東雲さん、今のままで十分だと思うんだけど？」

ポケットの中の御守りに憑いている香佑焔から、『ようするに最初から相談もされず、おまえに呼ばれもしなかったことではないのか』と言われ、百々はだってそれはと言い訳する。

「だってだって、忙しい東雲さんに骨をおってもらうようなことだと思わなかったもん」

『おまえは関係ないというが、そもそもおまえの担当なのだろう、あの男は。そして、理解者でもある。そういうことではないのか』

香佑焔の言う「そういうこと」がどういう意味なのか、さすがに百々も何となくではあるが理解した。

しかし、それでもそういうわけには、とも思う。

「東雲さんは警察官としてのお仕事があるだし、何でもかんでも相談するなんてこと……」

そんな百々に香佑焔は『おまえには別の修行も必要だと思うぞ』と呆れたように言った。

その数日後、東雲が四屋敷邸を訪れて、久保のその後の話を語った。

謎の消耗はしているものの、外傷はなく検査結果も違法なものは出なかったので、久保は数日の入院で十分との診断が下された。

ただ、ネットの情報については覚えていたが、当夜の自分の行動は記憶が曖昧で思い出すことができなかった。

これは、おそらく何ものかに憑かれたことによって引き起こされたもので、辻でのことだけでなく、その数時間前のことも同様に記憶に残っていなかった。

あの辻での異様な状況が長引いていれば、久保の記憶どころか、精神も正常に戻ってこれなかったかもしれないし、精神が壊れる前に肉体がもたなかったかもしれない。

どちらにせよ、久保は周囲から責められることになった。

入院したと聞いて駆けつけてきた両親は、これが二度目でもあり、昼に熱中症を起こして救急車で運ばれたのとは違う、夜中に何やら怪しいことをしていたあげくの搬送だと聞いて、大学を辞めさせて自宅に連れ帰るとまで息巻いた。

自分たちの息子が、不審者のような行動で警察の厄介になったのだ。そんなことのために大学に通わせ、自宅から出して学費や生活費を出しているのではないと、病室で父親は怒り母親は泣いた。

どんな研究に打ち込もうがおまえの人生だ、おまえの勝手だと言いながらも、だからといって周囲に迷惑をかけて好き放題していいわけじゃない、おまえは人としてはまだまだ未熟な子供とかわらんと叱りつけた。

その場に居合わせた東雲は、それを無言で聞いているしかなかった。

久保はと言えば、親から一方的に責められてふてくされていた。

その態度に、東雲は両親の嘆きが途切れた合間に久保に告げた。

「ご理解いただけましたか。ご両親のご心痛にはいたく同情しますが、警察としてはあなたの行動について事情をご説明願うしかありません。もし、深夜にあなたが無差別に家屋や施設、器物等を破壊したり、人命を損なおうと画策していたのであれば、退院後速やかに身柄を拘束し……」

ようするに、警察に連れていく、連行すると匂わせたのだ。

あわや犯罪者の仲間入りになろうかという状況に、久保は顔色を変えて必死で説明した。

大学のサークルのこと、ネットの情報のこと、それから支離滅裂な自分の仮説まで。

東雲は、事実確認に必要だからと、久保の承諾を得て彼のパソコンを借り受けた。

パスワードを聞き出し、辻の情報を見たというサイトもその場で確認する。

すると、辻に関する情報はすべて削除されており、それを書き込んだと思われる人物はそのサイトを退会していた。

久保のコメントだけが残る状態となっていたのだ。

「本当に！　本当に書き込まれていたんです！　そうか、きっと何らかの陰謀が隠されているに違いない！　調べてください、刑事さん！　書き込んだ人は、パワースポットを巡る巨大な陰謀に巻き込まれて、おそらくもうこの世には……！」

妄想が暴走しているのか、妙なテンションになった久保を見て、両親は精神科の診察を医師と相談した。

パソコンは、本人の許可を得たということで、東雲が警察署に持ち帰り、同じ課のネット犯罪専門の同僚に渡して事件性云々という点から調べてもらうことになった。

しかし、結局収穫はほとんど得られなかった。

「久保がやりとりしていた相手について厳密に調べるには、公的に事件性を明らかにしなければなりません。四屋敷のことが伏せられている現状では、退会しコメントも削除している相手について同僚にこれ以上頼めませんでした」

力になれず申し訳ないと、わざわざ自宅に来て頭を下げる東雲に、百々はこちらこそ無理をさせてしまってごめんなさいと慌てて謝り、一子もそれに同意した。

「私はそういうネットとかいうもののことはよくわかりませんけれど、自分の情報を伏せてどんなことも書き込めるのでしょう？　それを不特定多数の方々が見る。それはとても無責任で恐ろしいことだと思うのです」

一子の言葉に東雲は頷き、百々も賛成だった。

「辻のことも、私たちは代々秘密にしているつもりでも、どこか昔のある時点でよそに洩れていたかもしれません。それを聞きつけた人が面白がって大袈裟に書き込み、それを読んだ人たちがさらに広めていく。そうやって本当の禁忌が何であるかもわからないまま、人は決して踏み込んではいけない領域に足を踏み入れてしまうのかもしれませんね」

その代償は人によってさまざまなのだろう。久保はもしかしたら復学できないかもしれない。好奇心と浅い思慮で行動した結果としてそれは重すぎるのだろうか、それとも生きているだけましと思えばいいのだろうか。

「東雲さん、ご苦労様でした。この件が本当にこれだけなのか、四屋敷に関わる他の事柄が関係しているのか、私の方でも調べてみます」

だから今回はここまでと言われ、百々も東雲も納得するしかなかった。

部屋を出ていく二人を見送りながら、一子は百々がしてのけたことを思うと晴れ晴れとした気分になり、笑いがこみ上げてくるのを抑えることができなかった。

百々と膝を付き合わせて、このような場合にどうしたらいいのか教えたことはない。

幼い頃から一子の側にいて、百々はただ見ていた。高校生になり下宿する以前から幾度も。

傍らでただ一子を見ることもまた百々にとっての修行になっているということに、百々自身はどれほど気づいているだろうか。

さて、今夜はお勉強、復習かしらねと、一子は一人で喜びを噛み締めた。

間違いなく、あの子は次代なのだわ——

今日も食事をと引き留めようとする七恵に、「これから署に戻りますんで」と東雲は断った。

玄関の外まで百々が送る。

車に乗り込んだ東雲が窓を開けたので、百々はわざわざ報告に来てくれたお礼を言った。

「いえ。むしろこれくらいしかできず申し訳ない限りです」

「そんなことないです。私では全然調べられないことですから。まったく、オカルトだとかパワースポットだとか、何が面白いんですかね。やんなっちゃう」

そういう百々自身が十分神秘の力を受け継いでいるのだが、自分のことには非常に鈍い。

窓を上げかけた東雲が、ふと手を止めて百々を見つめる。

「百々さん」

「はい」

「何回でも言います。次は自分を呼んでください。必ず来ます。約束してください」

「は、え、あの」

「約束してください」

「は、はい！」

百々の返事を半ば無理矢理引き出し約束させると、東雲は窓を閉め、車を出した。

百々はどうして自分はこんなにドキドキするんだろうと胸に手を当てながら、遠ざかっていく東雲の車が見えなくなるまで見送ったのだった。

「なかなか強引なところもある男ではないか」

いつの間にか背後に出現していた香佑焔の言葉に、百々がくるりと振り返る。

「強引じゃないでしょ。東雲さんは純粋に心配してくれているんだから」

真面目な人なんだよ、東雲さんはという百々の頭に、香佑焔がそっと手を置いた。どうしたのだろうと、百々は香佑焔をじっと見つめた。

「おまえがこうだと、あの男も苦労する」

「失礼な！　いきなり出てきて言うことがそれって！」

ぷんぷんと怒りながら香佑焔の手を振り払って家の中に戻っていく百々の後ろ姿を、香佑焔は目を細めて見つめていた。

人の子の成長は存外早い。

幼かった娘は、いまや咲かんと膨らむ花のつぼみのようだ。

まだ小さな百々を抱き上げ、この娘を護ると誓ったのは、つい先日だったような気がするのにと、香佑焔はしみじみと思った。

そんな香佑焔の感慨など知りもしない百々は、一子の私室に向かいながら大きな声で叫んでいた。

「大おばあちゃーん！　修行つけて、修行！　香佑焔を見返してやるんだから！」

百々の「在巫女」としての修行は、まだ始まったばかりであった。

終

本書は小説投稿サイト・エブリスタに投稿された作品を加筆・修正したものです。

SH-057

百々《もも》とお狐《きつね》の本格《ほんかく》巫女《みこ》修行《しゅぎょう》

2021年4月25日　第一刷発行

著者　千冬《ちふゆ》

発行者　日向晶

編集　株式会社メディアソフト
〒110-0016
東京都台東区台東4-27-5
TEL：03-5688-3510（代表）/ FAX：03-5688-3512
http://www.media-soft.biz/

発行　株式会社三交社
〒110-0016
東京都台東区台東4-20-9　大仙柴田ビル2階
TEL：03-5826-4424 / FAX：03-5826-4425
http://www.sanko-sha.com/

印刷　中央精版印刷株式会社

カバーデザイン　大岡喜直（next door design）

組版　松元千春

編集者　長谷川三希子（株式会社メディアソフト）

ISBN 978-4-8155-3528-5